U0917896

修订版 | 第三辑

蒋勋说红楼梦

蒋勋 著

中信出版集团 · 北京

目录

第二十一回　贤袭人娇嗔箴宝玉　俏平儿软语救贾琏

第二十二回　听曲文宝玉悟禅机　制灯谜贾政悲谶语

第二十三回　西厢记妙词通戏语　牡丹亭艳曲警芳心

第二十四回　醉金刚轻财尚义侠　痴女儿遗帕惹相思

第二十五回　魇魔法姊弟逢五鬼　红楼梦通灵遇双真

第二十六回　蜂腰桥设言传心事　潇湘馆春困发幽情

第二十七回　滴翠亭杨妃戏彩蝶　埋香冢飞燕泣残红

第二十九回　享福人福深还祷福　痴情女情重愈斟情

第二十一回

贤袭人娇嗔箴宝玉
俏平儿软语救贾琏

回到文本

《红楼梦》已经讲过二十回了，我们这种读小说的方式，有的朋友习惯，有的朋友可能不太习惯。如今，《红楼梦》已经被发展成所谓的“红学”，作为一门学问，人们可以从不同的角度来研究这本书。因为任何一本好书，都包含非常丰富的生活史资料，严格说来，它比真正的历史要丰满生动得多。西方现代文学中有个概念叫“回到文本”，对我们来说，这个“文本”就是《红楼梦》本身。红学研究者所做的各方面的考证，不能说没有意义，可是它会越来越远离文本，所以，我们的阅读原则是始终忠于文本。

我想，把《红楼梦》放进任何文学领域，它都是一部最好的小说。因为它作为小说的理由太充分了，任何时候读它都会感到快乐。很多人认为一本书读完以后，总该有点人生的领悟吧。如果你是抱着这个目的去读《红楼梦》，那么只一个“空”字就够了。那为什么我们还要在读了这么厚的一本书后，才来领悟这个“空”字呢？那是因为文本本身让我们得到的不只是领悟，它呈现的是作者对生活的执着、眷恋和不舍，这些描绘最后让你领悟的可能是“空”，可是这些执着、眷恋和不舍到底是什么？作者一生中接触过的女性为什么会给他留下如此多的记忆？他把生命中的点点滴滴记录下来的目的究竟是什么？这才是《红楼梦》令那么多人着迷的真正原因。

其实，我觉得《红楼梦》的作者对人生的爱非常深，如果一个人对人生没有深爱，绝不会这么仔细地去描绘一件衣服、一盘菜。至于领悟到生命是“空”，是“繁华若梦”，那是后来的事。我常想，作者如果再活一次，他可能还会这样去写。热爱生活，是作为小说家的第一要件，如果大家去读法国普鲁斯特的《追忆似水年华》，就会更深刻地认识到这一点，其中对生活细节的描摹，会让你觉得作者曾经真正地生活过。相对于这些作者，我们对待生活就没有那么认真过，这种“认真”是指作者以极大的热情和耐心记录了一件衣服、一盘菜的制作过程中凝聚的心血和心思。这些在我们生活中经常被忽略的东西才是所谓“文本”真正迷人的地方。

拒绝长大的宝玉

我一直强调《红楼梦》写的是十二三岁的小男孩、小女孩的故事。他们的很多心性、情绪，是成年人无法理解的。宝玉是个拒绝长大的男孩，成长是他生命里面最大的痛苦。其实，几乎青春期的孩子身上都有拒绝长大的因子。这一点在男孩子身上表现得尤其明显。因为长大对他来讲等于是“第二次脐带的剪断”，这是跟母亲精神上的脱离，此时他会有一种依恋与不舍。宝玉之所以会选择跟女孩子在一起，是因为这些女孩子都疼他。在二十一回里史湘云来了，跟林黛玉一起住，于是宝玉就一直赖在林黛玉的房里跟她们打打闹闹。我想大家都有过这种经历，在初中或者高中学校组织郊游的时候，晚上大家根本不睡觉，一直在那儿乱聊，现在你肯定忘了当时都聊了些什么，其实就是喜欢大家挤在一起的感觉。

接下来就发生了一个有趣的情况——袭人吃醋了。袭人是宝玉的贴身丫头，既像姐姐，又像妈妈。我常常提醒很多母亲，在你的孩子长大的时候，你一定会因为失落而受伤，因为他要开始往外跑了。二十一回前半段讲的就是袭人的这种失落。

这其中有非常多的细节很重要。湘云洗完脸，丫头想把洗脸水倒掉，宝玉忙说，我就用这个水来洗。表面上看，他的借口是不要再费事了，可如果从心理学上说，这一段另有深意。他眷恋的是湘云用过的水中的体香。不细看的话，你根本无法理解作者的意图。作为一本小说，作者写的是人性，写小孩子对于异性同伴身体的眷恋，通过嗅觉、触觉来感受同伴的存在。

眷恋两小无猜的童年

洗完脸以后宝玉又拜托湘云帮他梳头，湘云不干，宝玉就一直磨，宝玉磨起人来，谁都很难拒绝。小男孩、小女孩在一起时常常会拿彼此的身体当玩具，我们小时候扮家家酒就是这样子，你玩我，我玩你，一个头发就可以玩半天。

看到这里，不同的人会有不同的反应，比如贾政会觉得这个男孩没出息。我的反应是，宝玉特别想要回到童年，对他来讲那些记忆特别美好。在他看来人一长大就不快乐了，成人世界太世故，要接受社会种种的规矩。如果你读《红楼梦》这一段时会感动，就说明你还童心未泯。从社会的角度看，宝玉绝对是病态。可是从另外一个角度看，宝玉是眷恋童年。

我常常想，如果一个画家去画宝玉，这个十几岁的男孩的模样一定很有趣，现在电影、电视里看到的都跟书中的描写不太一样。八根辫子梳上去，一个大辫子在后面，辫子上有四颗珍珠，底下有一个黄金坠脚，作者写得很细。梳着梳着，史湘云说："应该有四颗珍珠，怎么变成三颗，这一颗跟其他三颗不一样。"宝玉说掉了一颗。那史湘云就说："不晓得给谁捡了去，真是便宜了他。"这些部分不细看就不知道，两个孩子的对话中有很多再也找不回的童年记忆，有点像那颗丢了的珍珠。作者为什么在这里会写掉了一颗珍珠？其实这其中有生命的遗憾。

作者在这里不是在描摹生活的细节，而是想借这些细节表现宝玉眷恋童年的哀伤，大人的世界对他来说是一个伪装的、无法表达自己内心真实意图的世界。可是谁都知道我们必须要长大，就像我们在读《小王子》时常会感叹我们失去了很多天真烂漫的东西，可日复一日你就会觉得那是合理的，有一天你也会用这样的方法去教训你的孩子跟学生。其实，如果长大注定是一种痛苦的话，为什么不能在文学里留一个角落，让这个"不长大"得到一点点尊重，尽管它最终是一个悲剧？宝玉其实就是一个"不长大"的悲剧，补写的《红楼梦》后四十回里，宝玉披着大红猩猩毡跪在雪地里，给他父亲磕了三个头后出家了，意思是说我不配做你的儿子，因为我没法承担你赋予的重责大任。我自己读《红楼梦》时最大的感动是，其实每个人的内心都有一个部分曾经抗拒父辈强加给我们的以天下为己任的使命，为什么我们要这么沉重地去背负它？为什么不能率性地活出自己？以这样的立场来看宝玉的所作所为，你会有更多的宽容和体贴。

真实才是真正的救赎

史湘云帮宝玉梳头的时候，宝玉就盯住了梳妆台上的胭脂，这是他从小养成的大家公认的“坏毛病”。如今又忍不住拈了胭脂，想往口边送，又怕被史湘云看到，正在犹豫，史湘云“啪”地打了一下他的手说：“你这个不长进的毛病，到现在还没有改。”其实，在很多孩子的成长过程中，都有一些大人不知道的隐情，我们叫作“癖”，这是一个生命里别人无法了解的记忆。如果用中性的语言来讲，每一个小孩子的成长中都有别人无法加入、无法了解的部分。我有时候会跟朋友说，小时候母亲喂完奶帮你擦嘴的那块布你会留很久，因为它上面有妈妈的味道。大人肯定觉得好笑，觉得这个孩子好奇怪，你会因此不再敢抓那块布，可是你最明白抓着那块布就是睡得很安稳。现在的心理学有很清楚的解释，因为那布上面有母亲的气味，让他有安全感。

如果用心理学去分析，《红楼梦》也是一部了不起的小说，因为它涉及的很多东西都可以拿来做心理分析，为什么宝玉要用湘云的洗脸水，要去吃那个胭脂？如果不用预设的立场去观察，很可能是一种非常宝贵的人生经验，也许会成为现代心理学里非常典型的个案。我觉得弗洛伊德没有看《红楼梦》好可惜，否则他能在里面找到不知多少惊人的心理分析啊！我们不能对《红楼梦》做心理分析，是因为我们所谓的大人太多了。我的意思是说当你已经刻意地忘掉自己童年的成长记忆的时候，你会觉得那个心理是不存在的，会理所当然地指责那是怪癖。《红楼梦》二十一回、二十二回、二十三回都在讲宝玉的怪癖，二十三回还讲到他偷看禁书。

我们都以为自己的孩子是不看禁书的，但我敢肯定所有孩子都在看。

我跟很多父母说过，最好不要问你的孩子在网络上看什么，你想，一个孩子发育之后他怎么可能对性不好奇？我在大学教书的时候，会指责一个孩子看 A 片，可我忘了自己在那个年龄也曾经跑到书店去偷看过《查泰莱夫人的情人》，看得脸红心跳。我想《红楼梦》的了不起在于它的真实，作者认定人之所以为人的原因必须被找到。从这个意义上说，《红楼梦》是一本叛逆、颠覆当时的主流文化的书。现代小说里对青春期的描绘，包括前面讲的学堂里小孩子们的性游戏都没有这么真实，它所提供的人生经验让人感动。在那样一个封建保守的时代，作者竟然这么大胆地去呈现人生的真实面貌，这是所有经过伪装的东西都无法抵达的真正救赎。我们常常感叹当今的教育没有力量，因为现代教育中太多伪装的东西。想办法使自己重新回到那个年龄段来跟孩子们对话，才是现代教育的起点。我一直希望《红楼梦》能够变成我们现代教育的救赎，因为我们从中看到孩子们最真实的世界。

好的小说家是佛菩萨

下面我们读一下原作，希望大家注意作者文字的精准，尤其是动词的使用。现代小说讲究意识流，往往心理描述一大堆，可《红楼梦》一直在描述外部事件，所以很容易读。但这种容易读会让人忽略它的心理描述，很多人说《红楼梦》没有描写心理空间，其实那要看你自己的内心够不够敏感，如果有足够的敏感一定能体味到作者对人物心理的描写。

第二十回的结尾，写到史湘云跟林黛玉在打打闹闹。《红楼梦》的句子都很短，有点像今天的新闻体，短的句子很容易被记住。可《红楼梦》

本身又充满了文学性，我自己也写小说，最佩服的是《红楼梦》既能把句子写得这么精简，又能把人物的心理变化全部照顾到。现代小说的句子长得不得了，有时候两三行都不断句，读起来很困难。可你看《红楼梦》，它只写事件，它的节奏都是短句：“史湘云跑了出来，怕林黛玉赶上，宝玉在后忙说：‘仔细绊跌了。’”宝玉的心思全在黛玉身上，他觉得林黛玉弱不禁风，怎么能追上短跑健将史湘云，“林黛玉赶到门前，被宝玉叉手在门框上拦住”，宝玉把两人隔开了。这里面有动作、有画面、有三个人的空间关系。这么复杂的场景，作者用几个句子就完全交代明白了。很明显，宝玉扮演了一个“楚河汉界”的角色。然后劝黛玉说：“饶他这一遭罢。”

林黛玉就扳着手，这个动作我们太熟悉了，小时候打架的时候常扳对方的手。“我要饶过云儿，再不活着！”《红楼梦》读多了大家就知道，你把一个句子、一段对话抽出来，也能知道这话是谁讲的。林黛玉身上带有毁灭性的因子，她的话都是绝对的，她最常讲的话就是“我不活了”、“死了”之类的。这种话宝钗很少讲，她崇尚理性，觉得任何事都没有那么严重；史湘云也不会讲，她是个大气、豪爽的女孩儿。一个好的小说家其实就是佛菩萨，他能化身为千百种人。你根本不知道曹雪芹本人究竟是什么个性，他写到谁就能变成谁。我后来才体会到，最好的教育家也需要有佛菩萨心肠，任何一个人站在你的面前，你都能用你的心去量他的心，最好的教育才能达成。

“湘云见宝玉拦住门，料黛玉不能出来，就立住脚笑道：‘好姐姐，饶我这一遭罢。’恰值宝钗来在湘云后面，也笑着说：‘我劝你两个看宝兄弟分上，都丢开手罢。’”宝钗圆融得不得了，永远不表明自己的立场，你再看黛玉的反应："我不依，你们是一气的，都戏弄我不成！"黛玉身上有一部分是绝对孤独的，她身上的那种孤儿的潜意识好像总是在提醒自己随时会被遗弃。宝玉就劝道："谁敢戏弄你！你不打趣他，他焉敢说你？"正在四人难解难分的时候，有人来传饭，他们就一起到贾母那边，这件事情就过去了。

宝玉的心理描写

"那天早又掌灯时分，王夫人、李纨、凤姐、迎、探、惜等都往贾母这边来，大家闲话了一回，各自归寝。"我们知道这种大家族有非常严格的家教，睡觉以前，晚辈要去给长辈请安。大家聊了聊天便各自回房去睡觉，"湘云仍往黛玉房中安歇"。

"宝玉送他二人到房，那天已二更多时，袭人来催了几次"，注意，袭人是管宝玉的人，她一直在那边催说："不早了，要睡觉了。"可宝玉就混在黛玉的房里不肯回去。最后被催得不得已，宝玉才回到自己房中来睡，好像也没睡多久，一大早又匆匆忙忙爬起来赶过去了。"披衣趿鞋"，指衣服和鞋子都没有穿好。人着急的时候，根本就来不及收拾穿着，宝玉的心思全都留在那个房间里了，"披衣趿鞋往黛玉房中来时，不见紫鹃、翠缕二人，只见他姊妹两个尚卧在衾内"。

宝玉就那样坐在旁边看她们睡觉的样子，两个人的睡相很有意思："那林黛玉严严密密裹着一幅杏子红绫被。"黛玉身体不好、怕冷，"安稳合目而睡"；"那史湘云却一把青丝拖于枕畔，被只齐胸，一弯雪白的膀子撂于被外，又带着两个金镯子。"宝玉眼睛看到的这一切，画面感非常强，如果我是《红楼梦》影视剧的导演，一定会拍这种画面，这其中有宝玉的心事。可是很多改编的电影、电视剧很少拍这些，因为它没有情节，其实这是非常高级的心理描绘。古代男孩女孩之间的界限很严，一个男孩子不可能随随便便进大家闺秀的卧房，因为他们两小无猜，宝玉才能看到这样的情景。在此情境里，宝玉并没有普通男人的那种性欲，只是觉得很美，表现出的只是一个男孩子的天真。接下来讲到的另一个男人贾琏，则完全是情欲的描绘。相比之下，刚刚发育、正在长大的宝玉，更眷恋的是没有性别差异的童年的单纯。

宝玉见了就叹一口气说："睡觉还是不老实！"史湘云是那种一靠枕头就着，一点心思都没有的人。"回来风吹了，又嚷肩窝疼了。"一面说，一面轻轻地帮史湘云把被子盖上。这个动作中有很微妙的东西，它绝不是男人对女人的爱，而是一个小男孩对小女孩的怜惜与体贴。"体贴"是指身体间的温暖与抚慰。"体贴"不是语言，也不是教训，而是一种肌肤相亲的体谅。很多时候，你对一个人最大的爱与体贴，可能就是拍拍他的肩膀，或者给他一个拥抱，这比任何语言都有用。宝玉身上就有很多这种东西，他的情感表达几乎全是触觉的、身体的。

眷恋童年的记忆

此时，林黛玉早醒了，林黛玉是那种比较敏感的人，经常失眠；史湘云是那种一旦睡下就雷打不醒的人。作者对每一人的界定都清清楚楚。按理说宝玉帮史湘云盖被子，醒的应该是湘云，结果是黛玉醒了，因为她容易被惊动。黛玉"觉得有人，就猜着定是宝玉"。有没有发现，这里写得极好，两个人已经默契到这种程度，“因翻身一看，果中其料”。注意这四个句子是有先后次序的，是从触觉、嗅觉，然后再到视觉的。第三句才是“看”。黛玉就骂他说：“这早晚就跑过来作什么？”宝玉就笑着说：“这天还早呢！你起来瞧瞧。”黛玉就说：“你先出去，让我们起来。”宝玉转身到外边去，黛玉把湘云叫醒。他们讲了半天的话，湘云还没醒。

等两个人都穿了衣服，宝玉又进来了，紫鹃、雪雁进来服侍梳洗。“湘云洗了面，翠缕便拿残水要泼。”注意下面这就是我刚刚讲过的那一段，宝玉就说：“站着，我趁势洗了就完了，省得又过去费事。”说着便走过来，弯着腰洗了两把，你看，他连坐都没有坐下来。我没有看到任何一个研究红学的人谈到这个东西，这里面有不可思议的对童年的眷恋。紫鹃就递过香皂去，说：“你怎么这样洗脸，至少用点肥皂啊。”宝玉就说：“这盆里就不少，不用搓了。”宝玉为什么这样说？他怕香皂掩盖了湘云的气味跟体香，他就要用湘云剩下的。翠缕说：“还是这个毛病儿，多早晚才改。”这就是我们刚才讲的所谓的“病态”，这是一个人成长中无法忘掉的记忆。如果不从比较宽容的层面去理解的话，就会变成人与人之间沟通的严重障碍。

明朝人张岱在他的小品文集《陶庵梦忆》里说：“人无癖不可与交，以其无深情也。”也就是说，人不可无癖，无癖则无情。一个人如果一直用理性处理问题，缺乏情感上的记忆与眷恋，就没有任何真情可言。《红楼梦》对我们现在的社会中存在的某些问题有很大的帮助，一个成熟的社会一定会对个人的癖好有所尊重。可现代社会的人不太了解这些，几乎所有的媒体都在以揭发某些人的癖好为荣，结果导致全社会对人性的认知和理解变得非常贫乏，从这个意义上来说，《红楼梦》是最有启蒙价值的一本书。

文学留下的生活细节

“宝玉也不理，忙忙的要过青盐擦了牙，漱了口，完毕。”原来清朝人是用青盐来刷牙的。大概在清朝的正史里，从来看不到关于早上盥洗的记录，可是《红楼梦》里面有。我常想，如果我们写一篇作文，以我们早上起床以后洗漱为主题，很有可能就是最好的文学。好的文学其实就是生活细节。全是大事的文学绝对不好看，它只能讲一些空洞的东西。

宝玉看到湘云梳完了头，就走过来，笑着说：“好妹妹，替我梳上头罢。”湘云说：“这可不能了。”宝玉说：“好妹妹，你先时怎么替我梳了呢？”注意，“先时”怎么帮我梳，是说我们以前有多好，天真烂漫、两小无猜。湘云说：“如今我忘了。”她不好意思直接说：我们现在长大了，不可以这样子没有男女之别。宝玉就说：“横竖我不出门，又不带冠子勒子。”“冠子”是头上的金冠，“勒子”是抹额。宝玉说，今天你帮我打几根辫子就好了，说着又千妹妹万妹妹地央告。大人央求一两次也就算了，可是宝玉能千万次“好妹妹、好妹妹”地赖皮，可见他对童年的眷恋比任何人都甚。最后，湘云“只得扶过他的头来，一一梳篦”。我很喜欢“扶”这个字，宝玉一下变成了乖顺的小孩子，他要的就是这个感觉，人跟人之间自自然然，没有礼教，只有真情。礼教是不会把别人的头“扶”过来的，只有真情才会。“扶过头来”让人感觉有一种触觉的快乐。这些身体的动作，在人逐渐长大的过程中越来越不可能发生了。

“在家不戴冠，并不总角，只将四围短发编成小辫，往顶心发上归了总，编一根大辫，红绦结住。”看到这些细节，下次大家到美发厅就又可以写一篇作文了。大家有没有想过，再过五年十年，我们很可能不知道以前的东西是什么样子了，只有文学能给我们留下很多细节。我小时候看了很多遍“田单复国”，如今已不记得任何内容，因为它只关涉政策跟政治，没有任何细节的描述，《红楼梦》只字不提政治，它写的全是人的生活。正因为如此，它才能够在几百年当中让人一读再读。

湘云一面编着一面说道：“这珠子只三颗了，这一颗不是的。”这也是不得了的心理刻画，一般人不会发现这四颗珠子有一颗不一样，只有湘云敏感到其中一颗不是童年时的那颗珠子了。后来我再读到这一段的时候，有很痛的感觉，那颗珠子不见了，意味着他们童年的记忆再也找不回来了。此时两个人已不是在梳头，而是同时在做童年的梦。

写小说是一种人生历练

宝玉说：“丢了一颗。”湘云说：“必定是外头去掉下来。不防被人拣了去，倒便宜他。”湘云是很容易相信人的。

“黛玉在旁盥手，冷笑道：‘也不知是真丢了，也不知是给了人，镶什么戴去了！’”这是典型的黛玉的反应，她永远醋兮兮的，很多疑，常有不安全感。只短短的一段对话，两个人个性全部出来了。

发现没有，作者一直在变，之所以能“变”是因为他的生命非常丰富。我建议大家除了写你早上起来盥洗和到美发厅做头发的作文，还有一个作文就是回去以后记录你和儿子、丈夫的对话。如果你真能达到某种程度，你的语言就会变，它不再是你自己的语言，而是你丈夫跟儿子的语言，你自己也不再只是“我”，而是随时可以变成三个人中间的一个。这个练习成功了，以后你再去看人生会完全不一样，发生任何事情，你都可以置身事外。就像《金刚经》里面讲的“因无所住而生其心”，就是虽有关心，却是旁观者的感觉，具备了既可以“进”又可以“出”的自如和从容。所以说写小说本身就是一种人生的历练，它能改变你的生活态度。

宝玉也不回答，他对黛玉的话常常不理会。“因镜台两边俱是妆奁等物，顺手拿起来赏玩”，记得吗？宝玉才一岁的时候抓周，他爸爸摆了一大堆笔墨纸砚在他的面前，他拿的东西全部是女人的化妆品。似乎从那时起这就变成了他的宿命。他也不知道自己为什么这样，他“顺手拿起来赏玩，不觉又顺手拈了胭脂，意欲要往口边送，因又怕史湘云说”。宝玉身上小孩的部分跟大人的部分在打架，他也知道这个习惯大家都说是毛病，可又情不自禁。一个成长中的孩子要经历很多这样的挣扎：你还没有指责他，他就已经有感觉了。

“正犹豫间，湘云果在身后看见，一手掠着辫子，便伸手来‘拍’的一下，从手中将胭脂打落，说道：‘这不长进的毛病儿，多早晚才改过！’”一个早上，宝玉已经两次被认为不长进。可见，人在成长中忘不掉的记忆一旦变成公认的毛病，就会成为一生的伤害。我们在指责这样的孩子时，不太了解他心理的创伤和压力有多大，到最后甚至会造成反弹，因为有时候指责刚好是一个提醒，让他再也无法忘掉。

“一语未了，只见袭人进来”，主戏上演了！袭人见宝玉总不着屋，就忍不住跑过来了，结果“看见这般光景”，什么光景？就是宝玉已经梳过头、洗过脸了，袭人非常痛苦，因为她生命的重心和所有的爱都在宝玉身上。我们知道，一旦把所有的重心都放在一个人身上，这个人一离开，你就会垮掉。

袭人和宝玉斗气

袭人很懂事，她是一定不会闹的，就回屋自己梳洗了。这时，宝钗来了。宝钗跟袭人的性格非常像，很识大体，喜怒不形于色，可又都很有心机。此时袭人感觉宝玉被人抢走，其实宝钗也有同感，她总觉得黛玉跟宝玉之间的亲密，自己是无论如何都无法加入的。因为两人都是落寞者，所以才会一拍即合。

“忽见宝钗走来，因问：‘宝兄弟那去了？’”刚好问到了心事上，对不对？“袭人含笑道：‘宝兄弟那里还有在家里的工夫！’”这是妈妈常常说的话，我妈妈有一阵子每天都这么说。青春期的孩子不知道为什么总是想往外跑。“宝钗听说，心中明白。又听袭人道：‘姊妹们和气，也有个分寸礼节，也没个黑家白日闹的！’”

“宝钗听了，心中暗忖道倒别看错了这个丫头，听说话，倒有些识见。”这里是在讲宝钗的心事，她不希望宝玉跟黛玉那么亲，她觉得人长大了，应该有男女的界限。为什么宝玉不喜欢宝钗？因为宝玉始终拒绝长大，可是宝钗是要长大的。在高鹗补的后四十回《红楼梦》里，宝钗嫁给了宝玉，可是对宝玉来说，她根本就是陌生人，他从来没有跟她分享过心事。作为妻子，宝钗只有名分，寂寞得不得了。

“宝钗便在炕上坐了，慢慢的闲言中套问他年纪家乡等语，留神窥察，其言语志量，深可敬爱。”

“一时，宝玉来了，宝钗方出去。宝玉便问袭人道：‘怎么宝姐姐和你说的这么热闹，见我进来就跑了？’”袭人不理他，袭人很少这样。宝玉再问的时候袭人就说：“你问我么？我那里知道你们的原故。”这就是在闹脾气了，“宝玉听了这话，见他脸上的气色非往日可比，便笑道：‘怎么动了真气？’袭人冷笑道：‘我那里敢动气？只是你从今以后别进这屋子了。横竖有人伏侍你，再不必来支使我。我仍旧还伏侍老太太去。’”好，这就是姐姐跟妈妈的那类受伤，“不再被需要”这个事实让她怅然若失。大家试着在现实生活里读《红楼梦》，你会发现所有的人都在《红楼梦》里。你会开始懂得观察人、体谅人、原谅人。因为你会懂得人忧伤的原因是什么，他眷恋的东西是什么，这个时候你会更深切地感受到《红楼梦》真是一本了不起的书。它用很多不起眼的小事表达人的心情和彼此的关系。这一回的回目里面有一个字是“箴”，就是劝告的意思，可是我还是希望把它解读成袭人的失落，或者宝钗的失落。

好，我们接着读原作，“宝玉无了主意，因见麝月进来，道：‘你姐姐怎么了？’麝月道：‘我知道么，问你自己便明白了。’”看到没有，她们都有一点吃醋了，不止是袭人，麝月也一样。

“宝玉听说，呆了一会，自觉无趣，便起身咳道：‘不理我罢。我也睡去。’说着，便起身下炕，到自己的床上歪下。”“歪”这个字大家已经很熟了，“歪着”其实不是睡觉，就是靠在那儿百无聊赖。

袭人虽然在发脾气，可是心思却依然在宝玉身上。看宝玉半天没有动静，便开始不安了。袭人注定是姐姐跟妈妈的角色，虽然嘴巴上讲得很强势，心里面的牵挂自己也无法控制。“袭人听他半日无动静，微微的打鼾，料他睡着，便起身拿一领斗篷来替他刚压上，只听‘忽’的一声，宝玉便掀过去，也仍合目装睡。”宝玉心说：你干吗对我那样？我偏不盖你的被子！我们小时候也常用这种动作表示对所有的爱的拒绝，就是你管我干吗？我冷死是我的事！

看到没有？袭人完全没有放下心，宝玉也根本没有睡着。有没有感觉到人与人的因缘非常有趣，就是没有什么道理好讲，无论发生什么事，你总是会忍不住去牵挂那个人。等到你读懂了人身上的这个部分的时候，一定会感受到这才是人生最难舍的，难得的是，作者把这种细微精妙的牵挂之情写得如此细致。

宝玉生气的细节

“袭人明知其意，便点头冷笑说：‘你也不用生气，从此后，我也只当哑子，再不说你一声儿，如何？’”宝玉也觉得委屈，他完全不懂自己在那边洗了脸、梳了头对袭人来说竟是伤害。一个小孩子不会懂得因为自己在外边做了某件事妈妈会多难过，就像我们小时候在朋友家吃完饭回到家，看到妈妈已经做了一桌子菜在等你，我们还很高兴地说那家的菜怎么好，根本无法体会妈妈的失落。

“宝玉禁不住起身问道：‘你又怎么了？你又劝我。你劝也罢了，刚才又没见你劝我，我一进来，你就不理我，赌气睡了。我还摸不着是为什么。这会子你又说我恼了。我何尝听见你劝我是什么话了。’”宝玉是小孩，还不懂得袭人的苦楚。袭人自己又很难说清楚，只好说：“你心里还不明白，还等我说呢！”她实在没有办法明讲“我在吃醋”，人跟人之间的很多误解就是这样开始的。

“正闹着，贾母遣人来叫他吃饭”，我觉得贾母这个角色很有趣，其实她是“树倒猢狲散”的那棵大树，一大家子都以她为中心。常常是在大家闹得天翻地覆的时候，贾母那边传饭了。

宝玉根本没有心思吃饭，只“胡乱吃了半碗，仍回到自己房中。只见袭人睡在外头炕上，麝月在旁边抹骨牌，宝玉素知麝月与袭人亲厚，一并连麝月也不理”。作者完全懂小孩子的心思，我们如果忘了自己小时候的行为，会觉得好奇怪，这个孩子怎么这么不讲理？我们忘了自己小的时候也是这么不讲理的。

“麝月只得跟进来，宝玉便推他出去，说：‘不敢惊动你们。’”这当然是气话，“麝月只得笑着出来，唤了两小丫头进来。”通常这种小丫头是不能够进里间的，我们知道《红楼梦》里像宝玉这种身份的主人，丫头有很多，管卧房的是最亲的，然后是外间的，还有扫院子的，一层一层分得很细。

宝玉正在读书，“歪着看了半天，因要茶，抬头只见两个小丫头在地下站着，一个大些儿的生得十分水秀，宝玉便问：‘你叫甚么名字？’那丫头便说：‘叫蕙香。’”“兰”和“蕙”都是有香味的花，现代人不怎么分了，古代分得很清楚，一枝上面一朵花的叫“兰”，一枝上面好几朵花的叫“蕙”。宝玉就问她是谁起的，这个小丫头也倒霉，她说我本来叫芸香，后来是花大姐姐改了蕙香。“宝玉道：‘正经该叫“晦气”罢了，什么蕙香呢！’”大家有没有发现，某天早晨起来，你觉得所有事情都不顺的时候，那天碰到你的人就会很倒霉。你会没有任何理由地给人家霉头触。这种人生里面的小细节，就是文学，只有文学才会碰触你从来不曾注意过的事情。其实，生活中的每一天，你都可能给过别人脸色，或者遭遇别人给你的脸色，只是，你从来没有注意过。今后各位再碰到这种事，就一定会明白，这个人对我这么凶，刚才一定被老婆骂了！

《庄子》是一种美学心境

宝玉“又问：‘你姊妹几个？’蕙香道：‘四个。’宝玉道：‘你第几？’蕙香道：‘第四。’宝玉道：‘明儿就叫“四儿”，不必什么“蕙香”“兰气”的。那一个配比这些花，没的玷辱了好名好姓。’”他骂的不是蕙香，是袭人，因为袭人姓“花”，袭人在外面也听到了。可见，人要做到《论语》里面说的“不迁怒”其实非常难，一旦你的心里不爽，你的情绪就会影响到周围的人。宝玉“一面说，一面命他倒了茶来吃。袭人和麝月在外间听了，抿嘴而笑”。她们在笑宝玉的孩子气。

接下来几天，宝玉闷闷的，不太跟这些姐妹、丫头们厮闹，也不怎么出去了。心情不好，就拿本书来解闷，或者写写字，弄弄笔墨，也不使唤众人，只叫四儿答应。四儿这个丫头非常聪明，知道这是好机会，所以，“宝玉用他，他变尽方法笼络宝玉”。《红楼梦》里面很多小细节都在讲人性，连四儿这么不重要的一个角色，都有她存在的理由。《红楼梦》看多了以后，会觉得每一个人的生存态度都很难论好坏，渐渐就对人生出悲悯和同情。

“至晚饭后，宝玉因吃了两杯酒，面赤耳热之际”，就是喝了酒以后的那个感觉，以前喝了酒就和袭人等人大家嬉笑，可如今冷冷清清的一个人对着灯好没趣，想要把她们找回来，又怕她们得了意。小孩子在斗气的时候，就是看谁能持久。他怕自己如果先赔不是，她们得了意以后越发来劝他。若要拿出做上的规矩来吓唬她们，似乎又无情太甚。这就是宝玉，从来都是这样提不起放不下，一点儿不像个主子，一直把丫头们当亲姐姐亲妹妹们一样待。但这正是宝玉可爱的地方，他不喜欢世间所有关于人的等级、规矩，他觉得人与人之间最基本的东西就是真心与本性，其实这是《红楼梦》最不容易读懂的部分，人的本性在长大的过程中会慢慢被磨损。现实生活中我们跟人的交往都带有某种功利性，把“这是我的总经理，还是我的下属”分得很清楚，知道和他们的关系应该怎么维持，当然，从管理学上说这没什么错。可是宝玉一直觉得痛苦的是，这些会让人忘掉人与人之间最基本的东西，他要超越这些外在的限制，找回人对人的真心，宝玉就是因此而犹豫、彷徨。他觉得要骂一骂袭人跟麝月，又觉得无情太甚，“说不得横心只当他们死了。横竖自然也要过的，便权当他们死了，毫无牵挂，反能怡然自悦”。

《庄子》是在人落寞失意的时候最容易读懂的书，因为现实世界里一切都是排行榜，总要分好坏、善恶、是非、真假，可是庄子却认为完全可以平等对待这一切。庄子曾走过一个古代的战场，看到一个骷髅头，就拿它去当枕头睡了一觉，那个骷髅头就告诉他自己当年是做什么的，如今变成这个骷髅。这实际上就是在告诉世人，人最后不过就是一个骷髅，有什么好计较的？这就是《庄子》，当你在人世间还有很多野心、企图的时候，你肯定读不进去；可是当你在受伤失意的时候，一下子就读进去了。

宝玉最先读到了《胠箧篇》的一段，这一段讲的是高明的机巧工匠，实不如大巧若拙。以宝玉此时的心态去读《庄子》，肯定觉得《庄子》是本好书。庄子的意思是：人用这么多的心机去做这些机巧的东西，到最后还是会失掉你的珍宝。正如“胠箧”二字，最终还是被盗贼撬开箱子，盗走财物。

有个有趣的故事很能体现庄子的智慧：有个人的东西丢了，很难过，朋友问他：谁偷了你的东西？他说：我哥哥。朋友说：你就想这个东西是你家里的，那是你的或你哥哥的不是一样吗？后来这个人又哭了，因为又有东西丢了，朋友问：谁偷了？他说：邻居。朋友说：你就想这个东西是你们社区的，在你这儿和邻居那儿不一样吗？那后来这个人东西又掉了，是别国的人偷了。朋友说：如果你觉得这个东西本来就是天下的，那么这个东西在天下的任何地方，你都不会失去这个东西。这就是以天下为私，是以不失天下。

刚开始听这个故事，你会觉得这个人在胡说，怎么可能我的东西一会儿是你的，一会儿又是别国的，可是等你发现"以天下为私，是以不失天下"，就会忽然觉得美得不得了。它是在告诉你，你的胸怀如果像天下那么大，天下就是你的。我觉得《庄子》中有一部分就是这类的美学，读《庄子》总感觉它能给我一种意境，这种意境能让你在失意、受伤的时候豁然开朗。所以《庄子》不是一般的应用哲学，而是一种美学的心境，这种心境最容易让人产生超越感。

宝玉读《庄子》

《胠箧篇》里说"绝圣弃知，大盗乃止"，意思是说，你不要去刻意标榜那些不得了的圣明、智巧，人们就不会特意往不好的地方走，大盗才会消失。

儒家不是一直强调大家要做圣贤吗？可是庄子却反过来说要"绝圣弃知"，意思是说，大家都在强调做圣贤，读明星学校，做第一名，那谁是第二名？一个社会太过于强调排行，就会导致人的烦恼和痛苦。因为人在这种公共标准的衡量中会失去自我寻找的机会，庄子认为，每个人都是不可取代的。他的哲学非常符合艺术家的诉求，艺术要求每个人都要尽力寻找属于自我的风格，而不是去跟别人比较。其实老庄哲学对儒家哲学是一种很好的补充和辅助，不是说儒家哲学不好，儒家哲学确实比较适合现实社会，但它处处都分是非对错、真假善恶。而《庄子》却告诉我们太过分别也有弊病，就像学校里一开始就用智能分班，那些“放牛班”的孩子怎样自处？

“擿玉毁珠，小盗不起”，如果一个社会不把钻石、珠宝价格飙到这么高，丢掉玉石，毁坏珠宝，就不会有抢劫和偷盗。

“焚符破玺，而民朴鄙”，“玺”是印章，“符”就是信物，一分为二，日后合在一起就是证明。我们的社会为了防范人们在法律上作弊使用了太多的手段。《庄子》本质上是反法律的，他觉得法律越严密，人的机巧也就越多，如果一个社会总是这么鼓励欲望，人心不可能清净。

“掊斗折衡，而民不争”，“斗”是米的量器，“衡”就是秤。庄子说应该把所有的斗和衡破坏掉，人开始作弊恰恰是因为社会有了衡量之器。当然，让当今世界“掊斗折衡”是不可能的。可是庄子对我们的提醒是：因为太多严格的监督，可能会丧失人性中最本质的朴素。庄子认为：“殚残天下之圣法，而民始可与论议。”把儒家的价值系统全部废除，才能够谈及人性是什么。

“擢乱六律，铄绝竽瑟”，搅乱音乐中的六律，销毁竽、瑟这些乐器，再“塞瞽旷之耳，而天下始人含其聪矣”，“瞽”是盲人的意思，因为盲人的听觉非常敏感，所以古代的乐师常常是盲人，“瞽旷”就是叫旷的盲人音乐家。庄子觉得我们一直强调耳聪目明，所以人心越来越不安静。然后“灭文章，散五采，胶离朱之目，而天下始人含其明矣”，“文章”、“五采”都跟颜色有关。传说离朱的眼睛可以明察秋毫，把他的眼睛粘起来，大家眼睛才能都亮起来。“毁绝钩绳而弃规矩，攦工倕之指，而天下始人有其巧矣”，“工倕”是当时手最巧的一个工匠，把他的手指折断，这个世界才会人人都有创造。

其实庄子的意思是说，一个社会如果只是鼓励几个精英，是会出问题的。对瞽旷和离朱的推崇会导致大部分人因此远离音乐、美术。庄子最关心的是人的自我完成，在他看来，一个生命如果失却自我完成的能力就没有任何意义。庄子的最高理想是，让每个人都找到自我完成的可能性。《庄子》中的这一段话不太容易懂，弄不好你会觉得这简直像“文化大革命”，会误读。宝玉就误解了，他看完以后说：啊，我这么不快乐，原来是因为有宝钗的漂亮、黛玉的聪明、袭人的温暖。他觉得应该把这些都毁掉。

宝玉续写《南华经》

所以，他“看至此段，意趣畅然”，觉得好开心，完全于我心有戚戚焉，于是“逞着酒兴，不禁提笔续曰”，他提笔开始续写《庄子》了。

“焚花散麝，而闺阁始人含其劝矣；戕宝钗之仙姿，灰黛玉之灵窍，丧减情意，而闺阁之美恶始相类矣。”毁掉袭人和麝月，再毁掉宝钗的美丽和黛玉的灵巧，闺阁之中就不再有是非、抱怨和比较。宝玉完全用《庄子》的方法来观照现实了，认定是自己的眷恋和爱导致了而今的烦恼，他开始发狠，我可以不要这些东西！所以他说：“彼含其劝，则无参商之虞矣。”“参”跟“商”是天上的星星，它们是永远见不到面的，就不会有摩擦。“戕其仙姿，无恋爱之心矣；灰其灵窍，无才思之情矣。”这是宝玉第一次心灵受伤，这种伤害使他回到了原点，想要毁灭这些自己眷恋的东西。他认为："彼钗、玉、花、麝者，皆张其罗而穴其隧，所以迷眩缠陷天下者也。"这些人都是令我食寝难安的陷阱、罗网。最后，他好得意，"续毕，掷笔就寝。头刚着枕便酣然睡去，一夜不知所之，直至天明方醒。"

还是个孩子的宝玉，喝了酒感觉很不爽，就认定是这些女孩子惹得他如此不快，便续写了一段《南华经》。《庄子》是春秋战国时期的"子书"，在中国古代大部分的经书基本上都跟儒家文化有关，只有主流文化才有资格称为"经"，其他的哲学都不能称之为"经"。《墨子》、《庄子》等只能称为"子书"，可是到了唐代，唐玄宗特别喜欢《庄子》，为提高其地位，才给它起名《南华经》。我们平时不怎么注意分经书、子书，其实它们是有区别的。当然，只有儒家的经典才叫"经"，其他的哲学都叫"子"是存在一定问题的，因为中国传统哲学之间是典型的互补关系。

我希望大家能了解，任何一种哲学都会让人感觉有点偏激，可是哲学就是用偏激的方法引发我们思考的。《庄子》的这段话就有点偏激，但它却让我们思考：我们是不是太注意法律细节，而少掉了对人本性的培养。其实一个社会始终需要两个管道，一个是法律，另一个是心性的培养。从这个层面上说，《庄子》永远有它存在的意义。

贤袭人娇嗔宝玉

睡醒的宝玉"翻身看时，只见袭人和衣睡在衾上"。两个人闹了别扭，宝玉胡乱睡了，袭人却一直不放心，就像跟小孩子发完脾气的妈妈，晚上不知道要起来多少次，所以才会"和衣睡在衾上"。宝玉此时已经完全忘了昨天的事，就推袭人，说："起来好生睡，看冻着了。"

袭人因为宝玉白天黑夜地跟姐妹厮闹，才发的脾气，"不想宝玉一昼夜竟不回转，自己反不得主意，直一夜没好生睡得。今忽见宝玉如此，料是他心意回转，便越性不睬他。"宝玉推她，看她不应，就伸手替她解衣扣。宝玉完全忘了他们之间正在冷战，袭人就把他手推开，又把扣子自己扣上。宝玉没法儿，只得拉着她的手笑着说："你到底怎么了？"连问了几声，袭人这才睁开眼睛说："我也不怎么。你睡醒了，你自过那边房里去梳洗，再迟了就赶不上。"看到没有，她还记着那个事，嘴上轻描淡写，其实心里气得要死。宝玉说："我过那里去？"宝玉天真烂漫，不长记性，也没有心机。袭人冷笑说："你问我，我知道？你爱往那里去，就往那里去。从今咱们两个丢开手，省得鸡声鹅斗，叫别人笑。""鸡声鹅斗"这四个字用得极好！"横竖那边腻了过来，这边又有个什么'四儿'、'五儿'伏侍。我们这起东西，可是白'玷辱了好名好姓'的。"你看，袭人记得宝玉所有的话，这就是女孩子的心思，相比之下，宝玉显得大大咧咧，把他自己讲过、骂过的都忘了。宝玉就笑了："你今儿还记着呢！"袭人说："一百年还记着。比不得你，拿着我的话当耳旁风，夜里说了，早起就忘了。"

其实人跟人的相处，所谓的委屈常常是因为我这么在意的事，你却这么不在意。"宝玉见他娇嗔满面，情不可禁"，每到这个时候，宝玉就要发誓了，而且每次都发重誓，发完也很快就忘了。他就拿起枕边一根玉簪，一跌两段，说："我再不听你的话，就同这个一样。"每次看到这里我都觉得好可惜，那么漂亮的玉簪就这么毁了，宝玉就是个公子哥儿，从来不觉得哪样东西是珍贵的。他这一招一使，袭人就心软了，赶快拾了簪子，说："大清早起，这是何苦来！听不听什么要紧，也值得这种样子。"宝玉说："你那里知道我心里急！"袭人就说："你也知道着急么！可知道我心里怎么样？快起来洗脸去罢。"两个人就起来梳洗，宝玉就往上房去。

谁知道这时黛玉来了，看宝玉不在房里，就翻他桌上的书看，刚好翻到他续写的《庄子》，里面就说要"灰黛玉之灵窍"之类的，顿时觉得又好气又好笑，她就提笔写了一首诗："无端弄笔是何人？作践南华《庄子因》。不悔自己无见识，却将丑语怪他人！"把他狠狠地骂了一顿，宝玉每次一碰到黛玉就死定了。黛玉比他聪明，领悟力也比他高。写完，黛玉也到了上房，见了贾母，然后又到了王夫人这边。

贾琏的情欲熬煎

下面这一段写得非常有趣——

凤姐以为女儿生病了，就赶快请医生来诊过脉。"大夫便说：'替夫人奶奶们道喜，姐儿发热是见喜了，并非别病。'王夫人、凤姐听了，忙遣人问：'可好不好？'医生回道：'病虽险，却顺，倒还不妨。预备桑虫、猪尾要紧。'"桑虫就是桑叶上寄生的虫子，又作桑蝘，还要准备猪尾巴，大概是可以退火的一些中药。"凤姐听了，登时忙将起来。一面打扫房屋，供奉痘疹娘娘"，古代有一个神叫痘疹娘娘，专门管小孩子发疹子、出痘子的。"一面传与众人，忌煎炒等物"，就是家里不要有煎炒等上火的东西。"一面命平儿打点铺盖衣服，与贾琏隔房；一面又拿大红尺头，与奶子、丫头亲近人丁裁衣"，过去有一种迷信，认为红色是辟邪祟的。就像本命年，家里会让你穿大红的裤子、用大红的裤带，"外面又打扫净室，款留两个医生，轮流斟酌诊脉下药，十二天不放回家去”。

作者要写的并不是巧姐儿出疹子，而是贾琏隔房以后发生的事情。贾琏搬出外书房，开始斋戒，斋戒意思很多，一方面要忌吃煎炒的东西，另一方面不能行房事。贾琏就熬不住了，“性”在他生活里非常重要。这跟宝玉的那种“情”形成鲜明对照。在这里，作者是有意识地想谈论男性身上的性跟情之间的区别。

“那个贾琏，只离了凤姐便要寻事。独寝了两夜，便十分难熬。”好简短。作者对人很了解，他观察了这么多不同的人，发现贾琏是其中的一类，这个人的生理欲望这么强，才独寝了两夜，便十分难熬。“便暂将小厮们内有清俊的选出来出火”，“出火”这两个字讲得很含蓄，就是用他们来发泄性欲。作者的意思是说，性欲本身根本没有对象，什么人都可以，可毕竟是男孩子，对他来讲远远不够，没过几天，他就想了别的法子。

“荣国府内有一极不成器破烂酒头厨子，名唤多官”，这个厨子每天喝酒喝得烂醉，大家见他懦弱无能，就叫他“多浑虫”，就是糊涂虫的意思。这“多浑虫”自小父母替他在外面娶了一个媳妇，那媳妇才“二十来往年纪，生得有几分人才，见者无不羡爱，他生性轻浮，最喜拈花惹草，多浑虫又不理论，只是有酒有肉有钱，便诸事不管了，所以荣、宁二府之人都得入手。因这个媳妇美貌异常，轻浮无比，众人都呼他作‘多姑娘儿’”。

“如今贾琏在外熬煎”，作者对贾琏是很悲悯的，这里没有批判，只说“熬煎”。“往日也曾见过这媳妇，失过魂魄”，后面这四个字用得多好，看到一个人以后连魂魄都没有了。“只是内惧娇妻，外惧娈宠，不曾下得手”，贾琏其实一直有欲望，可是因为王熙凤太厉害，那些娈宠也不得不防，所以没机会下手。“那多姑娘儿也曾有意于琏，只恨没空”，“只恨没空”用得有点儿奇怪，她竟然忙到这种程度，贾家的男丁几乎都跟她有关系，还没排到贾琏。“今闻贾琏挪在外书房来，他便没事走三趟去招惹”，“没事走三趟”这词用得好。在学校里常有这样的学生，觉得某银行的营业小姐好漂亮，没事儿就去那边存款、提款。这个多姑娘儿“惹得贾琏似饥鼠一般”，注意一下作者语言的精准，只一两个字就把人物的形象完全抓出来了，“少不得和心腹的小厮们计议，合同遮掩谋求，多以金帛相许。小厮们焉有不允之理，况都和这媳妇是好友，一说便成。是夜二鼓人定，多浑虫醉昏在炕，贾琏便溜了来相会”。他们相会的地方竟然是多姑娘儿的家里，可见这个“多浑虫”有多糊涂，人家都找上门来了，他自己还昏睡在炕上。《红楼梦》里对卑微者的描写真的让我很敬佩，作者写出了他们的可悲、可怜，但又有深深的悲悯和同情。

接下来这一段是写得最好的黄色小说片断，《红楼梦》对性的描写这么直接、大胆，可是读者却感觉不到粗鲁。贾琏“进门一见其态，早已魂飞魄散，也不用情谈款叙，便宽衣动作起来”。这像不像A片？最近看到报上有人写了一篇文章叫《A片文化观》，其中说到欧洲的A片跟美国的A片的不同：欧洲的A片总要“情谈款叙”，在很多情节之后才发生那个事；美国的A片是一开始便“提枪上马”。这一回的前半段讲的全是贾宝玉的“情谈款叙”。可是到贾琏这里马上就是“宽衣动作”，他略过了所有情的部分，直接进入性本身。所以如果仔细看，就会发现情的部分对贾琏来说并不重要，甚至连对象也不重要，他只是动物性的发泄而已。之前我们看到的贾瑞也是如此，在此，作者对人的动物性的一面并没有褒贬，只是在他看来，人之所以为人的原因是除了动物性以外，还有一部分是跟动物截然不同的，那就是情。

“谁知这媳妇有天生的奇趣”，“奇趣”这两个字用得极好，“一经男子挨身，便觉遍身筋骨瘫软”。我有时候觉得黄色小说很少能写到这么好，竟把女性的性欲也写得这么真实，“使男子如卧绵上，更兼淫态浪言，压倒娼妓。诸男子至此，岂有惜命者哉”。很短，可是读到这里大家会有点紧张，因为觉得这太像黄色小说。但我希望大家理解，所有人生里面应该有的事情，《红楼梦》里都会描写，只是他写的方法绝对跟那些粗鄙的黄色小说不一样。那句“岂有惜命者哉”让人感到心痛，人在被动物性的欲望左右的时候，是可以连命都不要的。有时候，婚姻、爱情、性，可能是完全不同的东西，贾琏也有很好的婚姻，也不见得不爱王熙凤，对他来说，碰到了一个像娼妓一样跟他妻子完全不同的人，他某一部分的生命力、动物性就被激发出来。可见，好的文学对人性有非常深的了解。如果你觉得不好意思看，那很可惜，你错过了人生最真实的场景。作者把宝玉的情和贾琏的性写在同一回里，是有意在对比。宝玉永远是“情谈款叙”的情，贾琏则是“宽衣动作”的性。

人的动物性的一面

好，我们看这个女人多有趣：“那媳妇故作浪语，在下说道：‘你家女儿出花儿，供着娘娘，你也该忌两天，倒为我脏了身子，快离了我这里罢。’”这也是了不起的描写，她知道这个男的已经离不开她的时候，才说这些漂亮话。“贾琏一面火动”，《红楼梦》的语言实在令人佩服，你很难想象怎么会把“火”跟“动”两个字放在一起。作者把一个燃烧的名词跟一个动词放在一起，这是他自己的创造。“一面火动，一面喘吁吁答道：‘你就是娘娘！我那里管什么娘娘！’”我们没有太多机会知道人在兽性大发的时候的语言、动作是什么样子，此时你会恍然大悟：人真有动物性的部分，而且还这么直接。这一切能启发我们更深的思考，对人生更大的悲悯和爱会因此出现，前面讲过贾瑞，现在讲到贾琏，作者没有嘲讽或者故意贬低他们。相反，他更真实地让我们看到人之所以为人的动物性的一面，是为了让我们思考人究竟可以提高到什么程度。

“那媳妇越浪，贾琏越丑态毕露”，“丑态毕露”是因为人完全变成动物了，所有人的教养、礼教、情意都无影无踪。这种动物性在文学里被描述的时候，常常让人心惊：人原来还会这个样子。“一时事毕，两个又海誓山盟，难分难舍，自此后遂成相契。”两个人常常见面，在十二天里面不知道搞了多少次。很快，十二天过去了，如果是 A 片会乐此不疲地叙述下去，《红楼梦》的了不起在于它点到为止，不写了。

“一日，大姐毒尽瘢回，十二日后送了娘娘，合家祭天祀祖，还愿焚香，庆贺放赏已毕。贾琏仍复搬进卧室。”不晓得这个时候他是什么心情，就是放了十二天假，现在又要回到笼子里了。“见了凤姐，正是俗语云：‘新婚不如远别’，更有无限恩爱。”有时候连夫妻之间都不了解，他在外面那个性跟对妻子的爱没有关系。可是我相信作者描写的是真实的人生，贾琏回来以后，竟然并没有想念那个多姑娘儿，而是“小别胜新婚”，所以他们两个非常的恩爱，“自不必烦絮”。

俏平儿软语救贾琏

第二天早起凤姐就往上房去，平儿就进来“收拾贾琏在外的衣服铺盖，不承望枕套中抖出一绺青丝来”，女人的头发出来了，对王熙凤这么爱吃醋的人这是不得了的大事。平儿马上就知道发生了什么事，“平儿会意，忙拽在袖内”，她第一个反应是帮贾琏掩盖。然后就“走至这边房内来，拿出头发来，向贾琏笑道：‘这是什么？’贾琏看见着了忙，抢上来要夺。平儿便跑，被贾琏一把揪住，按在炕上，用手要夺，口内笑道：‘小蹄子，你不趁早拿出来，我把你膀子撅折了。’平儿笑道：‘你就是没良心的，我好意瞒着他来问你，你倒赌狠！’”平儿说你根本误会了我，我如果要告状的话，我干吗帮你藏起来。待会儿等王熙凤回来，我告诉她，看你怎么样。那贾琏知道错怪了平儿，就赶快赔笑央求说：“好人，赏我罢，我再不赌狠了。”

“一语未了，只听凤姐声音进来”，好紧张啊，简直就像在看悬疑片，凤姐儿进来，平儿就赶快把头发藏起来，凤姐叫平儿快打开匣子替太太找绣花的样子，平儿答应着去找时，凤姐看到贾琏了，本来他们分开了十二天，昨天晚上恩爱得不得了，可这个时候“凤姐见了贾琏，忽然想起来，便问平儿：‘前儿拿出去的东西都收进来了么？’平儿道：‘收进来了。’凤姐道：‘可少什么没有？’平儿道：‘我也怕丢下一两件，细细的查了查，也不少。’凤姐道：‘不少就好，只是别多出来罢？’”你看王熙凤有多厉害，想想看，贾琏娶了这样的太太，所有的心机、心事她都知道，刚才她也就是晚了一秒钟而已，早一点点就能抓个现行。“平儿笑道：‘不丢万幸，谁还多添出些？’”平儿摆明是在装傻。“凤姐冷笑道：‘这半个月难保干净，或者有相厚的丢失下的东西：戒指、汗巾、香袋儿，再至于头发、指甲，都是东西。’”古代很奇怪，常常会把头发跟指甲等贴身之物送给情人。作者对人性的描写很精彩，他没有讲谁好谁坏，只是在说因果，就是你王熙凤管到这么严，结果还是挂一漏万。

结尾的一段，讲的是平儿和贾琏的对话。贾琏确实是有点儿笨，他不了解平儿性情中的大气。平儿是一个非常了不起的丫头，她的处境很尴尬，却没有一丝的小心眼。最后贾琏还是把头发抢回去了，“笑道：‘你拿着终是祸患，不如我烧了他完事了。’一面说着，一面便塞于靴掖内。平儿咬牙道：‘没良心的东西，过了河就拆桥。明儿还想我替你扯谎！’”

“贾琏见他娇俏动情，便搂着求欢。”看，贾琏性欲又上来了。照理讲，平儿是他的妾，他们做这件事情是完全合理合法。可是平儿夺手跑了，不肯让他碰。贾琏就恨恨说道：“死促狭小淫妇！一定浪上人的火来，他又跑了。”平儿就在窗户外面说：“我浪我的，谁叫你动火了？难道图你受用一回，叫他知道了，又不待见我。”平儿的意思是说，我是陪嫁丫头，是王熙凤手底下的人，一旦跟你发生关系，我一辈子都不会有好日子过。贾琏说：“你不用怕他，等我性子上来，把这醋罐打个稀烂，他才认得我呢！他防我像防贼的，只许他同男人说话，不许我和女人说话。”贾琏一肚子的怨气，可是他也只是发发牢骚而已，一碰到王熙凤便蔫了。

话音未落，凤姐走进院来，看到平儿在窗外，就问：你们两个怎么搞的，两个人说话不在屋里说，怎么跑出一个来，隔着窗子说话？凤姐很敏感，觉得这两个人一定在搞什么鬼。平儿就说：“屋里一个人没有，我在他跟前作什么？”当然，这是故意讲给凤姐听的。凤姐就笑了说：“正是没有人才好呢。”她是故意逗平儿，平儿便说：“这话是说我呢？”凤姐就说：“不说你说谁？”平儿就说：“别叫我说出好话来了！”也不帮凤姐打帘子，自己摔了帘子就进去了。

凤姐儿跟平儿的关系很微妙，平儿发脾气了，心说我这么死心塌地为你，你竟然还会怀疑我。平儿是《红楼梦》里非常重要的角色，很多大事都是平儿出面摆平的，当然她也是凤姐儿一手调教出来的。平儿身上没有一般女人那些小计较，我们想想看，如果换作是另外一种个性的人，陪嫁过来做了妾，结果这个男人她不能碰，肯定是很委屈的，可是平儿根本不在意，她有另外一个属于自己的世界。

第二十二回

听曲文宝玉悟禅机
制灯谜贾政悲谶语

聪明绝顶的王熙凤

二十一回前半段讲宝玉和袭人斗气，所有情节都围绕着非常单纯的“情”；下半段讲到的贾琏外遇事件中，则很直接地描写“性”。可见作者在很用心地对比人生中的诸多不同。通常在生活中我们很容易说我喜欢这个，不喜欢那个。这种好恶之心，是我们所有烦恼的根源。作者这种观察、比照人生的方式，让我们学会将好恶在一念之间转成更广阔领域里的欣赏，当我们能够欣赏各色人等的时候，看到的将是他们如何在各自的宿命里去完成所谓的因果。就像贾琏的那种无法无天的放纵，实际上就是一直以来太太管教太严造成的。

《红楼梦》的作者很有趣，他笔下的人物常常会有多重性。王熙凤一直是大家公认写得非常精彩的人物，每当她一出场，整个场景就活了。可为什么在很多改编《红楼梦》的电影、电视剧里面，王熙凤的形象都让人感觉不太对？大概一讲到王熙凤，就会想到她的泼辣、精明。可如果只是表现这些，这个角色就太流于平面和简单了，实际上，王熙凤是个泼辣中不失柔软，精明里藏着圆润的女子。二十二回一开头就讲了一个不大不小的事情，让我们看到了她身上的这一点。此时的王熙凤忽然转变了作风，对贾琏说，我有事要跟你商量。她大概已经意识到，自己当着下人的面说要检查丈夫的行李，让丈夫蛮难堪的，一定要给他一个台阶下。平时，她真有什么事情要讨主意，也绝对不会问贾琏，她知道贾琏的智商不如她。此时的问，是为了让贾琏有一家之主的感觉。这就是王熙凤的聪明之处，就像一个企业有一个强势的总经理，有一天忽然意识到自己从没有给董事长一点名分，便找件事情去请教董事长。

深藏不露的强势

我们读这一段，大家感觉一下："话说贾琏听凤姐儿说有话商量，因止步问是何话。凤姐道：'二十一是薛妹妹的生日，你到底怎么样呢？'"这种问话很奇怪，贾琏有点被问住了。"贾琏道：'我知道怎么样！你连多少大生日都料理过了，这会子倒没了主意？'凤姐道：'大生日料理，不过是有一定的则例在那里。如今他这生日，大又不是，小又不是，所以和你商量。'贾琏听了，低头想了半日道：'你今儿糊涂了，现有比例，那林妹妹就是例。往年怎么给林妹妹过的，如今也照依给薛妹妹过就是了。'"贾琏的头脑有点儿简单，他想林黛玉比较早进贾府，已经在他们家过过生日，薛宝钗是后来的，往年怎么给林黛玉过生日，现在就怎么给薛宝钗过。

"凤姐听了，冷笑道：'我难道连这个也不知道？'"凤姐的脑子比贾琏快得多，这个她已经早就想过了，"我原也这么想定了，但昨儿听见老太太说，问起大家的年纪生日来，听见薛大妹妹今年十五岁，虽不是整生日，也算得将笄之年。”“整生日”是指二十、三十、四十岁，而这个“笄”就是簪子。古时候，女孩子到十五岁要把头发梳起来插一个簪子，有点成人礼的意思。“老太太说要替他作生日。想来若果然替他作，自然比往年与林妹妹不同了。”贾琏道：“既如此，比林妹妹的多增些。”这个董事长是没有什么主见的，根本就不理会那些细节。凤姐道：“我也这么想着，所以讨你的口气。”注意，下面就是凤姐做人情的部分：“‘我若私自添了东西，你又怪我不告诉明白你了。’贾琏笑道：‘罢，罢！这空头情我不领。你不盘察我就够了，我还怪你！’”贾琏心说，刚才你还查我的枕头套呢！

凤姐的聪明在于，她知道什么时候该强势，什么时候该弱势。凤姐曾造贾琏的假印章，伪造文书，包揽诉讼。一拿就是三千两银子，还每个月都放高利贷，这一切她在贾琏面前只字不提。可是现在她表示说，我其实很尊重你，给薛宝钗过生日，万一多用了钱，你怪我怎么办？

王熙凤这个人物的精彩，全体现在这些小细节里。电视、电影里常常把王熙凤表现得强势，一副凶巴巴的样子，其实她的强势是表面上看不出来的。所以，王熙凤的美确实很难表现，她是那种既厉害到能当称职的总经理，又可以随时放下身段像个小女孩那样撒娇的女人。

凤姐打趣让贾母开心

且说史湘云住了几天，要回去了。史湘云是贾母的侄孙女，过来拜年的。贾母就说：“过了你宝姐姐的生日，看了戏再回去。”史湘云听了，只得就留下来，“又一面遣人回去，将自己旧日作的两色针线活计取来，为宝钗生辰之仪。”“针线活计”就是过去女孩子自己做的女红。通常好朋友过生日，买什么礼物人家都不稀罕，比较合适的礼物，就是自己做的东西。

“谁想贾母自见宝钗来了，喜他稳重和平”，宝钗的个性非常稳定，跟林黛玉她们不太一样，贾母很疼她。因为这是她到贾家后过的第一个生日，贾母拿了二十两银子给凤姐，让她去办酒席，请戏班子。凤姐拿到这二十两银子后，就开始调侃贾母。“一个老祖宗给孩子们过生日，不拘怎样，谁还敢争。又办什么酒戏？既高兴要热闹，就说不得自己花上几两，巴巴的找出这霉烂的二十两银子来作东道，这意思还叫我赔上。”“霉烂”的意思是说她看不起，这二十两够干什么的。当然，她知道贾母根本不会在乎这点钱，她是在用这种方式打趣贾母，逗她开心。人的懂事，其实就是对人的了解，凤姐深知在贾母这种一品夫人面前，你要讲她多有钱、多富贵，她一点儿感觉都没有。而用这样的语言来挖苦她，她反而开心得要命，因为一辈子都没有人敢跟她讲这个话。

凤姐说：“果然拿不出来也罢了，金的、银的、圆的、扁的、压塌了箱子底，只是勒掯我们。”“勒掯”这两个字很生动，《红楼梦》里有很多非常好的白话，如今我们还管系皮带叫“勒”，人如果饿了，就把皮带勒紧一点；“掯”是卡扣得很死，不肯多出一点。这两个字本来只是口语，是作者听到这样的语言后，用汉字的音把它记录下来的。在古代的小说里，有音无字的字通常都是作者自己造出来的，这些字没法儿计较它的写法。

王熙凤还笑贾母说：“举眼看看，谁不是儿女？难道将来只有宝兄弟顶了你老人家上五台山不成？那些梯己，只留与他，我们如今虽不配使，也别苦了我们。这个够酒的？够戏的？”这话大胆到惊人的地步，“上五台山”是上西天、死掉的意思。这种话如果换成别人说，贾母要气死了。一会说她小气，一会又说她要上西天，可是凤姐把其中的分寸拿捏得很好，说得满屋里的人都笑了，贾母也笑了，说：“你们听听这嘴！我也算会说的，怎么说不过这猴儿。你婆婆也不敢强嘴，你和我啣啣的。”“啣啣的”这几个字非常传神，完全是老太太的语言。这种字眼林黛玉不会用，贾政也不会用。那凤姐就笑了：“我婆婆也是一样的疼宝玉，我也没处去诉冤，倒说我强嘴。”“说着，又引贾母笑了一回，贾母十分喜悦。”

看到没有，贾母永远离不开凤姐，凤姐不断地挖苦她、调侃她，可是她最疼的就是凤姐儿，这个一生富贵荣华的老太太，大半辈子都很紧张，做媳妇的时候一定是一本正经的，到了晚年才真正放松下来，非常需要儿孙们“承欢膝下”，凤姐在她身边插科打诨地闹，给她带来了很多的快乐。

贾母替宝钗过十五岁生日

“到晚间，众人都在贾母前，定昏之余”，“定昏”，就是黄昏的时候要向长辈请安。古时候晚辈对长辈要有一天几次的请安，大家族里这种礼节很严格。“大家娘儿姊妹等说笑时，贾母因问宝钗爱听何戏，爱吃何物等语。”其实这是说给凤姐听的，这样凤姐就比较好办事。这里面有大户人家的规矩，既然要给人家过生日，当然要办得让当事人喜欢。

接下来我们就能看到宝钗的聪明，宝钗的生命里有一种机巧，就是永远要讨好别人。她首先想到的是贾母爱吃什么，因为贾母是这个家族的中心，贾母喜欢谁，谁的地位就会提高。“宝钗深知贾母老年人，喜热闹戏文，爱甜烂之食，便总依贾母往日所喜者说了出来。”

人真的很奇怪，到喜欢看的电影总是那些打打闹闹片子的时候，就说明你有把子年纪了。年轻的时候总是千方百计地找文艺片去伤感、流泪的，可一旦到了某个年龄段你会变得怕看悲剧，会总是问别人什么电影好笑、好玩。多烂的搞笑片、闹剧你都会去看。可能老年人在遭遇太多的悲剧、经历了太多的沧桑之后，就不想再去碰那些悲哀的东西，看戏对他们来说就是消遣、开心。小时候不懂这些，觉得人活到偌大年纪还这么浅薄，要看那么无聊的电影。可《红楼梦》的作者非常懂老年是怎么回事儿。如果宝钗这个时候要选《魂断蓝桥》，贾母一定难过死了，本来她的丈夫去世了，大孙子也去世了，看这样的悲剧难免触景生情。

这里能看出宝钗的心机之重，她做的所有事情都是思考过的，所以她的人缘很好，贾府上上下下的人都喜欢她。可是她这样也很辛苦，因为永远是在迎合别人，最后她也不清楚自己到底喜欢什么了，甚至她跟宝玉的关系也是如此。宝玉跟宝钗一直不能很亲密，就是因为她没有真性情。

有一个王熙凤在那边打趣，又有一个宝钗这么懂事，贾母更加高兴了。第二天贾母就先送了一批生日礼物给宝钗。那“王夫人、凤姐、黛玉等诸人皆有，随分不一，不须多记”。

至二十一日，就是宝钗生日了，贾母的内院中就搭了家常的小巧戏台。清代贵族看戏并不是到某个戏院去，而是请外面的戏班子，在自家院子里搭小戏台。“定了一班新出小戏，昆弋两腔皆有。”“昆腔”就是昆山腔，起源于江苏昆山，就是我们现在讲的昆曲，昆曲后来也分北昆跟南昆；“弋腔”就是弋阳腔，是起源于江西，也是南方的曲种。戏曲比较大的一次改革发生在慈禧太后执政时期，慈禧觉得昆曲太优雅，文辞华丽，典故太多，如果没有受过长期熏染，很难听懂，她更喜欢当时新兴的皮黄系统的剧目，比较活泼、自由，因此后来皮黄的京剧便取代了昆曲。可这几年昆曲又慢慢兴盛起来，像台湾最近就连续请了上海昆剧团、苏州昆剧团、浙江昆剧团来演出。

他们“就在贾母上房排了几席家宴酒席，并无一个外客，只有薛姨妈、史湘云、宝钗是客，余者皆是自己人”。这自己人里包括了谁？黛玉。有没有感觉到其实作者很有趣？在他的眼里，黛玉是自己人。

点戏的心思

“这日早起，宝玉因不见黛玉。”宝钗要过生日了，可这个十五岁的生日竟然由贾母亲自吩咐请客、演戏，黛玉当然有点不舒服，所以宝玉这天特地早起去找黛玉，找到她的房里，“只见林黛玉歪在炕上。宝玉笑道：‘起来！吃饭去，就开戏了。你爱看那一出，我好点。’”你看林黛玉的反应，她冷笑说：“你既这样说，你特叫一班戏，拣我爱的唱给我看。这会子犯不上跐着人借光儿问我。”又在吃醋对不对？林黛玉的生日从来没有过这样的排场。林黛玉一直有种不安全感，作为孤儿，她一直有种寄人篱下的感觉，所以她总要证明自己是被爱着的。如今宝钗被重视了，她就觉得自己被冷落了。宝玉就说：“这有什么难的，明儿就这样行，也叫他们借咱们的光儿。”宝玉的愿望很简单，就是希望大家都很好，你有委屈，我就帮你把委屈解决了。一面说，一面拉着黛玉起来，去吃了饭。

“点戏时，贾母一定先叫宝钗点”，这都是细节。因为宝钗是这一天的主客，戏是为她演的。可宝钗这种懂事的女孩，在这么多长辈面前一定要推让，最后没有办法，只得点了一折《西游记》。《西游记》是热闹戏，作者虽没有明讲，可我们知道宝钗绝对不是真的爱看《西游记》，她为的是讨贾母的欢心，所以“贾母自是欢喜，然后命凤姐点”，凤姐也是聪明人，知道贾母喜欢热闹，更爱“谑笑科诨”，“谑笑”是开玩笑，戏曲里讲话叫“白”；动作叫“科”，“科诨”就是做出一些滑稽的动作逗人笑，也叫插科打诨。凤姐就点了一出《刘二当衣》，这也是一出好玩的戏，贾母果真更加欢喜。

然后命黛玉点，黛玉就让薛姨妈、王夫人等来点，贾母说：“今日原是我特带着你们取笑，咱们只管咱们的，别理他们。我巴巴的唱戏摆酒，为他们不成？他们在这里白听白吃，已经便宜，还让他们点呢！”祖母疼孙子辈，干脆就把中间那一辈给略过去了！在贾母眼里，媳妇辈本来就应该服侍我们的，我干吗要请他们吃酒看戏！“说着，大家都笑了，黛玉方点了一出。”

有没有注意到，作者没有讲黛玉点的是什么戏。黛玉也很聪明，心说你宝钗、凤姐不是讨好贾母吗？看戏是我自己的事，我要点自己喜欢看的戏。在此，能看出作者对黛玉带有某种欣赏。在当时的社会，一个人能保有自我很不容易，因为在很多人看来，一个人不顾别人就是自私，可是作者却认为人其实没必要这么虚伪，推来让去的结果，看的都是别人喜欢的戏。这是两种不同的价值系统，儒家的价值系统总是提醒我们要多为别人着想；可道家的价值系统却认为你如果没有能力让自己先活得很开心，你让别人的开心最后就是假的。所以，一个社会如果儒家的东西太多的话，每一个人都会觉得委屈，大家都没有好好为自己活过。现在常听到有人这么说，我觉得儒家的影响实在太大了。所以，黛玉在这里代表了一个非主流文化，就是大家不喜欢的人，因为她没有考虑贾母和别人想看什么，就点了自己喜欢的戏。作者非常微妙地点到为止。

然后宝玉、史湘云、迎春、探春、惜春、李纨都点了，“接出扮演”。“一出”就是一折，我们现在常看到的《苏三起解》就是《玉堂春》里面的一出。

赤条条来去无牵挂

到了上酒席的时候，贾母又命宝钗点，宝钗就点了一出《鲁智深醉闹五台山》，鲁智深大家应该很熟，《醉打山门》是《水浒传》里写得非常精彩的一段。鲁智深是一个很粗鲁的人，力大如牛，他最有名的故事是把一棵大柳树连根拔起。这个人行侠仗义，因为路见不平，打死了屠夫镇关西后被官府通缉，不得已到五台山剃度为僧。鲁智深平常是大碗喝酒、大块吃肉的人，庙里天天吃素整得他很难过，有一天晚上他偷偷下山喝醉了酒，便大闹山门。后来他的师父就跟他讲，你破坏了佛界的清规，我这里也不能容你了。此刻，鲁智深这个热情、豪爽、粗犷的汉子，忽然表现出一种落寞和悲凉。剧中的动作和唱腔，主要表现鲁智深的这种情绪。当然，薛宝钗是因为《醉打山门》里面有好玩的动作，很热闹才点的。

这时候宝玉忍不住了，心说你这个人怎么搞的，老是点这种热闹的戏，刚才《西游记》里那个猴子跳来跳去的已经够烦的了。宝玉是典型的文艺青年，一心想看能触动心灵的戏，便说宝钗：“只好点这些戏。”宝钗当然要为自己辩驳："你白听了这几年戏，那里知道这出戏的好处，排场又好，词藻更妙。"宝玉道："从来怕这些热闹。"宝钗笑道："要说这一出热闹，你还算不知戏呢。你过来，告诉你，这一出热闹戏，是一套北《点绛唇》。"

《点绛唇》是词牌名，像《相见欢》、《虞美人》一样，都是词牌，所谓填词，就是按某种固定的音乐节律把文字放进去。它原是一种民间的音乐形式，后来经过文人的改造变成了一种文学形式。王国维曾说，李后主（李煜）是中国词学史上非常重要的人物，他把"伶工之词"变为"士大夫之词"。音乐是民间的，文学是士大夫阶层的。

《点绛唇》的音韵铿锵顿挫，所以宝钗说这个曲子好听极了。"只那词藻中有一支《寄生草》，填的极好，你何曾知道。"那宝玉听她如此说，就凑近来说："好姐姐，念与我听听。"宝钗就念了歌词的内容，这是鲁智深在舞台上唱的"漫揾英雄泪，相离处士家"，擦掉眼泪，拜别山门，自己一世英雄，竟落难至此。"处士"指的是推荐他上五台山的那个员外，古代没有功名的读书人，常常被人家称为处士或者员外。"谢慈悲剃度在莲台下"，谢谢师父慈悲帮我剃度，收留了我，让我逃过了一劫。"没缘法转眼分离乍"，可惜我们缘分这么短，我破坏清规偷吃了酒肉，"乍"是时间很快的意思，霎时间又要分离。"赤条条来去无牵挂"，我落单在人世间，身上没有任何名利的牵挂。这支曲子，对宝玉产生了非常大的影响，他由此对人生有了很深的感悟，觉得鲁智深的"赤条条来去无牵挂"不是讲自己的落难，而是在说人生的本质。

"那里讨烟蓑雨笠卷单行"，蓑衣是古代用棕榈做的雨具，"笠"是斗笠，"卷单行"指离开，表示他要开始流浪了，从此混迹于江湖。"一任俺芒鞋破钵随缘化”，就是剃了光头，穿着和尚的草鞋，拿着一个破碗去化缘。这是鲁智深的《醉打山门》里非常美的一段。“宝玉听了，喜的拍膝画圈”，小男孩一高兴起来，就是这么忘乎所以。接着“又赞宝钗无书不知”。宝钗和宝玉聊得正欢的时候，旁边的黛玉又开始吃醋了，她冷冷地说：“安静看戏罢，还无唱《山门》，你倒《妆疯》了。”《山门》就是鲁智深的《醉打山门》，《妆疯》是另外一出戏，讲的是唐朝开国大将尉迟敬德，到晚年为了不再挂帅出征，装疯卖傻的故事。黛玉用了两个戏名来讽刺宝玉，“说的湘云也笑了。于是大家看戏。”

生旦净末丑

晚上，戏要散了，贾母很喜欢那个唱小旦的和唱丑角的。旦角，我们现在分花旦、青衣，以及老旦、彩旦等类别。“青衣”，通常穿深色衣服，以唱为主，没有很多动作，像《锁麟囊》里面的薛湘灵；“花旦”则比较漂亮、比较俏皮，像红娘；“老旦”就是老年女性，像佘太君；“彩旦”是属有一点插科打诨，比较好玩的一类，像那些妆化得怪怪的媒婆。过去旦角还没有分得那么清楚，就是女性角色。还有一类是丑角，丑角在古时候通常都是戏班的班主。传说唐明皇曾演过小丑，所以他一直是梨园行里面的祖师爷，一般丑角不到场是不能开戏箱的。丑角需要很深的功力，在舞台上，他要逗大家笑，要随机应变，是戏剧里最难的行当。

贾母很喜欢那个小旦和小丑，带进来细看时“益发可怜见”。“可怜见”不是有点可怜，而是说贾母有点心疼他们，看过电影《霸王别姬》的人可能会了解，过去只有孤儿，或者家里穷得不得了的孩子才会被卖到戏班子里去。大概七八岁就开始练功，天天挨打受骂。贾母问他们多大了，那个小旦才十一岁，小丑才九岁，然后大家就叹息一回。我们现在不太容易读懂这一段，是因为我们无法了解，这两个孩子在舞台上表现得这么好，私下里不知道受过多少的折磨。贾母很心疼他们，就命拿一些肉、菜给他们两个吃，还另外赏钱两串。

湘云的快人快语

这时“凤姐笑道：‘这个孩子扮上活像一个人，你们再看不出来。’宝钗心里也知道，便一笑不肯说”。注意宝钗的心机之重，她很快就明白了凤姐说的是谁，可是她不肯说。“宝玉也猜着了，亦不敢说”，注意，“不肯说”跟“不敢说”是不同的，“不肯说”是说宝钗觉得这个时候说这种话不得体，会得罪人；“不敢说”是因为宝玉知道这个话说出来的严重后果，怕黛玉伤心。可这时一定有一个人会说，就是史湘云，她是典型的射手座，口无遮拦。“史湘云接着笑道：‘倒像林妹妹的模样儿。’宝玉听了，忙把湘云瞅了一眼，使个眼色。”

这个我们现在也不太容易懂，如果有人说，你长得很像周杰伦，我大概蛮高兴的。可在古代把一个人比作戏子是非常不礼貌的事情，戏子大多出身卑贱，都是孤儿或者穷人家的孩子才卖进戏班，恰恰林黛玉就是个孤儿。宝玉的紧张是因为他知道这件事非同小可。这里没有什么好坏，史湘云也没有恶意，她只是觉得你们怎么那么笨，都没有看出来，便冲口而出。我自己第一次看《红楼梦》的时候最喜欢的就是史湘云，觉得这个女孩太过瘾了，直人快语，干净利落，可是这样的人在现实生活里，真的会得罪很多人。“众人却都听了这话，留神细看，都笑起来了，说果然不错，一时散了。”大家都看看黛玉又看看戏子。黛玉这么一个孤傲、洁身自好的人被比成戏子，被众人打量，我们可以体会一下她的尴尬。

接下来一定有大祸事要发生了。到了晚上，“史湘云更衣时，便命翠缕把衣包打开收拾，都包了起来。翠缕道：‘忙什么，等去的日子再包不迟。’湘云道：‘明儿一早就走，在这里作什么？看人家的鼻子眼睛，什么意思！’”史湘云个性豪爽，心说我只讲了一句话，竟然就被人家瞪了一眼。

“宝玉听了这话，忙赶近前拉他，说道：‘好妹妹，你错怪了我。林妹妹是个多心的人。别人分明知道，不肯说出来，也皆因怕他恼。谁知你不防头就说了出来，他岂不恼你。我是怕你得罪了人，所以才使眼色。你这会子恼我，不但辜负了我，而且反倒委屈了我。若是别人，那怕他得罪了十个人，与我何干呢。’”宝玉的意思是我是为你好，如果是别人得罪人，我才不管呢。“湘云摔手道：‘你那花言巧语别哄我。我也原不如你林妹妹，别人说他，拿他取笑都使得，只我说了就有不是。我原不配说他。他是小姐主子，我是奴才丫头，得罪了他，使不得！’”

我觉得这一段最有趣，是典型的小男孩、小女孩在吵架。宝玉因此忙得不得了，刚在史湘云这边道完歉，碰了一鼻子灰，黛玉那边又开始骂他，本来他是希望每个人都不受伤害，结果反而把两个人都得罪了。你看，宝玉就急得说道：“我倒是为你，反为出不是来。我要有外心。立刻化成灰，叫万人践踹！”宝玉又发誓了，每次都是这种重誓。湘云就说：“大正月里，少信嘴胡说。这些没要紧的恶誓、散话、歪话，你说给那些小性儿、行动爱恼人的人、会辖治你的人听去！别叫我啐你。”这说的显然是林黛玉。说着，湘云就不理宝玉，一径至贾母里间，忿忿地躺着去了。

山木自寇，源泉自盗

“宝玉没趣，只得又来寻黛玉。”刚到了黛玉的门口，黛玉就把他推出来，将门关上。“宝玉又不解何意，在窗外只是吞声叫‘好妹妹’。”这就是宝玉的磨功，就在那里不停地叫。“黛玉总不理他。宝玉闷闷的垂头自审。袭人早知端的，当此时断不能劝。”袭人是最关心宝玉的，可是她知道此时三个人闹成这个样子，劝也劝不来。

注意下面这段很有趣，宝玉叫门不开，便“只呆呆的站着，黛玉只当他回房去了，起来开门”，黛玉一直在想他到底走了没有，所有这个年龄段的斗气都是各自尽力硬撑着，看谁撑得久。黛玉一看宝玉还站在那里，便不好意思再关门了，只得抽身上床躺着。“宝玉随进来问道：‘凡事都有个原故，说出来，人也不委屈，好好的就恼了，终究是为什么起？’林黛玉冷笑道：‘问的我倒好，我也不知为什么。我该给你们取笑的？拿着我比戏子给众人取笑。’”可见，刚才的事情对黛玉是一种很深的伤害，对别人也许没有那么严重，可是一个寄养在别人家的孤女，一下子变成众矢之的，让她感到尴尬，觉得受到了羞辱。宝玉很委屈：“我并没有比你，我并没有笑，为什么恼我呢？”黛玉道：“你还要比？你还要笑？你不比不笑，比人比了笑了的还利害呢！”

有没有发现，人在恋爱中是最矫情、最不讲理的。因为就算天下人都笑了，都比了，也与她无关，她在意的只有宝玉，而宝玉恰恰就在现场。柏拉图曾经说过：爱情中的人比任何时候都最在意一种尊贵，此时最怕的就是在自己所爱的人面前丢脸。黛玉这段话从逻辑上完全讲不通，但其实是在强调他们两个的关系非同一般。大家如果有机会可以去偷听一下初恋中小男女的情话，使用的都是这种语言。“宝玉听说，无可分辩，不啧一声。”

黛玉又道：“这一节还可恕。再你为什么又和云儿使眼色？这安的是什么心？莫不是他和我玩，他就自轻自贱了？他原是公侯的小姐，我原是贫民的丫头，他和我玩，设如我回了口，岂不他自惹轻贱呢。是这主意不是？”得，又是一个误解！本来宝玉不希望史湘云说出来，是怕伤害了黛玉。可是黛玉这里的解释刚好相反。偏偏宝玉刚才跟史湘云讲的话，林黛玉又听到了。很奇怪，《红楼梦》里这些人之间完全没有私密性，任何人的话都很快就能传到另外一个人耳朵里，所以林黛玉马上说：“你又拿我作情，倒说我小性儿，行动肯恼。又怕他得罪了我，恼他。我恼他，与你何干？他得罪了我，又与你何干？”更加闹得不可开交。

宝玉见到黛玉这样说，就知道刚才和湘云的谈话她已经听见了。他“细想自己原为他二人怕生隙，方在中调和，不想并未调和成功，反已落了两处的贬谤。正与前日所看《南华经》上，有‘巧者劳而智者忧，无能者无所求，饱食而遨游，泛若不系之舟。’”这是《庄子》里非常美的句子，记得读大学时好多朋友都把它写了压在玻璃板底下当座右铭。庄子的意思是说：人之所以会忧愁和操劳，是因为太聪明、太敏感，总是想要把事情摆平。如果能笨一点、木讷一点，也就没有什么要求了。在庄子看来，最快乐的人生莫过于吃得饱饱的，宛若不系之舟荡在水面，随遇而安。我们也许一生都做不到“泛若不系之舟”，可是它能提供一个境界，那就是心境上的自由，提醒你很多事干脆不要管，他们最终自己会好。

实际上两天后，她们就和好了，宝玉根本就是庸人自扰。

宝玉还由此想到“山木自寇，源泉自盗”。“山木自寇”出自《庄子》里面的《人间世》一篇，原文是“山木，自寇也”。说的是山里有一棵最大的树，它总是嘲笑旁边的树：“你们长得这么小，我这么大，这么挺拔，这么美丽。”结果一天樵夫上山，一眼就看到了它，把它砍掉了。大树从来没有想到过它的美丽、挺拔就是它被砍的原因；“源泉自盗”也如山木，总以为自己是天下第一甘泉，结果它是第一个被喝完的。庄子是在提醒我们：人在得意的时候千万要注意，很可能那就是你日后受伤的开始，生命中的得意忘形往往是很危险的状态。宝玉读到这些，越想越觉得无趣。

宝玉瞪瞪地发呆

因为和湘云、黛玉之间的一场口角，宝玉这个正在发育中的男孩子忽然弄懂了《庄子》，所谓的懂，是说他忽然发现这本书跟自己的生活有了关联。贾政一直认为宝玉是不爱读书的，其实宝玉只是厌恶科举八股，喜欢读的是跟生命有关的书。如今宝玉通过《庄子》，好像参透了人生的本质，所以他就不再想去辩驳、解释什么了，转身回了自己的房间。细细想来，连一个史湘云一个林黛玉你都搞不定，“尚未应酬妥协，将来犹欲为何？”我们在二十一回的时候曾特别强调，宝玉一直拒绝长大，他比任何人都更眷恋童年。这大概就是引导他感悟《庄子》的重要原因吧。

“林黛玉见他去了，便知回思无趣，赌气去了。一言也不曾发，不禁自己越发添了气。”以前黛玉在生气的时候，都是宝玉在旁边一直赔小心的，宝玉一走，黛玉更生气了，便说：“这一去，一辈子也别来，也别说话。”黛玉一开口就是这种毁灭性的决绝的语言，已经不知道是几个“一辈子”了。

“宝玉不理，回房躺在床上，只是瞪瞪的。”注意“瞪瞪的”这三个字，写小说很难做到这么精准，“瞪瞪的”就是睁着眼睛发呆，但又若有所思，好像对人生有所领悟。

当下的领悟与执着

“袭人深知原委，不敢就说，只得以他事来解释，因说道：‘今儿看了戏，又勾出几天戏来，宝姑娘一定要还席的。’”这是过去的礼节，你过生日人家请你看戏，过几天你也要请一台戏来还席。其实袭人是在逗他，就是想让他开心一点。结果宝玉就冷冷地笑着说：“他还不还，管谁什么相干。”大家注意，《庄子》、佛经读到一定的程度的时候，就会觉得什么事都没有那么严重，实际上是他们已经触摸到了人生的虚无。

袭人吓了一跳，这太不像宝玉往日口吻，就说：“这是怎么说？好好的大正月里，娘儿姊妹们都喜喜欢欢，你又怎么这个形景了？”宝玉又冷笑说：“他们娘儿们、姊妹们欢喜不欢喜，也与我无干。”袭人笑道：“他们既随和，你也随和，岂不大家彼此有趣。”那宝玉就说：“什么是‘大家彼此’！他们有‘大家彼此’，我是‘赤条条来去无牵挂’。”

刚才看的戏已经见效果了，青春期的孩子真像一块海绵，很多东西只要一碰到，马上就能吸收。回想刚才看的戏台上的鲁智深，他忽然觉得自己好孤独，所有的心事都没有人懂，真是“赤条条来去无牵挂”！“谈及此句，不觉泪下。”青春期孩子的情绪真的很难理解。我常常跟大人们说，不要太去管他，孩子此时有需要自己处理的问题，他躲在墙角掉泪也好，发呆也好，忽然一个人跟自己笑也好，都是他自己排遣情绪的过程。

宝玉细想这句“赤条条来去无牵挂”的意味，不禁大哭起来。忽然觉得人生真是悲哀，从生到死都没有什么挂碍，便翻身起来至案边，提笔写了一首偈。“偈”这个字我们现在不太用了，佛教禅宗里面常常用“偈”，“偈”其实是一种非常简短的诗句，里面的意思不直接表达，多用隐喻和象征。基本上不是要你读懂字面的意思，而是叫你领悟，有点像我们在庙里面抽的签。大家知道弘一法师临终前就曾留下一个偈：“君子之交，其淡如水；执象而求，咫尺千里。问余何适，廓尔忘言；华枝春满，天心月圆。”还有一偈，是临终前三天所作，只四个字：“悲欣交集。”这些从字面看并不难懂，可其中的含义很深，需要慢慢去体悟，才十几岁的宝玉也要写“偈”了，他觉得自己已经把人生彻头彻尾地领悟了。这个“偈”说：“你证我证，心证意证。是无有证，斯可云证。无可云证，是立足境。”这非常像“偈语”，可你根本不知道他在讲什么。你也证明，我也证明，你要很诚心地证明，最后发现没有什么东西可证明。人生到最后就是“赤条条来去无牵挂”，有什么好证明的？等到明白“无可云证”的时候，才是人生立足的根本境界。

我常常觉得爱文学的人，跟宗教的那种一心想要领悟的心境不同，很多人觉得《红楼梦》讲繁华若梦，最终就是一个“空”字，可是，这个小说里面描绘了这么多对人生的眷恋，目的是让人感受到如果不经历这场繁华，是无法了解最后究竟是什么样子的。我经常听到身边朋友说，我终于领悟了，他们都把“终于”说得太早了，没过两天他又执迷不悟了。人生的可爱就在于常常是刚领悟完，又执迷了，正是这种领悟和执迷构成了人生中很多有意思的转折，当然你的人生一定会有进步，但很可能会陷入下一个迷障。这个时候宝玉写的这首“偈”，其实是另外一种执着，另外一种形态的执迷，他却自以为是领悟，所以遭到那三个女孩子的嘲笑。

人生的执迷与眷恋

宝玉“写毕，自虽解悟，又恐人看此不解”。有没有发现，生怕别人不懂是最大的执着？“因此亦填一支《寄生草》，也写在偈后。自己又念一遍，自觉无挂碍，中心自得，便上床睡了。”可见所谓领悟的最大贡献就是能让你今天晚上睡得很好，明天立刻就会有明天的迷障。

下面这一段很好玩：“谁想黛玉见宝玉此番果断而去，故以寻袭人为由，来视动静。”有没有发现，斗气的双方一方不动，另一方就要动了。黛玉就假装去找袭人，来看动静。“袭人笑回：‘已经睡了。’”黛玉觉得很奇怪，这家伙竟然睡得着，便要回去。她回去大概也蛮麻烦的，又要生半天气。“袭人笑道：‘姑娘请站住，有一个字帖儿，瞧瞧是什么话。’说着，便将方才那曲子与偈语悄悄拿来，递与黛玉看。”袭人不识字，看到宝玉写了半天，就认定那个字帖一定跟他的心情有关。“黛玉看了，知是宝玉因一时感忿而作，不觉可笑可叹，便向袭人道：‘作的是玩意儿，无甚关系。’说毕，便携了回房去，与湘云同看。”这个年龄的孩子就是这么不定性，两个人刚刚还在吵架，现在就把宝玉写的东西拿回去同看了。第二天又跑去找宝钗，三个女孩子一起看宝玉的领悟。

宝钗看那首《寄生草》的词中说：“无我原非你，从他不解伊。”我、你、他是各自独立的，彼此无法理解。“肆行无碍凭来去”，不如放纵自己，不要有挂碍，高兴来就来，高兴走就走。“茫茫着甚悲愁喜，纷纷说甚亲疏密”，一天到晚发愁、高兴、悲哀，这些情绪一概没有意义。“从前碌碌却何因，到如今，回头试想真无趣”，从前整天东跑西跑到底在忙什么？最后既得罪了史湘云，又得罪了林黛玉，回头试想真无趣！

宝钗“又看那偈语，又笑曰：‘这个人悟了。都是我的不是，都是我昨儿一支曲子惹出来的。这些道书禅机，最能移性。明儿认真说起这些疯话来，存了这个意思，都是从我这一支曲子上来，我成了个罪魁了。’”宝钗非常入世，很不喜欢老庄，现世所有的规矩她都觉得是对的，她觉得是自己一支曲子把宝玉领上了邪路。“说着，便扯了个粉碎，递与丫头们：‘快烧了罢。’黛玉笑道：‘不该撕，等我问他。你们跟我来，包管叫他收了这痴心邪话。’”黛玉对宝玉的态度跟宝钗不同。黛玉常跟宝玉一起读老庄，跟他分享了很多生命中非常私密的东西，就像是经常一起逃学的两个学生，而宝钗永远是那个很守规矩，每次点名都“到”的学生。

三个人果然就往宝玉屋里来了，好玩吧？一个小男孩负气读《庄子》，写偈语，自以为领悟了。结果他的三个女朋友一起来指责他，他才发现这三个女朋友都比他聪明，自己离领悟还远着呢！

拈花微笑

“一进来，黛玉便笑道：‘宝玉，我问你：‘至贵者是“宝”，至坚者是“玉”，你有何贵？你有何坚？’”注意，参禅常常使用这种我们叫作公案的对话，这种问话里含有“机锋”，要求人必须很敏锐地回答。“宝玉竟不能答。三人拍手笑道：‘这样钝愚，还参禅呢！’”宝玉很好玩，在这些姐姐妹妹面前，永远是认输的，这几个女孩子是他一生中最佩服的，因为她们聪明伶俐，书又读得多。“黛玉又道：‘你那个偈末云，“无可云证，是立足境”，固然好了，只是据我看，还未尽善，我再续二句在后。’因念云：‘无立足境，是方干净。’”

大家要注意，这个回答基本上代表了禅宗的北宗与南宗的态度。禅宗是佛教八宗里面很重要的一个宗。这个宗派很特别，其他的宗派都有经义、经文，可释迦牟尼佛在传禅宗的那一天，一言不发，只是“拈花微笑”，弟子们不解。此时大弟子迦叶笑了，佛陀就知道他懂了，便把花给了他。后来“拈花微笑”成了禅宗里最重要的一个组成部分，迦叶就是禅宗的第一代祖师。

禅宗的祖师达摩来到中国时，正值南朝，他面见当时的梁武帝，梁武帝是虔诚的佛教徒。见到达摩，就问，我三次舍身同泰寺，功德是不是很大。结果达摩就回答说：“无有功德。”这是禅宗的机锋，你还有功德这个念头，说明你还远远没有领悟。梁武帝因此很生气，没有接纳达摩。神话里说达摩拿起一根芦苇丢在长江里，乘芦苇渡江，到了河南嵩山少林寺，中国第一代禅宗的祖师就是达摩。

传到五祖是弘忍大师，他一直住在少林寺，属于北方的禅宗系统。弘忍为了找到传法的接班人，命令自己的弟子每人写一首“偈”。他的首席大弟子神秀和尚写的偈语是：“身是菩提树，心如明镜台。”说我的身体像一棵菩提树，我的心像一面镜子，树和镜子有时候会脏，所以要“时时勤拂拭，莫使惹尘埃”。这个偈语很多人觉得高深，大家认定将来的六祖一定是神秀，弘忍也觉得不错，就让众弟子背。

正在厨房舂米的惠能听到这个偈语，便说，这个人并没有悟道。大家不以为然，心说你一个伙夫，连字都不识，怎么有资格批评首席大弟子？可接下来惠能也念了一个偈语："菩提本无树，明镜亦非台。本来无一物，何处惹尘埃。"意思是真正的悟道到最后没有是非，没有真假，没有对错，没有美丑。如果你还觉得有东西是脏，有东西是好，你根本离悟道还远。《六祖坛经》里这段写得非常精彩，五祖听了此偈，就说："你胡说！"在惠能的头上敲了三下后，背着手走了。惠能明白师父是让他在三更的时候，从后门进去找他。那天夜里，五祖就传法给惠能，把《金刚经》念给他听，并一句一句地解释，最后讲到了"应无所住而生其心"，就是说你既要有对人世间的悲悯跟关心，又不能执着。听到这里，惠能就说我懂了。弘忍就把袈裟脱下来披在他身上，给了他一个化缘的钵。弘忍知道在所有的选举里都是有政治斗争的，神秀绝不会饶过惠能，就说：你得马上南逃，遇梅则止，否则有人会杀你。这里面当然有神话的成分，这个"梅"指的是广东的梅岭，惠能后来就在那里建立了禅宗的南宗系统，神秀是北宗的六祖。南宗就是讲顿悟，即刹那之间的领悟，现在日本的禅宗多属南宗。

宝玉那里还有"立足之境"，可黛玉加的"无立足境，是方干净"两句，说其实到最后什么都没有，这就把宝玉给贬下去了，说他还没有达到领悟的最高境界。

参禅的执着

宝钗听了以后说，这才是真正的彻悟。接着便讲了刚才南宗的那段故事。当然，我们知道宝玉根本没有悟，他的人生还有这么多的眷恋，这么多的不舍，这么多的执迷。

到目前为止，这么多的宗教提出了这么多领悟的结局，可是我们还是忍不住对人生的眷恋。我们非常向往领悟，也可以跑到庙里去闭关，可像我，每次下山时都特别想吃肉。人性真的很有趣，戒律和你的认知之间其实是互动的。我承认我现在还没有悟道，但我宁愿活在悟道的向往中，而不是悟道的终结。悟道的最高境界，大概是什么都不想说了。

宝玉这一次伟大的悟道过程，被几个女孩子嘲笑成这个样子，连他自己也觉得好笑。黛玉笑道："彼时不能答，就算输了，这会子答上了也不为出奇。只是以后再不许谈禅了。连我们两个所知的所能的，你还不知不能呢，还去参禅呢。"身边有这样的好朋友真好，他们会笑笑说："你干吗呢？你离悟道还早着呢。"有时候我们真会看到身边很多执着于参禅的人。听起来也许很矛盾，可他们真是"执着参禅"，把参禅当成了正事，其实变成了另外一种形式的执着。我有时候也在想，这可能就是他的"业"，他得用这个方法去渡过难关。

"宝玉自己以为觉悟，不想忽被黛玉一问，便不能答；宝钗又比出'语录'来，此皆素不见他们能者。"他以前不知道黛玉跟宝钗也这么"禅宗"，"自己想了一想：'原来他们比我的知觉在先，尚未解悟，我如今何必自寻苦恼。'"宝玉的好处就是很容易转弯，他就觉得说干吗要这样去自寻苦恼。"想毕，便笑道：'谁又参禅，不过一时玩话罢了。'说着，四人仍复如旧。"大家又变成好朋友了，所以《红楼梦》里面给我们一个提醒，如果你家里有这个年龄段的小男孩、小女孩，千万不要太计较他们的情绪高低、关系好坏，一切都会很快转换，没有你想得那么严重。

猜谜

下面提到了《红楼梦》里最寂寞的一个人，我们常常会忘掉她，就是皇宫里的娘娘贾元春。自十六岁嫁到皇宫，她的青春就结束了，期间只回家省过一次亲，从此就永远活在那一天里了。因为太过寂寞，她常常会想办法做一些跟弟弟妹妹们建立联系的事情。眼下刚好是过年，她就想了一个游戏，做了灯谜让弟弟妹妹们猜，还说猜完了以后，每一个人也做一个灯谜让她猜。

灯谜传来了，大家来到贾母的上房，只见一个小太监拿了一盏“四角平头红纱灯”，专为灯谜而制，就是这种四个角，平头的，用红纱做的灯，上面已经贴了一个谜语，大家都争看乱猜。小太监就下了命令说：娘娘说的，大家猜到了不要说出来，每一个人只暗暗写在纸上，然后拿进宫去由娘娘来判定。“宝钗等听了，近前一看，是一首七言绝句，并无甚新奇。口中少不得称赞，只说难猜。故意寻思，其实一见便猜着了。”其实宝钗绝对比娘娘聪明，只是此时不能表现，在第一夫人面前显摆你的聪明，她一定恨死你了，宝钗太懂人情世故了。“宝玉、黛玉、湘云、探春四个人也都解了，各自暗暗的写了半日。一并将贾环、贾兰等传来，一齐各揣心机都猜了，写在纸上。然后各人拈一物作成一谜，恭楷写了，挂在灯上。”

大家注意，《红楼梦》里面所有的诗和灯谜，这些看似不经意的东西，其中都含有人的命运，接下来每一个人的灯谜暗含着自己的命运，《红楼梦》的神秘之处在于其中有很多宿命，其实就是西方心理学所说的人的潜意识。

本来贾政很少跟孩子们一起玩，可刚好赶上过年，他下班又早，就也来玩猜谜。他看完每个人的谜语，就觉得大家小小年纪，竟然所有的谜底（爆竹、风筝、算盘）都让人觉得不够厚重，他忽然意识到这个家要败落了。《红楼梦》本身就是一个谜，它认为人生也是一个谜，而大家都希望对人生有一种预知的能力，能窥到一点天机。可是中国有句古话："嗜欲深者天机浅。"意思是天机本来是每个人都可以看明白的，只是因为被太多现世的欲望捆绑而无法领悟。此处是呼应前面的宝玉参禅。

枕头与兽头

太监把谜语带进宫里，到了晚上出来传谕："前娘娘所制，俱已猜着，惟二小姐与三爷猜的不是。"只有两个人没有猜到，一个是二小姐贾迎春，她有个外号叫"二木头"，就是笨笨的、呆呆的；另一个是三爷贾环，贾宝玉的同父异母的弟弟。每一个人做的谜语，娘娘有的猜到，有的没有猜到，大家就都胡乱说猜到了。其实做娘娘很惨，它意味着你永远听不到真话。《红楼梦》很有趣，它就这样在不经意间告诉你位高权重其实是蛮悲哀的事情。

太监就将娘娘颁赐之物送给猜着的人。每人一个宫制的诗筒。就是一个雕得很精致的象牙的，或者黄杨木的筒，可以装上纸笔挂在身上，有诗兴的时候，可以随时把诗句记下。还有每人一个茶筅，这个东西现在还在用，是竹子劈成的很细小的像扫帚一样的东西，是喝茶的用具。只有迎春跟贾环两个人没有，"迎春自为玩笑小事，并不介意"，贾环却很难过，因为他一直自觉卑微。太监又说："三爷，娘娘说你做这个不通，所以也没有猜，叫我带回问三爷是个什么。”大家听了就来看他到底写了一个什么谜语。贾环写的是：“大哥有角只八个，二哥有角只两根。大哥只在床上坐，二哥爱在房上蹲。”我觉得曹雪芹真了不起，一个文学功底这么好的人，能写出这么烂的谜语，完全像是贾环写的。“众人看了，大发一笑，贾环就只得告诉太监说：‘一个枕头，一个兽头。’那太监记了，领茶而去。”

贾政的悲哀

“贾母见元春这般有兴，自己越发喜欢，便命速作一架小巧精致围屏灯来。”“围屏灯”是可以放在炕上做屏风的一种灯，上面可以贴更多的谜语。“命他姊妹各自暗暗的作了，写出来粘于屏上，然后预备下香茶细果以及各色玩物，为猜着之贺”，猜着了以后是有奖品的。

这一天刚好贾政朝罢，看到贾母这么高兴，而且刚好是在过年，也来承欢取乐。“设了酒果，备了玩物，上房悬了彩灯，请贾母赏灯取乐。”然后最上面一席，是贾母、贾政、宝玉一桌，宝玉可怜得要死，被安排坐在爸爸旁边；下面是王夫人、宝钗、黛玉、湘云一桌；然后迎春、探春、惜春这些姐妹们又一桌，底下有婆娘丫鬟站着服侍。李宫裁和王熙凤两个孙媳妇在里间又有一席。贾政就问：“怎么不见兰哥？”李纨就起身说：“他说方才老爷并没去叫他，他不肯来。”众人都笑说：“天生的牛心古怪。”意思是这么小就已经这么有个性，贾兰很争气，很多人认为贾家被抄以后，重振家业的就是贾兰，这个寡母带大的孩子从小就有志气。贾政就赶快叫贾环与两个婆娘把贾兰叫来。贾母、贾政、宝玉、贾兰刚好是四代同堂，贾政这个时候叫贾兰来也有这个意思。

因为贾政在场，所有人都很紧张，因为贾政平时太严肃。本来贾母是想跟孙子、孙女好好玩玩的，结果有个贾政坐在这里，大家都不知道该怎么办。这场戏其实是贾政的悲哀：他非常想跟大家玩，可就是玩不起来。

“往常间只有宝玉长谈阔论，今日贾政在这里，惟有唯唯而已。余者湘云虽系闺阁弱女，却素喜谈论，今日贾政在席，也自缄口禁言。”贾政在场，连湘云都不敢说话了。“黛玉本性懒与人共，原不肯多话。宝钗原不妄言轻动，便此时亦是坦然自若。故此一席虽是家常取乐，反见拘束不乐。”贾母当然知道是因为贾政一人在此所致，所以酒过三巡就撵贾政去歇息，贾政也知道贾母的意思，撵了自己去后，好让他们姐妹兄弟取乐。

可此时贾政竟然说出了自己从不表露的心思，读者能强烈地感受到这个平素一本正经的爸爸的苦衷。《红楼梦》让每一个人都有表露心思的机会。贾政就跟贾母赔笑说：“今日原听见老太太这里大设春灯雅谜，故也备了彩礼酒席，特来入会。何疼孙儿孙女之心，便不略赐以儿子半点？”这是儿子在对妈妈撒娇，因为长期在外做官，连母子之间都生疏了。谁都想不到贾政也会撒娇。

贾母笑了，大概也有点儿不好意思，说：“你在这里，他们都不敢说笑，没的倒叫我闷。你要猜谜时，我便说一个你猜，猜不着是要罚的。”贾母很聪明，她知道这个时候真把贾政赶走也不好，可留下来大家都这么闷又不是办法，所以她要求说既然留下来就放松一点，我先讲一个谜语让你猜，猜不到我是要罚的。大家忽然觉得让老爸猜谜蛮好玩的，如果猜不到就更好玩，亲子关系一下子就改变了。

灯谜谶语

“贾政忙笑道：‘自然要罚。若猜着了，也是要领赏的。’”可见只有在游戏中，亲情才会出来。“贾母说：‘这个自然。’说着便念道：猴子身轻站树梢——打一果名。”谜底是荔枝。因为猴子屁股是红的，“站树梢”义同“立枝”，是“荔枝”的谐音。注意，所有的谜语在这里都变成谶语，暗示这个家族将要“树倒猢狲散”，贾母就是那棵大树。

这个谜语出来之后，贾政便故意乱猜。这也是那个时代儿子该有的聪明，明明知道是荔枝，偏偏猜来猜去地被罚了很多东西，最后才猜到，贾母这才赏他。这些以前我们不了解，跟某个长辈打麻将的时候，桌子底下就有人踢你说，难道看不出来他胡什么牌吗？还不赶快打！其实这根本就不是在打麻将，完全是人情世故。

接着，贾政也说了一个谜语让贾母猜，贾政的谜语就是他的身份：“身自端方，体自坚硬。虽不能言，有言必应——打一个用物。”这是砚台。砚台是考试、做官、读书的象征，贾政本身也像个砚台，硬硬邦邦，方方正正，没有什么转换空间，《红楼梦》里所有的谜语都和出谜人很相配，没有比砚台更适合贾政的东西了。“说毕，便悄悄的说与宝玉，宝玉意会，又悄悄的告诉了贾母。”大家玩的时候，一定得让老太太开心，不能让她猜不到。“贾母想了想，果然不差，便说：‘是砚台。’贾政笑道：‘到底是老太太，一猜就是。’回头说：‘快把贺彩送上来。’”这就是大户人家，到处都是礼节，西方这种东西就比较少，在玩的时候可以忽略辈分礼教而变成单个的人，可是在儒家传统里这种礼教会渗透到生活的各个角落，如果你细心观察的话，现在的生活中这些传统都还在。

贾政传贺礼，“地下妇女答应一声，大盘小盘一齐捧上。贾母逐件看去，都是灯节下所用所玩新巧之物，甚喜”，老太太们都很有意思，再有钱，也喜欢人家送她的东西，然后就命令说：“给你老爷斟酒。”“宝玉执壶，迎春送酒。贾母因说：‘你瞧瞧那屏上，都是他姊妹们作的，再猜一猜我听。’”元春、迎春、探春、惜春每人都写了一个谜语贴在围屏上。第一个是贾元春写的，贾政看是：“能使妖魔胆尽摧，身如束帛气如雷。”开口就是做娘娘的大气派，所有的东西都是雄壮华丽的，很有权威的，“一声震得人方恐”，一下爆炸开来，把所有人都吓坏了，可是注意最后一句：“回首相看已化灰。”像一个谶语，其实是一个征兆，它预示着人生的前景。元春此时身为贵妃，达到了人生的巅峰，可是她的荣华富贵转瞬而逝，没过多久她就去世了。贾政说这是爆竹，那宝玉就说：“是。”

接着贾政就看迎春的谜语：“天运人功理不穷，有功无运也难逢。”意思是无论怎么努力，如果没有好命运，最后还是没有用。“因何镇日纷纷乱，只为阴阳数不同。”这里用算盘来谶迎春，像贾家这样的家族，一直觉得女儿要嫁得门当户对，找来找去找了个孙绍祖，没想到结局那么惨。计较算计了那么久，到最后是“有功无运”。

宝钗写出自己的命运

再往下看，是探春的谜语。探春是贾家几个女孩子中最聪明的一个。可是她的悲剧是庶出，跟贾环是亲姐弟，最后她嫁到今天的南洋一带做了王妃。在当时看来这种命运很惨，人们常用断了线的风筝来形容这种女子，天高路远，交通不便，远嫁就意味着跟娘家永远断了联系。所以她的谜底刚好就是风筝："阶下儿童仰面时，清明妆点最堪宜。游丝一断浑无力，莫向东风怨别离。"我个人一直不觉得探春的命运有什么不好，从现在的角度来看，她是选择了脱离这个家族，脱离一直侮辱她的亲生母亲，去开创一个完全不同的世界。我觉得探春是一个很现代的女子，家族的这根线已经变成她的生命牵绊和障碍，所以她宁愿把这根线断掉。贾政说这是风筝，探春就笑着说："是。"

接着看惜春的，惜春这个时候还很小。"前身色相总无成，不听菱歌听佛经。莫道此生沉墨海，性中自有大光明。"贾政说："这是佛前的海灯。"惜春说："是。"看来惜春也注定了跟佛有缘，将来要出家的命运。

"贾政心内沉思道：'娘娘所作爆竹，此乃一响而散之物。迎春所作算盘，是打动乱如麻。探春所作风筝，乃飘飘浮荡之物。惜春所做海灯，益发清净孤独。今乃上元佳节，如何皆用此不祥之物为戏耶？'心内愈思愈闷，因在贾母之前，不敢形于色，只得仍勉强往下看去。"

下面一首七律是宝钗所作，宝钗这首诗写的完全是她后来的命运，她的谜底是"更香"。古代有一种燃烧计时的香："朝罢谁携两袖烟，琴边衾里总无缘。晓筹不用鸡人报，五夜无烦侍女添。焦首朝朝还暮暮，煎心日日复年年。光阴荏苒须当惜，风雨阴晴任变迁。"后来的宝钗虽嫁给了宝玉，可两人却形同陌路，再后来宝玉出家，剩下她一个人在熬时间，这也是她的宿命。"贾政看完，心内自忖道：'此物还倒有限。'"是指这个东西也很容易猜到。"'只是小小之人，作此诗句，更觉不祥，皆非永远福寿之辈。'想到此处，愈觉烦恼，大有悲戚之状。"

在二十二回的结尾，贾政好像看到了家族的未来。贾政一直强迫宝玉读书，希望他能振兴家业，此刻他忽然觉得自己无能为力，家族的没落似乎已经成了某种宿命。特别让他伤心的是儿女、子侄辈的诗句都这么不祥。本来人在过年过节的时候，心情和愿望都应该是圆满、幸福和温暖的，可是这几个孩子写的东西都这么悲凉，从爆竹、算盘、风筝、海灯到更香。贾政的心情变得有点儿落寞，“将适才的精神减去十之八九”，贾母以为他累了，就叫他赶快回去睡觉。

第二十三回

西厢记妙词通戏语
牡丹亭艳曲警芳心

元春的寂寞

谁都知道《红楼梦》里有个“大观园”，实际上宝玉他们是在二十三回才开始住进去的。“大观园”是元春省亲时贾家专门盖的别墅。古代皇家有这样的规矩，凡是皇室的人到过的地方一律叫作“临幸”，这种地方在皇家的人离开后就要封起来，以表示对皇室的尊重。在第十八回大家已经领略过贾元春省亲时的排场，身为贵妃，她让贾家体面到了极点。可我总觉得《红楼梦》里最寂寞的人就是贾元春，十几岁嫁入皇宫，从此就连跟自己的父母都无法亲近。对于元春的寂寞，《红楼梦》里着墨不多，可能因为时代的原因，关乎皇族的事作者不太敢直接写。可如果设身处地，就不难理解元春的寂寞。回到皇宫后，那次省亲似乎变成了她唯一可以怀念的事。本来她是连宝玉都不能见的，因为宝玉是无职外男。可元春最疼的就是宝玉，所以她就特别下令说让宝玉觐见。宝玉一进来，这个姐姐就觉得亲得不得了，忍不住去摸他的头，这些细节都在透露元春内心的世界。

回到皇宫，她一直很怀念这一天，小说里面有一个象征，贾元春回去以后，念念不忘她曾赐名的省亲别墅——大观园，觉得这个花园荒废了非常可惜，所以二十三回的一开始就讲：“话说贾元春自那日幸大观园回宫去后，便命将那日所有的题咏，命探春依次抄录妥协，自己编次，叙其优劣，又命在大观园勒石，为千古风流雅事。”短短几句，透露了元春的内心世界，嫁入皇宫，就意味着她的青春永远画上了句号。

烫蜡钉硃

接了娘娘的命令，“贾政命人各处选拔精工名匠，在大观园磨石镌字”，“镌”字现在很少用了，本来是雕刻的意思。“磨石镌字”，就是在石头或金属上刻字。“贾珍率领贾蓉、贾萍等监工。”贾家子弟很多，一旦家里有重要的事情，就会特别派某个子弟来专门监管。娘娘吩咐所有的诗词都要在大观园里刻成石碑，这些石碑立在什么地方，怎么刻都要有讲究，所以贾珍就领着贾蓉、贾萍他们来监工。“因贾蔷又管理着文官等十二个女戏并行头等事，不大得便，因此贾珍又将贾菖、贾菱唤来监工。”前面讲过，贾蔷很聪明，长得也很漂亮，跟贾蓉一起长大，两个人非常要好，贾蓉很着意地提拔他，专门派他到江南挑选十二个唱戏的女孩子，这十二个女孩子后来就一直由贾蔷在管理。“一日，烫蜡钉硃，动起手来。”“烫蜡钉硃”这四个字现代人不太容易懂，我们大概听说过某书法家要把写的字刻在石头上的时候，先要用朱砂笔把字摹写在石碑上，然后用白蜡涂在上面以免蹭掉，最后石工按照摹写的字镌刻，这就是“烫蜡钉硃”。

关说事件和似笑非笑的威严

二十三回里有几条线索，其中，一条线索是贾家的那些不太得势的子弟，像贾芹、贾芸之类的，他们大多生活很艰难，都想在贾府里谋个差事。用现在的语言来讲叫“关说”，因为贾府里有很多的工程要做。

“关说”问题之所以在贾府里这么重要，主要是因为只要有了职务，钱就不成问题了。作者其实在透露贾家面临败落，因为各项管理都有很大的漏洞。

“且说那个玉皇庙并达摩庵两处一班的十二个小沙弥，并十二个小道士，如今挪出大观园来，贾政正思想发到各庙去居住。不想后街上住的贾芹之母周氏，正盘算着也要到贾政这边谋一个大小事务与儿子管管，也好弄些银钱使用。可巧听见这件事，便坐轿子来求凤姐。”贾芹的妈妈很有见识，知道王熙凤有实权。“凤姐因见他素日不大拿班作势的，便依允了”，凤姐大概觉得这个人平时为人很谦卑、厚道，不整天装腔作势总惹事，就答应了她。

王熙凤在管理上是很有一套的，既讲信用又懂得机巧。答应周氏的时候，她还不知道要给贾芹安排什么事。接下来她就要想办法制造出一个空缺，恰好那天她听贾政他们在谈打发小道士、小和尚的事。凤姐“想了几句话，便回王夫人说：‘这些小和尚、道士万不可打发到别处去”。她的理由是：如果有一天娘娘再回来，临时找的道士、和尚，对各种仪式不熟，重新训练起来会很麻烦，不如就把这十二个小道士、小和尚送到家庙铁槛寺去，像贾家这么大的家族，常常会有法事要做，况且对他们来说，养十二个小和尚、小道士也不是难事。

其实王熙凤不一定真认为这样处理十二个道士跟十二个沙弥是最好的方式。她建议的目的主要是为贾芹找个工作，后来贾家的人事安排出了很多问题，因为它不是按“法”而是按“情”来处理的。有人来“关说”，你既然答应了，就要对人家一个交代。王夫人听了，就跟贾政商量，贾政听了笑道：“倒是提醒了我，就这样。”马上决定安排贾琏来处理此事。

下面写贾琏和凤姐的关系写得非常好。“当下贾琏正同凤姐吃饭，一闻呼唤，不知何事，放下饭便走。凤姐一把拉住，笑道：‘你且站住，听我说话。若是别的事我也不管，若是为小和尚们的那事，好歹依我这么着’。”看到凤姐的敏感、聪明了吧？她料定贾政叫贾琏，一定是安排这个事，所以她就“如此这般教了一套话。贾琏笑道：‘我不知道，你有本事你说去。’凤姐听了，把头一梗，把筷子一放，腮上似笑不笑的瞅着贾琏。”这几个动作和表情都在表示凤姐儿的威严，真正的威严不是大吵大闹的，王熙凤只是筷子一放，脸一板，表情似笑非笑，贾琏就再不敢说话了。凤姐说：“你当真的，是玩话？”贾琏只好笑道：“西廊下五嫂子的儿子芸儿来求了我两三遭，要个事情管管。我依了，叫他等着。好容易出来这件事，你又夺了去。”原来贾琏也有人在“关说”。

此时的贾琏有点可怜，他说有人求了我好几次，我都答应人家了，现在好不容易有个机会，你又抢走了，叫我的脸往哪儿放？王熙凤马上说：“你放心。园子东北角子上，娘娘说了，还要叫多多的种松柏树，楼底下还要叫种些花草等物。等这件事出来，我保管叫芸儿管这件工程。”王熙凤一方面很强势，和贾琏之间，她永远是主宰，绝对掌控大局，先说我答应了人家的事，你不能抢走，我在外边绝对不能丢脸；同时她又知道给丈夫留面子，也很有办法抚慰他。

“贾琏道：‘果然这样，也罢了。只是昨儿晚上，我不过是要改个样儿，你就扭手扭脚的。’”这是他们在讲行房时很私密的事情，“凤姐听了，‘嗤’的一声笑了，向贾琏啐了一口，低下头便吃饭。”注意凤姐的反应，她马上变成了一个很害羞的女生，意思是你怎么青天白日地说起做爱的事来了。如果少掉这一段，夫妻之间非常亲密的感觉就没有了，一对小夫妻整天只谈论“关说”之类的事情，就太无趣、太生硬了。

真正好的文学一定是会真正关心到人的，不好看的小说通篇是八股，再有用的道理你也读不下去。文学很多时候需要的不是理论，而是对人情的认真体察，一流的作家都是从生活里出来的。很多喜欢文学的朋友，先是因为喜欢读小说，就去读一些文学理论，准备自己来创作，最后越读越写不出东西，因为文学理论最后会变成捆绑手脚的公式。可是《红楼梦》里常常只是短短几句就活灵活现，这一段只有三分之一页，王熙凤的威严霸气、害羞嗔怪和贾琏的窝囊猥琐、嬉皮笑脸一下子呼之欲出。其实从本质上说，文字就是一种素描，素描的功夫到家，才能准确刻画作者对人物的观察，读者也才能有亲临其境之感。

私密的青春记忆

贾琏见了贾政，交代的果然是小和尚一事。贾琏便依了凤姐的主意说道：“如今看来，芹儿倒大大的出息了，这件事竟交与他去管办。横竖照在里头的规例，每月叫芹儿支领就是了。”贾琏完全照太太的交代，推荐了贾芹。贾政原本就不太理论这些事。“贾琏回到房中就告诉凤姐儿，凤姐即命人去告诉周氏。贾芹便来见贾琏夫妻两个，感谢不尽。凤姐又作情央贾琏先支三个月的供给。”你看，这个“关说”有多厉害，事情还没有做，就先支三个月的钱。“叫他写了领字，贾琏批票画了押，登时发了对牌出去。银库上按数发给三个月的供给来，白花花二三百两。”这个钱其实是养这些小道士跟小沙弥的。可贾芹在中间不知道要克扣多少，在这个大家族里面，真正的花费大概只有三分之一。你看，“贾芹随手拈一块，撂与掌平的人，叫他们吃了茶罢。”这不是公款吗？可他随手就拿了一块银子给人，意思是有好处大家一起分享。这些细节都在说明这个大家族的管理其实没有任何章法。“登时雇了大叫驴，自己骑上；又雇了几辆车子，至荣国府角门前，唤出二十四个人来，坐上车，一径往城外铁槛寺去了，当下无话。”

下面才进入二十三回的主题，元春在皇宫里，忽然想到大观园自从她去过以后就荒废了。中国古代的戏曲和小说里所有青年男女的私会、约会都发生在花园里，因为花园象征着春天和青春。荒废的花园一直是古典小说、戏曲里的某种意象，花园的荒废意味着青春的荒废。

因此，元春就传了一道命令说：让所有的妹妹们——探春、迎春、惜春、宝钗、黛玉住进大观园。还特别提出宝玉从小跟她们一起长大，让宝玉也住进去。本来宝玉最怕的就是爸爸，没事时总检查他的功课。住到大观园后，周围都是姐姐妹妹，爸爸不能随便进大观园监督。从此宝玉就在里面每天作诗、唱歌，玩得不亦乐乎。大观园其实是一个青春王国，是青少年应该享有的一个自由遨游的世界，这个世界是不能完全用大人的礼教去约束的。“大观园”是元春送给弟弟妹妹们的礼物，她的青春在十六岁就结束了，她希望自己的青春能在弟弟妹妹身上延续，所以要纵容弟弟妹妹们好好地享受青春。

就是在二十三回里，宝玉开始读禁书了。我常常跟一些爸爸妈妈说，小孩十三四岁的时候，你最好不要问他们在看什么，他绝对不会说实话。我做老师时跟学生比较亲近，我问过学生多大开始接触禁书，他们的回答常常吓我一跳。现在可能年龄越来越小，尤其在网络上他什么都看得到的。现在我们看到贾宝玉读的禁书肯定会惊讶，他看的不就是中文系现在学的古典文学吗？《牡丹亭》、《西厢记》之类的，可它们是那个时代的禁书，因为里面写到性。如果大家去看《牡丹亭》，现在舞台上演的《游园惊梦》，会觉得文辞美得不得了，可是它其中有“把你衣带宽，衣扣解”之类的性描绘，等到写到最直接的性的时候，它是用象征，比如，地上落红片片，再比如蜜蜂在花蕊里面钻，用春天植物的交配去形容性；《西厢记》里张生跳了粉墙跟崔莺莺偷欢，也有整段的性的描绘。古代在这种礼教很严的家庭里，这些是绝对的禁书。今天如果把《西厢记》、《牡丹亭》摆在桌上，小孩子们才不会看呢，他们要是喜欢看，我们肯定蛮高兴的，因为那是很优雅的文学。我的意思是说，禁书永远会存在，但它的尺度一直在变。一旦你规定说：这条线是禁书线，你不能跨过来！他肯定要跨过来，否则就不是青春了！青春就是叛逆的，一定要去做些大人认为他不能做的事。还有一点，青春有它的私密性，那是属于自己的一种孤独，有些可能一生都不见得会让别人知道，是一个少年私下里对自己身体发育成长的好奇和探索。

大观园的完成

“如今且说贾元春，因在宫中自编大观园题咏之后，忽想起那大观园中景致，自己幸过之后”，“幸过”，就是自己去过，因为她是皇族的人，所以用“幸”这个动词。“贾政必定敬谨封锁，不敢使人进去骚扰，岂不寥落。”“寥落”两个字是她对自己青春的哀悼。“况家中现有几个能诗会赋的姊妹，何不命他们进去居住，也不使佳人落魄，花柳无颜。”“佳人落魄，花柳无颜”是指一个少女虽美却没有灵魂。《牡丹亭》里杜丽娘游园的时候，就是一个没有灵魂的肉体，她那么美，却从来未曾享受过青春。《春香闹学》那场戏里春香活泼得不得了，一直跟她说那个花园有多漂亮，可杜丽娘始终面无表情，真的就是“佳人落魄”的感觉。《红楼梦》的作者是看着这些戏长大的，《牡丹亭》对他的影响很深，所以他会大胆地在小说里提到。

“却又想到宝玉自幼在姊妹丛中长大，不比别的兄弟，若不命他进去，只怕他冷清了。”“冷清”这两个字的意思是说青春是应该在一起的，再者，宝玉进去住的话，一定很快乐，也免得贾母、王夫人愁虑。所以，她就“命太监夏忠到荣国府来下一道谕，命宝钗等只管在园中居住，不可禁约封锢”，我觉得“禁约封锢”四个字很有意思，是指不要禁约封锢这些孩子的青春岁月，其实是娘娘保护了他们的青春。人到了一定的年纪，会遗憾自己没有真正活出过青春的快乐，回头去看风华正茂的孩子们，会忽然觉得青春一生也只有这么几年，就有点儿忍不住想纵容他们。

娘娘下的旨意，是没有人敢违抗的。别人知道这个消息还自犹可，“惟宝玉听了这谕，喜的无可不可”。大家可以了解吧？可以跟这些姐姐妹妹一起在大观园里胡闹，又能离爸爸那么远，他开心得简直快疯了。正盘算跟贾母要这个，弄那个的时候，丫鬟进来说：“老爷叫你。”“宝玉听了，好似打了个焦雷，登时扫去兴头，脸上转了颜色，便拉着贾母扭的好似扭股儿糖，杀死不敢去。"《红楼梦》不细读则已，细读的时候你会吓一跳，父权竟然会恐怖到这种程度。贾母只好说：没有关系，好宝贝，你就去吧，有我呢。他不敢委屈你。你不是做了一篇很好的文章吗，想是娘娘叫你进去住，他吩咐你几句，不过叫你不要在里头淘气，他说什么，你只好生答应就是了。一边安慰他，一边又特别命令两个老嬷嬷来带着宝玉去，说不要叫他老子吓着他了。宝玉是一直有人撑腰的，去见爸爸的时候奶奶还要派两个跟班的。

宝玉的忐忑不安

宝玉只好去了，他"一步挪了三寸"，作者的文笔实在老到、漂亮，只六个字里，就既有画面又有动作，小孩子那种特不想去可又不得不去，故意磨蹭的样子跃然纸上。

"可巧贾政在王夫人房中商议事情，金钏儿、彩云、彩霞、绣鸾、绣凤等众丫环都在廊檐下站着呢"，平常宝玉总喜欢跟她们逗，这些丫头也知道他最怕的就是老爸，就趁机逗他了。"一见宝玉来，都抿着嘴儿笑"，大家心说，你这下惨了。谁都知道宝玉有个外号叫混世魔王，天不怕地不怕，只有老爸一个克星。"金钏儿一把拉住宝玉，悄悄的笑道：'我这嘴上是才擦的香浸胭脂，你这会子可吃不吃了？'"彩云人比较厚道，连忙"一把推开金钏，笑道：'人家心里正不自在呢，你还奚落他。趁这会子喜欢，快进去罢。'"她们知道他爸爸现在心情还不错，因为我们前面已经讲到过，每次爸爸见到宝玉，话都讲得非常难听，动不动就是"你站脏了我的地”之类的。

“宝玉只得挨进门去。”大家注意一下这些字眼，它们很多是作者自己创造的，在《古文观止》里，你可能找不到“挨”这个动词，因为那些字都太正经了。可是在小说里，全是“扭股儿糖、一步挪三寸、挨”这类活泼灵动的语言，所以，戏曲与小说是对白话文学非常重要的开拓。我自己在读书的时候，总觉得我们教科书里面小说的部分太少，我自己在写作上受益最多的是《水浒传》、《西游记》、《红楼梦》、《三国演义》，而不是唐宋古文，因为那些东西太高远了。

“原来贾政跟王夫人都在里间呢，赵姨娘打起帘子，宝玉躬身挨入。只见贾政跟王夫人对面坐在炕上说话，地下一溜椅子，迎、探、惜并贾环四个人，都坐在那里。一见他进来，惟有探春、惜春和贾环站了起来。”这是大户人家的规矩，迎春是姐姐，弟弟来的时候姐姐是不用站起来的，探春、惜春是妹妹，贾环是弟弟，所以他们三个人要站起来。

贾政眼中的宝玉与贾环

“贾政一举目，见宝玉站在眼前，神彩飘逸，秀色夺人。”这个老爸可能是第一次觉得儿子不错，再比比旁边赵姨娘生的儿子贾环，“人物委琐，举止荒疏”，一对比就觉得宝玉越发惹人疼爱。还有一点大家不能忽略，一个孩子从小受宠爱的话，他身上总会带着某种自信。我觉得《红楼梦》里最可怜的角色就是贾环，因为是庶出，他的母亲在这个家族里面没有地位和尊严，他就有点自卑，这里“委琐”，其实是说他没有自信。后面我们慢慢会了解他并不是天生如此，他的性格某种程度上和后天的生长环境有关。

贾政忽然又想起贾珠，那是他最疼爱的长子，长得好，书也读得好，可是不幸早死了，“再看看王夫人只有这一个亲生的儿子，素爱如珍，自己的胡须将已苍白”。一下子心情就变得不太一样：“把素日嫌恶处分宝玉之心不觉减了八九。”等了半天才说：“娘娘吩咐说，你日日外头嬉游，渐次疏懒，如今叫禁管同你姊妹在园里读书写字。你可好生用心习学，再若不安分守常，你可仔细！”听到爸爸的理由了吗？因为你每天在外面乱混，所以娘娘说要把你关到大观园去好好读书。这是标准的爸爸的语言，老爸永远是责备的、处罚的口气，意思是你给我小心了！宝玉连连地答应了几个“是”。王夫人就拉他在身旁坐下，然后姐弟三人依旧坐下。刚才探春、惜春、贾环都一直站着，要等到宝玉坐下来，他们才能坐，《红楼梦》中有些细节，写的是当时大家族的礼教。

“王夫人摸挲着宝玉的脖头说道：‘前儿的丸药都吃完了？’宝玉答道：‘还有一丸。’王夫人道：‘明儿再取十丸来。’”爸爸跟妈妈的语言完全不一样，爸爸永远是督促的、监督的、管理的、责备的；妈妈永远说你身体好不好？药吃了没有？人们常说严父慈母，其实是两种很不同的爱的表达方式。王夫人跟宝玉说，这个药你一定要好好吃，“天天临睡的时候，叫袭人伏侍你吃了再睡”。没想到她这一关心宝玉，讲出一个名字——袭人。贾政就问，袭人是什么人？王夫人就说，是个丫头。贾政觉得奇怪，丫头叫个什么小红、阿桃就好了，是谁起的这样刁钻的名字？王夫人见贾政不自在，怕宝玉挨骂，就替宝玉掩饰说，是老太太起的。王夫人忘了贾母根本没有读过书，贾政肯定不信：“老太太如何知道这样的话，一定是宝玉！”宝玉见瞒不过，就起身回道（注意，跟老爸说话先要站起来）：“因素日读书，曾记古人有一句诗云：‘花气袭人知昼暖。’因这个丫头姓花，便随口起了这个名字。”王夫人怕他挨骂，就说，你回去赶快改了吧，老爷也不用为这个小事生气了。幸好贾政的心情很好，只是说：其实也无所谓，不用改，“只是可见宝玉不务正，专门在这些浓诗艳词上作工夫”，“浓诗艳词”是儒家文化最讨厌的东西。说完，便断喝一声：“作孽的畜生，还不出去！”王夫人赶紧说，去罢，去罢，只怕老太太等你吃饭呢。“宝玉答应了，慢慢的出去”，注意，在爸爸视线之内，一定要慢慢的，不然又会被骂一顿，然后向金钏笑着伸伸舌头，我们小时候从训导处出来之后，常做这种动作，然后，带着两个老嬷嬷一溜烟去了。小学生们上学时大多都是这样，来的时候是“挨进来”，去的时候就是“一溜烟”。

“刚至穿堂门前，只见袭人倚门立在那里”，袭人一心只为宝玉，宝玉一被老爷叫去，她就坐卧不安，就那么站在门口一直等。“一见宝玉平安回来，堆下笑来，问：‘叫你作什么？’”因为大家都担心老爷叫他去，是不是要打一顿，宝玉说没有什么，就是怕我进大观园会淘气，吩咐吩咐。一面说，一面就到了贾母跟前，“回明原委”。

“只见林黛玉正在那里，宝玉便问他：‘你住那一处好？’”你看，就像小时候要露营前，大家根本不会关心我们露营要去哪里，那个地方什么样子，最关心的是会跟谁住同一个房间，这是青春期寻找知己的那种快乐。其实在第十七回、十八回里，每一个景点都已经预设好了要进来住的是谁。林黛玉忧伤抑郁、喜欢幽静，一定会选潇湘馆。那个种了芭蕉，栽了海棠的怡红院，肯定要归宝玉。那个没有任何花草，曾引起贾政归农之意的稻香村，则是李纨的去处——李纨是寡居，生活非常内敛、朴素。

本来“林黛玉正在心里盘算这事，忽见宝玉问他，便笑道：‘我心里想着潇湘馆好，我爱那几竿竹子隐着一道曲栏，比别处更觉幽静。’宝玉听了拍手笑道：‘正和我的主意一样，我也要叫你住这里呢。我就住怡红院，我们两个又近，又都清幽。’”你看，宝玉选怡红院是因为离潇湘馆最近，他就是要靠近林黛玉，他根本没有想问薛宝钗想住哪里。

两个人正计较，贾政就派人来说，二月二十二是个好日子，这几个哥儿姐儿们就可以住进去了，贾府就开始派人去收拾，薛宝钗住了蘅芜苑，林黛玉住了潇湘馆，贾迎春住了缀锦楼，探春住了秋爽斋，惜春住了蓼风轩，李纨住了稻香村，宝玉住了怡红院。每一个地方添两个老嬷嬷、四个丫头，各人除了奶娘亲随的丫鬟不算，还有专管收拾打扫的。“至二十二日，一齐进去，登时园内花摇绣带，柳拂香风，不似前番那等寂寥了。”这一句的意象是指青春的绽放，姐姐的苦心经营，真的把大观园变成了青春王国。

住进大观园的岁月

二十三回里有一段是说宝玉跟这些姊妹住进大观园以后所做的事情，看上去似乎是草草带过的，可我读的时候会在这里停一下，想如果我要写这一段会怎么处理。作者说：“且说宝玉自进园来，心满意足，再无别项可生贪求之心。每日只和姊妹、丫头们一处，或读书、或写字，或弹琴下棋，作画吟诗，以至描鸾刺凤，斗草簪花，低吟悄唱，拆字猜枚，无所不至，倒也十分快乐。”我想提醒大家的是，如果观察一下如今十三岁左右的男孩女孩，他们的游戏内容可能完全不同。青春期在不同的时代环境里一定会有不同的形式。可《红楼梦》对我来说是一本了解青春的书，我自己的成长环境，跟宝玉的时代距离很大，女孩子们不会再描鸾刺凤了。我很多时候会有冲动，想在读完《红楼梦》以后，观察自己身边那些正值青春期的孩子，写一本这个时代的青春之歌。因为我相信青春这个形态永远都在。

读了《红楼梦》以后，你会忍不住怀旧，觉得只有那样才是真正的青春，继而对当下的孩子产生一种鄙视甚至厌恶，这其实是一种误读，《红楼梦》对我们真正的提醒是，应该从新的角度去认识这个时代的青春。如今大多数的老师或家长总觉得现在的小孩子，言行举止都很奇怪。《红楼梦》会提醒我们：当心你变成贾政！因为你已经离青春太远。如果我们今天的孩子都在读书、写字、弹琴、下棋、作画、吟诗、描鸾刺凤，你大概很高兴，觉得这是一个优雅、古典的小孩，可如果他真是这个样子，恐怕在今天的任何一个城市都不太容易活下去，他肯定既没有同伴，也没有同学了。青春应该是大家一起共度的岁月，这种岁月不能以预设的立场去观察，而是要认识它本质的美。

十七世纪贵族生活的品质

下面有四首诗是宝玉住进大观园后，对春天、夏天、秋天、冬天的描绘。以前老电影里讲时间的时候常用这样的方法，比如匆匆过了十年，镜头上月历就翻翻翻，这四首诗就是在用场景交代时间。但从中能看到一个真正的贵族公子身上散发着的富贵气。

先看《春夜即事》。“霞绡云幄任铺陈”，“绡”跟“幄”是房间里面挂的帘子、帐幔，“铺陈”是指帘幔拉开来，这些丝织品华丽得像云霞。“隔巷蟆更听未真”，现在一般讲三更、五更，“蟆更”是指六更，这个时候多数人已经开始工作了，青春是一个可以睡到自然醒的年龄，都六更了，他们还在床上朦朦胧胧。这既是在讲岁月、流光，同时也在讲富贵、慵懒。“枕上轻寒窗外雨”，人还睡在枕上，春天的早晨，还有一点寒凉，窗外春雨绵绵。“眼前春色梦中人”，既是在讲春天，也在讲青春里某种朦胧的感觉，好像眼前这个人就是刚才梦里的人。“盈盈烛泪因谁泣”，蜡烛一直在流泪，不知为什么在哭。这是非常青春的句子，翻开自己十几岁时的日记，你会吓一跳，里面好多这种句子，其中有唯美，也有感伤。“默默花愁为我嗔”，所有这些在春天里开放的花都好像很感伤，又好像是因为我在那边撒娇。“自是小鬟娇懒惯，拥衾不耐笑言频”，小丫头们撒娇、慵懒已经成习惯了，就那么抱着被子在那里又说又笑。全诗既有悠闲、慵懒，又含淡淡的哀愁。

其次是《夏夜即事》。“倦绣佳人幽梦长，金笼鹦鹉唤茶汤”，还是在说睡觉、做梦，青春期本来就是一个梦，富贵人家大都会在廊檐底下养个鹦鹉，鹦鹉常学人声叫着要茶喝，其中透着些许富贵的孤独。“窗明麝月开宫镜，室霭檀云品御香”，女孩子打开梳妆的镜匣，就像明月映窗；檀香弥漫缭绕，像是白云飘进了屋子。作者把富贵人家的妆镜和檀香的美直接和大自然建立了关联。“琥珀杯倾荷露滑，玻璃槛纳柳风凉”，琥珀色杯中的酒味醇美，晶莹剔透的栏杆下柳风清凉，都是很美的形容。“水亭处处齐纨动，帘卷朱楼罢晚妆”，“齐纨”是古代山东出的一种很薄的白细绢，特别适合做扇子，后借指团扇。女孩子们在水边的亭子里摇着扇子纳凉；到了黄昏的时候，卷起珠帘，开始卸妆。这是很典型的宝玉的个性，其中既有对物质的享受和美的欣赏，又多少带一点颓废。

再次是《秋天即事》。“绛芸轩里绝喧哗，桂魄流光浸茜纱”，“绛芸轩”是在讲怡红院，而秋天的月光是特别亮的，“桂魄”是指月亮，传说月亮里是有一棵桂花树的，月光似流水浸透了窗纱。“苔锁石纹容睡鹤，井飘桐露湿栖鸭”，鸭子和鹤都是大观园里的禽鸟，天气渐冷，长出了青苔的石头可容仙鹤憩息；飘落的沾满秋露的梧桐叶，打湿了栖息在那里的鸭子。“抱衾婢至舒金凤，倚槛人归落翠花”，非常漂亮的句子，有婢女抱着绣有金凤图案的被褥来铺床；后一句写贵族女子兴尽人归，卸下头饰。“静夜不眠因酒渴，沉烟重拨索烹茶”，喝了酒的人半夜会口渴，便叫丫鬟重新拨开炭火，煮一点茶喝。这些都是富贵人家的生活细节，可是诗中始终传达着那种青春时光里淡淡的慵懒和哀愁。

最后是《冬天即事》。“梅魂竹梦已三更，锦罽鹴衾睡未成”，“锦罽”，织有花纹的毛毯，通常是北方冬天为防寒凉铺在地上的。“鹴衾”，鹴即鹔鹴，是大雁的一种，它们常常是一对一对飞的，过去常常把鸳鸯、鹔鹴绣在被子上，来代表婚姻或者情感。诗句的意思是家里铺了这么厚的地毯，盖了这么美的被子，可是还是睡不着。“松影一庭惟见鹤，梨花满地不闻莺”，冬天到了，院子里只剩下松树，落花遍地，听不见莺的叫声。“女郎翠袖诗怀冷，公子金貂酒力轻”，这很明显在写宝钗、黛玉和宝玉自己。“却喜侍儿知试茗，扫将新雪及时烹”，很高兴陪伴的书童或者丫头知道如何品茶，把刚刚落下来的雪扫了来煮茶喝。

这四首诗里没有写任何具体事，却传达着一种生活的品位，让我们读起来觉得好过瘾，生活竟然如此精致，能想到扫新雪来烹茶。我一直觉得大观园是一场青春游戏，这游戏有一种难以言传的美，让人意识到生活原来可以这么自在，这么优雅，人原来可以这样去赏鲜花、赏落叶、赏月光。小时候读到这四首诗时好羡慕，如今的我们早已经远离了这种精神上的华贵，就算是今天的富翁、贵族们大概也不会拥有这样的生活。因为它不只是物质上的富足，还有精神上的高贵，是真正的风花雪月。《红楼梦》的这一段四首诗再现了中国十七世纪贵族的生活品质。

未满足的阅读渴望

宝玉写了这几首诗后，“当时有一等势利的人”，就是那些要攀附、奉承贾家的人，“见荣府十二三岁的公子作的，录出来各处称颂；再有一等轻浮子弟，爱上那风骚妖艳之句，也写在扇头壁上，不时吟哦赏赞”。大家细想想，是不是很有趣，如果曹雪芹就是贾宝玉，这个诗也就是曹雪芹自己年轻时候写的，可是他竟然如此讽刺这些东西。当年他大概也很得意，自己写的诗竟然有人传颂，后来他才意识到那些人其实是轻浮势利的，只是喜欢这些风骚妖艳的句子。接着，“竟有人来寻诗觅字”，他才十二三岁，就有点诗名在外了，不断有人说：“拜托，你可不可以在我扇子上题一首诗。”“宝玉益发得了意，镇日在家作这些外务。”

这要让他老爸知道一定会揍他一顿，贾政一直不准他碰这些东西，坚持要他读四书五经。因为在儒家的正统教育中，四书五经讲的是为人处世的道理，讲究修身、齐家、治国、平天下，可是它忽略了最重要的一个环节，就是人的身体发育以后对“情”的感受。回想一下，中小学的教科书里这种东西很少，全是岳飞的《满江红》和文天祥的《正气歌》

之类的。其实这让正处在发育期的心灵有些东西没有被满足，从来没有人想到要选《罗密欧与朱丽叶》给孩子们看。为什么宝玉后来会去读禁书？因为禁书里有“情”。

我常觉得编中小学的教科书是个大学问，青春期到底该读什么？到底哪些东西能真正启发孩子们，让他们对人性本身有更多美好的向往？或者他们在身体发育后情感上的那种感受，如何能让他们在书里读到？有时候跟朋友喝酒聊天，就说我们来编一本国文教科书，也曾列过单子，可第二天就自己揉掉了，因为跟现在的教科书实在差得太远，我小时候读的教科书，几乎都是政治的东西，下一代又是另外一种政治，最缺乏的就是一个人对自己生命的感受。当然，自然的东西是最好的，至少我们当年读到的《赤壁赋》、《醉翁亭记》等，里面还有对大自然的赞美和感受。可有些东西就很沉重，像文天祥那种为自己的信念而死的情操，十二三岁的时候其实不太容易懂，回想我在十二三岁时读的教科书，仿佛就是鼓励你做一件事——殉国，一个十二三岁的孩子，真要他们都去做文天祥、岳飞、林觉民，想起来蛮可怕的。所以宝玉写的这些东西，尽管是他父亲不赞成的，也不见得写得多好，却是真情真境。人在这个年龄对于自然的美，对于生命的慵懒，对于点点点滴的哀愁，就是非常敏感。

青春的孤独与好奇

本来，宝玉住进大观园很高兴，觉得人生再没有什么非分之想了。“谁想静中生烦恼，忽一日不自在起来。这也不好，那也不好，出来进去只是闷闷的。园中的那些人多半是女孩儿，正在混沌世界”，“混沌世界”四个字用得好，就是女孩子们还糊里糊涂的，宝玉却已经开始发育了。我们很难解释青春期是什么，但肯定已不再是混沌世界，他已经知道男女之别和情感的缠绵。就在这些女孩“天真烂漫之时，坐卧不避，嬉笑无心”。“坐卧不避”就是大家还跟童年时一样，哪里知道宝玉此时的心事。宝玉此时已经是一个身体上开始发生变化的男孩子，本来应该接受另外的教育，可是我们每个人的成长里面最缺乏的就是这种教育，从来没有人跟你谈过这个部分。青春期很敏感，也很孤独，对自己身体发生变化充满好奇，内心会有很多的渴望。所以“那宝玉心内不自在，便懒在园内，只在外头鬼混，却又痴痴的”。他的书童茗烟看到他这个样子，就想逗他开心，可左思右想，想出来的都是宝玉玩腻了的。忽然有一天想起一样东西宝玉不曾见过，这就是禁书。茗烟也是发育期的男孩子，因为是下人，可以在外面乱跑，所以很早熟。他“便走去到书坊内，把那古今小说并那飞燕、合德、武则天、杨贵妃的外传与那传奇脚本买了许多来，引宝玉看”。

这些都是古代的禁书。我们小时候也常常到书摊上去租书，什么《武则天外传》、《杨贵妃外传》之类的。以前的黄色小说都是用名女人的名字来命名的，《武则天外传》、《杨贵妃外传》、《赵飞燕外传》写的都是宫闱秘史。不知为什么当时大家觉得性或者淫欲的东西都该发生在宫廷里。我记得当时有一本《武则天外传》，我们班上大家一直传着看，觉得好过瘾，其实它就是那个年代的黄色小说。现在改变很大，有关性的电影、光碟很多，大概不会是以文字为主的禁书了。

“宝玉何曾见过这些书，一看见了，便如得了珍宝。”礼教很严的大户人家，这些书小孩子是碰不到的。茗烟特别叮嘱他说，不要拿进园去。因为里面很多的姐姐妹妹，如果被发现，那是不得了的事情。说“若叫人知道了，我就吃不了兜着走呢”。“宝玉那里舍的不拿进园，踟蹰再三，单把那文理细密的拿了几套进去，放在床顶上，无人时自己密看。那粗俗过露的，都藏在外面书房里。”黄色小说也分比较粗鄙的和比较优雅的，这里讲“文理细密”是说比较含蓄一点的。很奇怪，我们小时候是藏在床底下，他是藏在床顶上。古代的床像盒子一样的，可以挂帐子。床顶很少有人关注，比较适合藏东西。记得小时候，我们兄弟姐妹每一个人都有自己藏东西的地方，每个人都有自己的隐私，当时我哥哥在厕所上面藏了很多女孩送他的照片，上面写了很多蛮肉麻的新诗，有一次我妈妈上厕所，那些照片被风吹了下来，这是当时的一件大事，我到现在还记得。

宝玉跟这些姐姐妹妹这么好，也还是有自己的秘密。我觉得《红楼梦》有一个写得美的地方，就是它在讲青春的美，讲偷窥的美。我常常会跟很多朋友讲，一定要给自己的孩子留一个青春的私密空间，那是他自己成长中的快乐跟喜悦，他不需要，也不希望与别人分享。

宝玉偷看禁书

“那日正当三月中浣”，“中浣”这个词我们现在很少用了，如果有机会看到乾隆皇帝的题诗就会见到这个词，乾隆皇帝很喜欢说上浣、中浣和下浣。在唐朝的时候，做官的人有专门洗澡的假，叫作浣假。“浣”就是洗澡的意思，每隔十天放一次假，让做官的人去洗澡。一个月的三十天里，“中浣”就是中间的十天，用我们现在的词来讲就是中旬。

作者写宝玉偷看禁书是在繁花盛开的阳春三月。宝玉坐在花下，花瓣一片一片地掉下来，然后他就站起来，不知道该把花瓣怎么办，怕一动脚就会把花踩坏了，只好把花瓣兜衣襟里站在那里发呆，不知道该把花送到哪里去。宝玉的偷看禁书，没有被描写得很肮脏、很邋遢，而是被描摹成一个很美的画面，简直是青春跟春天的对话。

我们读一下这段。“早饭后，宝玉携了一套《会真记》”，《会真记》的由来需要解释一下，唐朝有个诗人叫元稹，他写了一本《莺莺传》，内容是张君瑞爱上崔莺莺，文中亦有元稹《会真诗》三十首。在唐朝的时候，小说还没有发展起来，诗是主要的文学形式，《莺莺传》因《会真诗》三十韵，变成了最早对青春恋爱美的歌颂，后人亦称《会真记》。到了晚些时候，元朝的王实甫把《莺莺传》改成《西厢记》。

我相信现在大家对《西厢记》的故事一定很熟，戏曲、电影，甚至流行歌曲里周璇唱的《拷红》，都有《西厢记》。其实《西厢记》的故事非常非常简单，崔莺莺是相国的女儿，家教很严，在上香时被张君瑞看到，便一见钟情。《西厢记》里一个很重要的角色是红娘，中国古代小姐要做“坏事”，都要靠身边的“坏”丫头，像《牡丹亭》里面的春香，《西厢记》里面的红娘。这些模式实际上是说明丫头们没有受那么多的教育，不曾受礼教的压制，所以比小姐更无羁绊，更敢爱敢恨。红娘就觉得小姐有人爱很好，便积极地帮忙穿针引线，最后在她的帮助下张生翻墙过去，美梦成真。后来红娘因此被老夫人拷打，在《拷红》这出戏里红娘就很大胆地骂老夫人，说女儿都这么大了，你不帮她找婆家，还要怪她私自恋爱。我们很难理解为什么《西厢记》在元朝以后的几百年里会在民间有这么大的魅力，其实最主要的原因是爱情在那个时代一直受压抑，完全要靠父母之命、媒妁之言，而《西厢记》是鼓励自由恋爱的。

其实从社会心理学的角度讲，《西厢记》也好，《牡丹亭》也好，在当时都是一种革命，一种利用文学进行的革命。过去的这些禁书对青少年的爱情，具有很大的安慰力量，因为他们的生命里没有爱情。大家可能不太懂什么叫没有爱情。因为古代社会只有婚姻，可是我们都知道婚姻不等于爱情。生育、婚姻、爱情是三个不一定重合的东西，就像宝玉跟黛玉之间有很深的爱情，可是没有婚姻，也没有性。我们现实生活当中也有只有性而没有婚姻、没有爱情的。《红楼梦》强调的是爱情的重要，对于一个青春期的孩子来说，对爱情渴望的强烈程度是可以为之生、为之死的。《梁山伯与祝英台》和《罗密欧与朱丽叶》，讲的都是为爱而死的青春故事。一旦过了这个年龄，就不会再做这样的事了。可是我们都知道它很美，美到你一生都想看。因为只有在青春的时候，才会有如此强烈的激情和眷恋。了解这些，宝玉读《会真记》时的感动我们就不难理解了。

黛玉葬花

宝玉带了一套《会真记》，走到沁芳闸桥。大观园里面有条河，因为两岸都是花，落花漂在水面，香味会沁在水里，所以叫沁芳河。沁芳闸是河上的闸门，闸上的桥叫沁芳桥。这里的人比较少，宝玉坐在一棵桃花底下“展开《会真记》，从头细玩”。小孩子读教科书从来不会“细玩”的，因为没有那么好看。正看到“落红成阵”，也就是书中景色最美的时候，“只见一阵风过，把树上桃花吹下一大半来，落的满身满书满地皆是”。这个画面实在太美了！我有时候给学生讲到这一段，就说：你们如果真的要看禁书，就找一个有花的地方读吧，它能让你对禁书的记忆美好一点，不会有很肮脏或者很邋遢的感觉。不细看，你不明白作者是有意在描写青春的某种渴望，就是花儿一定要绽放的那种感觉。“宝玉要抖将下来，恐怕脚步践踏了”，注意，这个动作非常动人，一个少年连花瓣都不忍践踏的时候，他的生命里就拥有了一种非常高贵的东西，那就是对生命的理解和爱惜。我一直觉得我们的教育里缺少这种东西，所有的大道理都不能替代一个孩子不忍踩花这个动作的感染力。

宝玉“只得兜了那花瓣，来至池边，抖在池内。那花瓣浮在水面，飘飘荡荡，竟流出沁芳闸去了”。我觉得初中课本真的可以选这一段，青少年一定能感受到其中的美，因为它是非常生动的生命情境。这个时候，有人来了，大家可以猜猜看，这个时候来的会是谁，绝对不是宝钗，宝钗没有能力跟宝玉分享生命里最美的时刻。这个人一定是黛玉，因为他们有仙缘，都曾经是天上灵河边的生命。

宝玉“正踌躇间，只听背后有人说道：‘你在这里作什么？’宝玉回头，却是林黛玉来了”，注意黛玉的打扮：“肩上担着花锄，上挂着行囊，手上拿着花帚。”这是后来在美术作品、戏台上最典型的形象——黛玉葬花。

宝玉笑道：“好！好！来把这个花扫起来，撂在那水里。我才撂了好些在那里呢。”林黛玉道：“撂在水里不好。你看这里的水干净，只一流出去，有人家的地方脏的臭的混倒，仍旧把花糟蹋了。”读到这里大家有没有感觉到，青春是有洁癖的，青春是拒绝任何妥协的纯粹。或许可以这样说，读这一段时动情到什么程度，说明你对青春眷恋到什么程度，大多数人读到这里会心痛，觉得这就是十二三岁时自己曾有过的感觉，希望能保有自己生命的洁净。大观园是干净的，青春是洁净的，可是大观园外面那个大人的世界，是脏的、臭的。对黛玉来讲，世界上只有大观园这个地方干净，她决定要在这里埋葬自己的青春。这其中有很深的象征意味。

黛玉说："那畸角上我有一个花冢，如今把他扫了，装在这绢袋里，拿土埋上，日久不过随土化了，岂不干净。"表面上是在讲花，实际上在讲她自己。黛玉对待生命的态度是非常绝对的，在她看来生命最后就是这样一了百了。

分享偷看禁书的喜悦

宝玉听了喜不自禁，笑道："待我放下书，帮你来收拾。"宝玉很傻，一开口就说漏了嘴。黛玉很敏感，就问："什么书？"宝玉这种人根本不懂遮掩，见黛玉问他，慌得不得了，藏之不迭，便说道："不过是《中庸》、《大学》。"这是他老爸要他读的书，记得小时候我读《红楼梦》，上面就放一本《中庸》，爸爸进来的时候我就装着看《中庸》，爸爸一走我拉开就看《红楼梦》，当时我们的禁书是《红楼梦》。读到这段，我常会忍不住要笑起来。《中庸》是教你做人的，《大学》是教你好好读书的，这些书都不是坏书，只是小的时候对这些东西不怎么懂，可是压在底下那本书，却是跟你的青春很贴近的。

黛玉聪明得不得了，一下就识破了，"趁早儿给我瞧，好多着呢"。

宝玉并不怕黛玉看，因为他们两个是知己。只是一时间搞不清楚这样的禁书该不该给一个女孩子看。就像你现在如果正看A片，表妹一头闯进来，你大概也会觉得很不好意思。宝玉说："好妹妹，若论你，我是不怕的。你看了，好歹别告诉别人去。真真这是好文章！你看了，连饭也不想吃呢！"一面说，就一面递给黛玉。

我一直在强调宝玉跟黛玉是知己。人间的情，很多时候被我们简化成性、欲望，或者肉体上的眷恋，其实远不止如此。知己意味着一种精神上的亲近和默契，一种别人无法取代的懂得。"黛玉把花具都且放下，接书来瞧，从头看去，越看越爱，不到一顿饭工夫，将十六出俱已看完"。今天如果有一个小孩子把《西厢记》十六出一下子看完，我们高兴死了，恨不能赶紧去给他报名读中文系。我常常在想，怎么样能使教科书变得让小孩觉得有点像是禁书，引起孩子的阅读兴趣，这是个大功课，太需要分寸的拿捏。

我到现在都觉得莎士比亚的《罗密欧与朱丽叶》小孩子是一定爱看的，前几年好莱坞把它拍成了一个警匪片，很多人都很生气，觉得那么古典的莎士比亚，怎么能变成莱昂纳多拿一支枪的样子。可是后来我到加拿大去的时候，发现我哥哥家那些读英文长大的孩子们，本来他们才不要读什么莎士比亚的，可是看了那个电影以后，竟然抢着去买了莎士比亚来读。因为那里面有一段罗密欧在阳台底下给朱丽叶念的长诗，电影里面用的是莎士比亚的原文，我那些十几岁的小侄子、小侄女，刚好处在最容易被打动的年龄，简直感动得要命。我想我们是不是应该考虑如何去把古典的东西转换成现代的东西，比如可以想想《梁山伯与祝英台》里，最美的片断是哪些，怎样去转换它。

我们的教科书里面"情"的东西太少，人应该从青春期开始唤醒和发展“情”，孩子们对家庭的“情”、对国家的“情”、对族群的“情”都是从这里起步的。如果一个人私密的“情”没有完成，其他所有的“情”都有可能是假的。我的父辈那一代，有很大的家国责任压在头上，他们的成长里，最缺乏的就是“情”的教育，我常常觉得男人这个部分尤其空虚，倒是很多女孩子，有时候会读读跟情感有关的小说，所以当一堆男人在一起谈论政治的时候，我就会觉得很好笑。我的意思是说，“情”是要从个人的情感满足开始起步的，如果一个人年轻的时候没在花底下读过禁书，他成人以后抓的那个东西可能会非常教条，教条永远是空洞的，无法实现心灵的真正满足。当然我这样去区分男性文化和女性文化，并不见得公平。因为并不是所有的男性都这么空洞，可是我总是能感受到男性文化的世界谈论的东西跟女性文化谈论的东西有很大的区别。因为男性在社会上必须扮演一个角色，往往羞于谈自己情感上的事情，可是如果没有那个情，所谓的家族的情感、国家的情感、政党的情感，都会变得很假、很空，他可能会很容易从这个党一下就转到那个党去，因为那个“情”没有实质内容。

《西厢记》在如此长的时间里影响力之所以这么大，是因为它强调了要善待人间的真情。老夫人拷打红娘的时候说的是“你们这个年纪，不好好读书”之类的。可最后《拷红》变成了红娘对老夫人的教训，就是说你整天讲大道理，孩子真正的切身利益却从来没有关心过。《西厢记》里红娘才是真正的革命者，她革命的中心是：在这个社会里，人要活得像个人。还有，我常常跟大家提到的《白蛇传》，连一条蛇都会让你感动得不得了。为什么？她不过是在追求自己的爱情，这本来不关法海什么事，可他觉得白蛇是妖孽，一定要把她压在雷峰塔底下，所以一般老百姓都恨透了法海，都渴望雷峰塔赶紧倒掉，可能老百姓自己都了解自己心里对于“情”的渴望也是这么深。《白蛇传》也流传了上千年，安慰了很多人的心。大家发现没有？扮演社会最具革命性的角色常常是女性，是红娘、春香、杜丽娘、白素贞，都不是男性。因为男性妥协性大，君君、臣臣、父父、子子，都在讲男性，女性反而逃过了这一关。有趣的是，《红楼梦》的作者本身是男性，可是他要去赞美女性。我常想，如果从这个角度去研究性别差异肯定很有意思，现在台湾有性别研究所，可是没有研究到这个层面，我觉得蛮可惜的，在传统的中国文化里，女性在个体情感上的解放性和大胆度，远远超过男性，所以才会出现《白蛇传》、《西厢记》这样的故事和白素贞、红娘这样的角色。

宝玉私密情感的表白

黛玉把《西厢记》看完，“自觉辞藻警人，余香满口。虽看完了书，却只管出神，心内还默默记词”。看完一本书，觉得这本书跟自己的生命有关联，人才会出神。一本书好不好，绝对要看读者在读的时候有没有切身的感觉。八股、教条，对人绝不会有这么大的触动。黛玉这么聪明的人，读完《西厢记》就坐在那里出神，心内还默默背词，那一定是最能打动她的句子。

宝玉就笑着说，“妹妹，你说好不好？”林黛玉就笑着说：“果然有趣。”那宝玉就笑着说：“我就是个‘多愁多病身’，你就是那‘倾国倾城貌’。”这是《西厢记》里张君瑞跟崔莺莺耳鬓厮磨的时候说的话。宝玉把禁书里的句子，拿来形容林黛玉。宝玉一直暗恋黛玉，可是两个人从小一起长大，郁结在心中的情一直很难表达，这个时候刚好借着《西厢记》的句子传达了自己的心意。

“林黛玉听了，不觉带腮连耳通红”，因为小说里面讲完这个话之后两人就上床做爱了，黛玉当然觉得很不好意思，怎么能这么露骨？“登时直竖起两道似蹙非蹙的眉，瞪了两只似睁非睁的眼，微腮带怒，薄面含嗔，指宝玉道：‘你这该死的胡说！好好的把这些淫词艳曲弄了来，还学了这些混话来欺负我，我告诉舅舅、舅母去。’说到‘欺负’两个字上，早又把眼圈儿红了，转身就走。”黛玉跟宝玉之间的私密感情多有趣？他们两人分享了“情”的世界，可是一旦碰到“性”，两个人就害怕了。黛玉觉得宝玉欺负了她。“宝玉着了急，向前拦道：‘好妹妹，千万饶我这一遭，原是我说错了。’”在过去礼教很严的家庭，绝对不能说这种露骨的话，他也觉得用那些禁书里面的句子形容黛玉，有些造次。他说：“若有心欺负你，明儿叫我掉在池子里，教个癞头鼋吞了去，变个大王八。”这又是小说里的话，一着急，禁书里的句子全都出来了。本来宝玉的语言里面是没有这些东西的，前面他写春、夏、秋、冬的诗美得要死。读了禁书后，语言风格马上就变了：“等你明儿做了‘一品夫人’病老归西的时候，我往你的坟上替你驮一辈子的碑去。”古代的碑底下有个像乌龟一样的东西，可那不是乌龟，叫赑屃。传说古代有一种龙生了九个儿子都不是龙，而是各种像龙的东西，其中有一个就是赑屃，很喜欢负重，所以总是背着一个石碑。

说得林黛玉就“嗤”的一声笑了，一面揉着眼睛，一面笑道：“一般唬的这个调儿，还只管胡说。‘呸，原来是苗儿不秀，是个银样镴枪头。’”“银样镴枪头”也是《西厢记》里的句子。林黛玉也用了，两个人都在用禁书的语言讲话。银样镴枪头的这个“镴”字，是指铅和锡的合金。大家看到的戏台上武打用的矛跟刀，银色的，亮亮的，就是镴做的。这东西看起来明晃晃的很像是金属，可实际上很软，不会伤人。黛玉的意思是你看起来这么凶，原来是外强中干。宝玉就笑了说：你还说我呢，我也告状去。林黛玉就笑了说：“你说你会过目成诵，难道我就不能一目十行么？”

你看到这一段大概蛮感慨的，现在的教科书我们无论怎么逼着小孩读，他都记不住，禁书看一遍他就记住了。所以找到孩子们喜欢看的、可以记忆的、能有感觉的，而且还能启发他的书，真是蛮重要的事。

青春孤独的哀悼

宝玉一面收书，一面笑道：“正经快把花埋了罢，别提那个了。”两个人就收拾落花，“正才掩埋妥协”，只见袭人走来，说道：“那里没找，倒摸在这里来。那边大老爷身上不好。姑娘们都过去请安，老太太叫打发你去呢，快回去换衣裳去罢。宝玉听了，忙拿了书，别了黛玉，同袭人回房换衣不提。”

宝玉走了，只留下黛玉一个人在落花中感伤青春。林黛玉看到宝玉去了，又见众姐妹也不在房里，自己闷闷的，正要回房，刚走到梨香院墙下，梨香院就是十二个唱戏的女孩子住的地方。就听到墙里面笛韵悠扬，因为昆曲是要配笛子的，歌声婉转，黛玉知道是十二个女孩子正在演习戏文。

“林黛玉素习不大喜看戏文，便不留心，只管往前走。偶然两句，吹到耳内，明明白白，一字不落，唱道是：‘原来姹紫嫣红开遍，似这般都付与断井颓垣。’”这是《牡丹亭》里最美的句子，杜丽娘游园的时候看到原来姹紫嫣红的花园如今变成了一片废墟。这段戏文辞美，舞台上的画面也漂亮，林黛玉听了，倒也十分感慨缠绵，就止步侧耳细听，又听到：“良辰美景奈何天，赏心乐事谁家院。”这么好的岁月，这么好的青春，无奈的是都将成为过眼烟云。“奈何”两个字用得妙，黛玉听了这两句不觉点头自叹，心下自思道：“原来戏上也有好文章。可惜世人只知看戏，未必能领略这其中的趣味。”想完以后，又后悔不该胡想，耽误了听曲子，接下来就听到了柳梦梅唱给杜丽娘的那段，“则为你如花美眷，似水流年……”意思是说青春这么美，可是竟转瞬即逝。“林黛玉听了这两句，不觉心动神摇。又听道‘你在幽闺自怜’等句，益发如醉如痴，站立不住，便一蹲身，坐在一块山子石上，细嚼‘如花美眷，似水流年’八个字的滋味。忽又想起前日见古人诗中有‘水流花谢两无情’之句，再又有词中有‘落花流水春去也，天上人间’之句，又兼方才所见‘花落水流红，闲愁万种’之句，都一起想起来……不觉心痛神痴，眼中落泪。”在此，林黛玉把《牡丹亭》、《西厢记》的曲，跟李后主的词和唐代的诗联结在一起，让人感觉哀悼青春的情境，原来是从唐诗、宋词、元曲到清代小说一脉相承的。在作者看来，所有的禁书都有非常精彩的部分，如果从礼教的角度去看，根本无法了解禁书的美。可见，《红楼梦》里有非常大胆的对封建礼教的反叛。

第二十四回

醉金刚轻财尚义侠
痴女儿遗帕惹相思

贾府的卑微者

现在跟大家讲二十四回，一般人都认为《红楼梦》是围绕着几个主要人物展开的，像宝玉、黛玉、宝钗等，其实《红楼梦》真正的精彩在于，它里面还有贾府上上下下三百多人之间的搭配与交错。在二十四回里，作者把重点放在了几个不怎么重要的人物身上，我称他们为贾府的卑微者。上一回里贾芹托王熙凤找到了工作，当时还有一个人也在求贾琏，这就是贾芸。其实我们并不太清楚到底谁是贾芸，谁是贾芹，他们不是丫头，也不是下人，也算贾家的子弟，可是没有那么高的身份，每一个人都希望能得到重视。

二十四回里写到几个很重要的卑微者，首先是贾芸。他总找不到事做，想去巴结王熙凤，就想买一点冰片麝香做礼物，可他又没有钱，只好去找开香料铺的舅舅赊账，结果碰了一鼻子灰。上一回里我们看到的是大观园里风花雪月的贵族生活，但这一回你会发现，风花雪月之外还有柴米油盐酱醋茶都很难周全的人生。宝玉常常为了一点点小破事发愁，可是贾芸却连晚饭都没吃上就被舅妈赶了出来，作者明显是在做对比。

这种大胆的写实主义让你看到人世间一些卑微者生存的困难，看到他们常常被侮辱的那种痛苦的感觉，这是《红楼梦》最悲悯的部分。

卑微者的痛苦与委屈

第二十四回里还写到一个卑微的丫头，叫小红，从开场到现在我们还不知道有这个丫头，宝玉身边丫鬟一大堆，宝玉要喝茶、洗脸都是袭人、麝月、晴雯这些大丫头在伺候他。有一天，很凑巧所有的丫头都不在，宝玉想喝茶，小红出现了。这个小红并不是偶然撞见宝玉的，她一直在等机会。宝玉就问：你是我屋里的丫头吗？我怎么没见过你？结果小红就冷笑说，你不认得的也不止我一个啊。这句看似不经意讲出来的话，其实有很多的辛酸。大家想想，如果你身边有一群人，你与其中的一个人相处了几年，你却连他的名字都叫不出来，对那个人来说是多大的委屈。结果小红帮宝玉倒了茶，刚好秋纹跟碧痕回来了，就狠狠地骂了她，大家觉得她是故意要接近主人。这种卑微者在《红楼梦》里如果不细看常常会错过。

二十三回我们看到了宝玉在花下读禁书的青春的美，读二十四回时，常常会对这些卑微的边缘人漫不经心。可是《红楼梦》二十四回、二十五回基本上是在传达卑微者的痛苦和委屈，这里面包括了贾芸、小红，还有贾环。这些委屈和痛苦如果不能得到抚慰，有一天他们会反扑和报复。二十四回提醒我们，《红楼梦》不只是唯美文学、浪漫文学，它还有非常写实的部分。

上回说到林黛玉坐在那边听戏，听到有点发呆，正在独自缠绵的时候，“忽有人从背后击了他一掌，说道：‘你作什么一个人在这里？’林黛玉倒唬了一跳，回头看时，不是别人，却是香菱。林黛玉道：‘你这个傻丫头，唬我这么一跳好的。你这会子打那里来？’香菱嘻嘻的笑道：‘我来寻我们姑娘的。总找他不着。你们紫鹃也找你呢，说琏二奶奶送了什么茶叶来给你的。走罢，回家去坐着。’”一面说，一面拉着黛玉的手回潇湘馆来了。果然凤姐送了两小瓶上用的新茶，是暹罗国进贡给皇帝的贡品。林黛玉跟香菱坐了，她们之间没有什么正事，不过说说女红的这个花绣得好，那个刺得精什么的，又下了一回棋，看了两句书，香菱就走了。

宝玉的孩子气

宝玉被袭人找回去换衣服。回房一看，贾母的丫头鸳鸯正“歪在床上看袭人的针线呢”。大概当时女孩子最重要的事情就是刺绣，没事儿就喜欢品鉴别人针线的好坏。鸳鸯看到宝玉就说：“你往那里去了？老太太等着你呢，叫过那边请大老爷的安去。还不快换了衣服走呢。”宝玉穿衣吃饭都要有人伺候照料，就坐在床沿上，褪了鞋等靴子穿。

可就这么一点工夫，他就又不安分了。他回头看那“鸳鸯穿着水红绫子袄儿，青缎子背心”，民间的颜色就是这么桃红柳绿，对比强烈，很像现在的野兽派。腰上“束着白绉绸汗巾儿，脸向那边低着头看针线，脖子上戴着花领子”。宝玉从侧面看去，忽然觉得她好漂亮！“便把脸凑在脖颈，闻那香油气，不住用手摩挲。”宝玉的这些动作我们已经见怪不怪了，他对丫头就跟对自己的妈妈、姐姐那样。十三岁的人，你也搞不清楚他到底是小孩还是大人。有些丫头就觉得他这样很讨厌，明明是一个大人了，你干吗还这样摸人家脖子？宝玉的年龄是非常尴尬的年龄，如果他才十岁你根本不会太在意，就是个小孩子嘛！可如果他十四五岁，你会觉得不行，因为已经是发育长大的男孩了。可是他半大不小的，让大家对他既有防范，又不知道到底该怎么办。鸳鸯是个比较正经的丫头，就觉得你干吗在我身上又摸又闻的？宝玉感觉鸳鸯皮肤的白腻不在袭人之下，就“猴上身去”，“猴”字是个动词，猴子一样扒到人家身上，嬉皮笑脸地说：“好姐姐，把你嘴上的胭脂赏我吃了罢。一面说，一面扭股糖似的粘在身上。”鸳鸯很生气，就叫着说：“袭人，你出来瞧瞧。你跟他一辈子，也不劝劝，还是这么着。”鸳鸯觉得不堪，哪有男主人在女用人身上这样滚来滚去地胡闹的。袭人就抱了衣服出来，跟宝玉说：“左劝不改，右劝不改。”之前袭人为此也生过气，宝玉也曾发过毒誓，可宝玉发誓的时候是真心，讲完马上就忘了，自己总管不住自己。

见了贾母，来到外面的时候见人马俱已齐备。刚要上马，只见贾琏请安回来了，他已经在宝玉之前就去了，两个人一个下马，一个上马，就彼此问了几句话。

贾芸的关说

上一回我们讲到贾芹的关说，这回该轮到贾芸了。宝玉一出来，和贾琏打了招呼，“只见旁边转出一个人来，请宝玉安。宝玉看时，只见这人俊容长脸，长挑身材，年纪只好十八九岁，生得着实斯文清秀，倒也十分面善”。宝玉看人，先看长得漂不漂亮，不好看他就不太愿意搭理。“只是想不起是那一房的，叫什么名字。”我们常常会在街上碰到这样的人，人家感觉跟你很熟，你却想不起来是谁，你会因此很尴尬。宝玉当然不觉得尴尬，他是个被宠惯了的人。贾琏就笑他说：“你怎么发呆，连他也不认得？他是后廊上住的五嫂子的儿子芸儿。”上一回里面讲过五嫂子已经好几次拜托贾琏给儿子找工作，大概贾芸也给贾琏送了好几次礼物了，结果半路上被王熙凤抢去了，如今只好又跑来。卑微者就是要这样一而再、再而三地求人。

宝玉笑道：“是了，是了，我怎么就忘了。”就问他母亲好不好，他现在在做什么。“贾芸指贾琏道：‘找二叔说句话’。宝玉笑道：‘你倒比先越发出挑了，倒像我的儿子。’”宝玉说话多好玩儿，现在很少有初中的十三岁的小孩，看到一个高中的十八九岁的哥哥，说你很像我儿子。可是宝玉一直以主人的身份长大，他说你像我的儿子，是赞美的意思。所以贾芸不仅没有生气，反而高兴得不得了，因为他终于被宝玉注意到了，这就是我刚才提到所谓卑微者的心理。“贾琏笑道：‘好不害臊！人家比你大四五岁呢，就替你作儿子了？’宝玉笑道：‘你今年十几岁了？’贾芸道：‘十八岁。’”

原来贾芸是个非常伶俐乖觉的人，听宝玉这样说，就笑着说：“俗语说的，‘摇车里的爷爷，拄拐的孙孙’。”贾芸非常乖巧，他想做宝玉的儿子那不等于一步登天吗？他说：虽然我比你大几岁，山高高不过太阳。这种话当然是巴结奉承的，“只从我父亲没了”，这里点明贾芸是由寡母养大的，十八九岁就要养家糊口了，“这几年也无人照管教导。若宝叔不嫌侄儿蠢笨，认作儿子，就是我的造化了”。大家对这种语言不一定熟悉，我想在当今社会的官场上大概还会有这样的语言。贾琏说：“你听见了？

认儿子不是好开交的呢。”宝玉就笑着说：“明儿你闲了，只管来找我，别和他们鬼鬼祟祟的。”贾府有很多人都想接近宝玉，可是又不太敢，常常偷偷摸摸的。可是，要见到宝玉不是那么容易的事，后来贾芸真的去找他，两次都没见到，宝玉完全忘了这件事。所以我特别希望大家能因此体贴到从来都不受重视的人的委屈，《红楼梦》把这种感觉写得非常到位。

贾环的委屈

宝玉还跟贾芸说：“这会子我不得闲儿。明儿你到书房里来，和你说天话儿，我带你园里玩耍去。说着扳鞍上马，众小厮围拥，随往贾赦这边来。”

见了贾赦，才知道不过是偶感风寒。贾宝玉来看贾赦，还要代表贾母转达问候，所以他就先叙述了贾母问安的话，然后才自己请安。注意，这也是大家族的礼节，晚辈来长辈处探病，最重要的是要代表贾母来问安。“贾赦先站起来回了贾母话”，因为宝玉代表贾母来的，所以贾赦要站起来说，我身体没有什么大事，多谢老人家关心之类的，这等于是在跟自己的母亲讲话。这些规矩是我们读《红楼梦》时最不容易懂的，其中有太多繁复的礼节。贾赦回完话，才唤人来：“带哥儿进去，太太屋里坐着。”宝玉就退出来到了上房。“邢夫人见了他，先倒站了起来。”本来她是不需要站起来的，可是因为很喜欢宝玉，所以倒先站起来了。邢夫人请过贾母的安，宝玉也请了安，邢夫人就拉他上炕坐了。一杯茶还没有吃完，贾琮进来问宝玉好，邢夫人就说：“那里找活猴子去！”贾琮也是玉字辈的，大概因为玩得开心，脸上脏脏的，邢夫人就说：“你那奶妈子死绝了，也不收拾收拾你，弄的黑眉乌嘴，那里像大家子念书的孩子！”过去大户人家的小孩总要穿得干干净净、整整齐齐的。

“正说着，只见贾环、贾兰小叔侄两个也来了”，因为贾赦生病，所以大家都要来问安。“请过安，邢夫人便叫他两个椅子上坐了。”宝玉跟邢夫人坐在炕上，贾环和贾兰两个人只能坐在椅子上，这是明显的差别待遇。注意此时贾环的心理，他“见宝玉跟邢夫人坐在一个坐褥上，邢夫人又百般摩挲抚弄他，早已心中不自在了”，不细看，很难理解贾环的委屈，其实小孩子最敏感，大人一偏心他马上就感觉得到。宝玉这么被疼爱，他却这么受冷落。现在心理学上讲的老二个性，说的就是假如哥哥太受宠，弟弟就没有办法找到自信。看到这些，你就能理解贾环为什么总是那么委琐。所以贾环马上感觉很不自在，“坐不多时，和贾兰便使眼色儿要走。贾兰只得依他，一同起身告辞。宝玉见他们走，自己也就起身，要一同回去”，结果邢夫人说：“你且坐着，我还和你说话。”这都是差别待遇，贾环要走，邢夫人留都不留，可是宝玉要走，邢夫人马上拦住，关键是这一切都看在贾环眼里，这个孩子的心理不可能健康，他从来没有受到过很好的照顾。“邢夫人向他两人道：‘你们回去，各人替我问你们各人母亲好。你们姑娘、姐姐、妹妹都在这里呢，闹得我头晕，今儿不留你们吃饭了。’”意思是说今天来的晚辈太多了，一直应酬，实在有点累了。贾环他们答应，就出来回家去了。

“宝玉笑道：‘可是姐姐们都过来，怎么不见？’邢夫人道：‘他们坐了一会子，都往后头不知那屋里去了。’宝玉道：‘大娘方才说有话说，不知是什么话？’邢夫人笑道：‘那里什么话，不过叫你等着，同姊妹们吃了饭去。还有一个好玩的东西给你带回去玩。’”如果二十四回你不仔细看，就不能了解在二十五回里贾环为什么会用那么狠毒的手段报复宝玉。贾环最大的痛苦就是所有人从来都只关注宝玉，而不理会他。作者一直在准备，让读者了解贾环成长中某种不健康的心理已经形成。

卜世仁（不是人）

二十四回的重点从这以下才开始。贾芸见了贾琏这么多次也没有找到工作，不知道该怎么办，最后只好硬着头皮去找舅舅。贾芸爸爸死的时候，贾芸还小，丧事是由舅舅帮忙料理的，那时家里还有两间房子、一亩地。可后来不知怎么搞的，这些家产都变成舅舅的了，家里就完全断了生活来源。他每次去求舅舅帮忙都会遭奚落。如今，实在想不出别的法子，他只好硬着头皮又去找舅舅。

下面这一段完全是写实主义的手法。“且说贾芸进去见了贾琏，因打听可有什么事情”，贾琏就老实地告诉他说，“前儿倒有一件事出来，偏生你婶婶再三的求了我”，其实王熙凤根本没有再三地求他，只是把脖子一梗、筷子一放，他就乖乖地答应了。贾琏还说：你婶子“许了我，说明儿园里还有几处要栽花木的地方，等这个工程出来，一定给你就是了”。贾芸听了，忽然意识到关说贾琏没有用，不如直接去拜托王熙凤。所以他说：“既是这样，我就等着罢。叔叔也不必先在婶子跟前提我今儿来打听的话。”贾琏就跟他说：“提他作什么，我那里有这些工夫说闲话儿呢，明儿一个五更，还要到兴邑去走一趟，须得当日赶回来才好。”对贾芸来说生死攸关的大事，在贾琏看来根本是小事一桩。

“贾芸出了荣国府回家，一路思量，想出一个主意来，便一径往他母舅卜世仁家来。”你读一下这三个字，姓卜叫世仁。《红楼梦》里面很少讨厌一个人到“不是人”的地步。曹雪芹从小享尽荣华富贵，写《红楼梦》的时候，曾穷到举家连粥都吃不上，我相信他一定也曾经硬着头皮去找过亲戚，也肯定因此遭过白眼。所以在写小说的时候，才会把这类人写成“卜世仁”。这个名字绝不是随便取的，没有人会巧到姓“卜”，偏偏又叫“世仁”的。

这个“卜世仁现开香料铺，方才从铺子里回来，忽见贾芸进来，彼此见过了。因问他这早晚什么事跑了来”。可见贾芸平时很少来。贾芸道：“有件事求舅舅帮衬帮衬。我有一件事，用些冰片、麝香使用，好歹舅舅每样赊四两给我，八月里按数送了银子来。”冰片、麝香都是贵夫人才常用的香料。贾芸想如果关说成功，有工作了八月里就可以还钱了。你看那卜世仁就冷笑道：“再休提赊欠一事。前儿也是我们铺子里一个伙计，替他的亲戚赊了几两银子的货，至今总未还上。因此我们大家赔上，立了合同，再不许替亲友赊欠。谁要错了，就要罚他二十两银子的东道。”说得很严重了，他的铺子是绝对不可能赊东西了。“况且如今这个货也短，你说拿现银子到我们这不三不四的铺子里来买，也还没有这些，只好倒包儿去。这是一。”舅舅先是拒绝了贾芸，接下来还要骂他两句。他说：“二则你那里有正经事，不过赊了去又是胡闹。你只说舅舅见你一遭儿就派你一遭儿不是。”知道贾芸为什么不愿意来找舅舅了吧？舅舅不光没有赊东西给他，还劈头盖脸地骂他说：“你小人儿家很不知好歹，也到底立个主意，赚几个钱，弄得吃的是吃的，穿的是穿的，我看着也喜欢。”

贾芸笑了：“舅舅说的倒干净。我父亲没的时节，我偏又小，不知事。后来听见我母亲说，都还亏舅舅们在我们家中作主意，料理的丧事，难道舅舅就不知道的，还是有一亩田，两间房子，如今我手里花了不成？”贾芸的话说得很难听，意思是你是亲舅舅，料理完丧事，我们家的家产就都不见了，你现在反来责怪我，说我不会赚钱。可见这个舅舅真是糟透了，连自己亲姐妹的田产和房产都霸占。所以贾芸觉得委屈：“巧媳妇做不出没米的粥来，叫我怎么样呢？还亏是我呢，要是别的，死皮赖脸、三日两头儿来缠着舅舅，要个三升米、二升豆子的，舅舅也就没有法呢。”意思是说我算是好的了，你把我们家产都搞没有了，我也没有整天来闹，换作是别人，三天两头来跟你要，看你怎么办？看出来没有？贾芸也不是好惹的，才十几岁的孩子就已经能跟舅舅说理了，可见艰难困苦的环境是可以成就和锤炼人的。

贾芸的椎心之痛

可他的舅舅就讲：“我的儿，舅舅要有，还不是该的。我天天跟你舅母说，只愁你没个计算儿。你但凡立的起来，到你大房里，就是他爷儿们你见不着，便下个气，和他们的管家或者管事的人们嬉和嬉和，也弄个事儿管管。前儿我出城去，撞见了你们三房老四……”注意，大房、二房、三房、四房，宝玉他们是大房的人，三房、四房当然就没有那么重要了。他看到的就是贾芹。“你们三房老四，骑着大叫驴，带着五辆车，有四五十和尚道士，往家庙去了。他不亏能干，此事如何轮到他呢！”此话一下触到了贾芸的痛处，他就是因为自己关说找错了人才错失良机的。贾芸见舅舅唠叨不堪，就起身告辞，十八九岁的孩子也有自尊，觉得你干吗一直这样侮辱我？

舅舅到底还算有点亲情，留他说，吃了饭再走罢。话还没有说完，他舅妈就开口了：“你又糊涂了。不是早就告诉你我们家没有米了吗，今天只买了半斤面想下给你吃，你现在还装胖呢，你要留下外甥挨饿不成？”也许我们在座的各位朋友都不曾这么不幸过，你去跟人家借钱，听到这种话，那真是椎心之痛啊！大家一定记住，《红楼梦》里写得精彩的部分不只是宝玉他们的富贵荣华和风花雪月，还包括像贾芸这样的卑微者求生存的痛苦。

卜世仁就说：“再买半斤来添上就是了。”可他太太实在刻毒，竟跟女儿说：“银姐，往对门王奶奶家去问，有钱借三二十个。”大家设身处地地想想，如果你到一个人家里去，那人明明说留你吃饭，可是又说我要到隔壁借一点钱来买米，那饭还有办法吃吗？所以他们夫妻两个正在说话，那贾芸早说了几个“不用费事”，走得无影无踪了。

这一段是非常好的写实文学，在街坊邻居里面你常会遇到这种现实。如果哪天有个穷得叮当响的小孩来家里，本来就自顾不暇的亲戚只想赶快把他打发走，所以大家尽量体会一下贾芸的痛苦和落魄。

醉金刚轻财尚义侠

下面这一段，写到了民间的那种义侠，这种人一定不是什么正经人，有点像江湖上的泼皮无赖，平常普通人都不太敢碰他们。醉金刚倪二这个角色，在乡间常常会看到，台湾民间很喜欢的廖添丁大概就是这种人，他劫富济贫，有点黑道儿的感觉。可是民间很喜欢他的原因，是因为他很讲义气，一旦你有什么困难，他一拍胸脯就能真帮你。贾芸从他舅舅家出来以后，就碰到了这样的一个邻居——倪二。

“且说贾芸赌气离了母舅家门，一径回归旧路，心下正自烦恼。一边想，一边低头只管走。不想一头就碰在一个醉汉身上，把贾芸唬了一跳。”醉汉用粗话骂他：“臊你娘的！瞎了眼睛，碰起我来了。”一张嘴就是黑道儿上的语言。“贾芸忙要躲身，早被那个醉汉一把抓住，对面一看，不是别人，却是紧邻倪二。原来这个倪二是个泼皮。”“泼皮”就是指不务正业，专门放高利贷，开地下钱庄的那类人。大家平常对这种人大概躲都躲不及。本来倪二刚刚跟人家要了高利贷回来，吃醉了酒，不想被贾芸碰了一头，正没出气，抡拳就要打，只听那个人叫道：“老二住手！是我冲撞了你。”那倪二一听是熟人，就将醉眼睁开。一看是贾芸，就把手松了，然后趔趄着……“趔趄”这个词现在不太用了，就是脚站不稳，身体晃来晃去的感觉。他说：“原来是贾二爷，我该死！这会子往那里去？”贾芸觉得自己刚才受了一肚子的气，讲了也没意思。倪二就说：“不妨不妨。有什么不平事，告诉我，替你出气。这三街六巷，凭他是谁，有人得罪了我醉金刚倪二的街坊，管叫他人离家散！”这种人很奇怪，你得罪他的时候真的能整得你人离家散，可是一旦你把他的毛捋顺了，他又仗义得不得了。

贾芸没有办法，就把舅舅欺负他的事全讲了，倪二听了以后大怒说：这个人要不是你的亲舅舅，我就骂出好话来了。“真真气死我倪二。也罢，你也不用愁烦，我这里现有几两银子，你若用什么东西，只管拿去买办。但只一件，你我住了这些年街坊，我在外头有名放账，你却从没有和我张过口。”他说，大家都跟我借钱，可你贾芸却从来没跟我借过钱，我也不知你是不是厌恶我是个泼皮，怕低了你的身份。还是怕我难缠，放利重？若说怕利钱重，这银子我是不要利钱的……这不太像倪二，他开的是地下钱庄，是专门放高利贷的。人真是很复杂的，谁也说不清楚一个人到底有多少面。此时他是真心想帮贾芸，说："这银子我是不要利钱的，也不用写文约；若说怕低了你的身分，就不敢借给你了，各自走开。"一面说，一面果然从搭包里掏出一包银子来。

如果换作是你，你敢要这个银子吗？有一天在家门口，忽然碰到一个喝醉的人，这个人平常一直打架、吃花酒、放高利贷，他忽然抓着你说，我的钱可以借给你，你到底敢不敢要？

倪二相遇结交的豪爽

贾芸心里面肯定也是七上八下的左右为难。他想："素日倪二虽然是泼皮无赖，却因人而施，颇颇的有义侠之名，若今日不领他这情，怕他臊了，倒恐生事。不如借了他的，改日加倍还他也倒罢了。"想完以后贾芸就笑道："老二，你果然是个好汉，我何曾不想着你，和你张口。但只是我见你所相与交结的，都是些有胆量的、有作为的人……"贾芸的话说得真是漂亮，他没有说你们是黑道放高利贷的，而是说你们都是有胆量有作为的人，这话让人家听起来心里多舒服！贾芸说，我一直认为"似我们这等无能无为的你倒不理。我若和你张口，你岂肯借给我？今日既蒙高情，我怎敢不领，回家按例写了文约过来便是了"。倪二就大笑道："好会说话的人。我却听不上这话。既说'相与交结'四个字，如何放帐给你使，图赚你利钱！既把银子借与你，图你的利钱，便不是相与交结了。"江湖上的朋友有道儿上的规矩，平常可以放高利贷，可如果你是他看得起的朋友，就另当别论了。所以他就说："闲话也不必讲。既你肯青目，这是十五两三钱有零的银子，便拿去治买东西。你要写什么文契，趁早把银子还我。"真是爽快人！这话意思是你要写契约的话，我宁可把这个钱放给那些有指望的人使去。贾芸听了，一面接了银子，一面笑道：那好，那我就不写了。

贾芸在沮丧、落魄到极点的时候，忽然碰到这样一个人，一定很感动，我想贾芸或许从此会喜欢上黑道儿，因为他觉得他们人比亲舅舅要好。民间的那种义气你很难解释它究竟是什么，从知识分子或者法律的角度你说这个人是黑道儿，可是从民间的角度，他们会说我不管什么白道、黑道，反正我小孩要换学校，他来帮我忙；我家里有人办丧事，他也来磕头，我就觉得他仗义，倪二就是这样的一个角色。贾芸就笑着说："我便不写罢了，有何着急的。"倪二笑道："这不是话。天气黑了，也不让茶让酒，我还到那边有点事情去，你竟回去。"因为贾芸刚好住在他们隔壁，所以倪二就说麻烦你带个信给我老婆，说我今天不回家睡了，"倘若有甚么要紧的事，叫我们女儿明儿一早到马贩子王短腿家来找我。"好漂亮的语言！曹雪芹是个贵族，却知道倪二结交的朋友一定是马贩子王短腿这类人，假如我写小说，还真想不出"王短腿"这三个字。倪二"一面说，一面趔趄着脚儿去了，不在话下"。

贾芸关说王熙凤的技巧

贾芸碰到这事，心里也觉得十分稀罕，"想那倪二倒果然有些意思，只是还怕他一时醉中慷慨，到明日加倍的要起来怎处，心内犹豫不决"。

贾芸还是有点担心，这么凶的一个黑道儿，忽然对你这么慷慨，转念一想，心说没关系，等事情办成了，加倍还他就是了。“一直走到个铜钱铺里，将那银子称一称，十五两三钱四分二厘。贾芸见倪二不撒谎，心下越发欢喜，收了银子。来至家门，先到隔壁将倪二的信捎与他娘子，方回来。见他母亲。”他妈妈正在床上做针线，看他进来就问：你到哪里去了，整整一天。贾芸很懂事，如果告诉妈妈刚才你老哥怎么不借我钱，连饭也没能吃上，妈妈一定很难过，所以就只字不提卜世仁的事。

等吃完饭，已到了掌灯时分，贾芸收拾歇息，一宿无话。“次日一早起来，洗了脸，便出南门，大香铺里买了冰、麝，便往荣国府来。”下面大家可以看一下贾芸是怎样把冰片、麝香送给王熙凤的，通篇全是机巧。如果开一门课给现在失业的人讲关说学，我觉得这一段是最好的教材。贾芸到了贾琏的门口，有几个小厮拿着大高笤帚在那里扫院子。忽然听见周瑞家的从门里出来，跟小厮们说：“先别扫，奶奶出来了。”贾芸忙上前笑问：“二婶婶那去？”他先问周瑞家的王熙凤要到哪里去，周瑞家的说老太太叫，想必是要裁什么尺头。

“正说着，只见一群人簇着凤姐出来了”，这个总经理出来的排场很大，所有的随从都跟在身边，“贾芸深知凤姐是喜奉承、尚排场的，忙把手逼着……”这个动作我们不太了解，大家想一下电视里的清宫戏，手臂紧紧地贴着身子的样子。“恭恭敬敬抢上来请安。凤姐连正眼也不看，仍往前走着”，因为关说的人太多了，凤姐根本就不往心里去。这一段写得非常精彩，我提醒大家一定要注意卑微者的感受。我们在现实生活里可能就是个主管，别人来求职，你要怎样做才能让别人不觉得被委屈，或者被侮辱；或者你自己去求职，你如何才能做到心理足够健康。这一段里作者非常细心地在写卑微者生存的困境，贾芸聪明伶俐到了极点，他竟然能一句话就让凤姐停下脚步，贾芸的懂事，是在艰难的生活里慢慢学习的，宝玉一辈子都不可能碰到这样的事，也不用动这样的脑筋。

关说的关键

贾芸关说王熙凤，其间有很多的动作，很多的语言，很多的人情。其实读小说最大的好处，是能让我们对世间的各种关系多一点了解。如果都像宝玉那样在养尊处优的环境中长大，是无法了解生存的艰辛，也没有什么生存能力的。街头的流浪狗一定比家养的狗更懂得到什么地方找食物，也能准确判断什么人会踢它一脚。当然，这样的生存学习对一个生命来讲，未必是件好事，其中隐含着太多的辛酸。

王熙凤一出来，贾芸赶快过来就给她请安，王熙凤连看都不看他，继续往前走。要想让她停下来，一定要想办法打动她。打动王熙凤这么精明、见过大阵仗的人可不是件容易的事。这里面要有对于人性、人情的深切了解，贾芸这孩子很乖巧，特别懂得如何跟人相处。

王熙凤一边走，一边只是说："你母亲好吗，怎么不来我们这里逛逛。"这明显是客套话，表示她知道贾芸是来干吗的。还有一层意思是，你不要再打扰我了。贾芸说，我妈妈"只是身上不大好。倒时常记挂着婶子，要来瞧瞧，又不能来"。凤姐笑了，还在继续往前走。她说："可是会撒谎，不是我提起他来，你就不说他想我了。"在这种一往一来的客套话里，两个人都没有真情，王熙凤早就知道贾芸在关说贾琏，并不愿意搭理这个人。贾芸这个时候就讲话了，他说："侄儿不怕雷打了，就敢在长辈前撒谎。”这个话虽重，却比较乖巧。“昨天晚上还提起婶子来”，这下子就比较具体了对不对？时间地点都有了，王熙凤就会比较关心了，“妈妈说婶婶身子生的单弱，事情又多，亏婶子好大的精神，能够料理得周周全全”。这个话一出来，王熙凤一定会停下来，因为王熙凤一生最喜欢的就是人家捧她，现在听到有人说她聪明能干，尤其是贾芸最后加了一句“要是差一点的，早累的不知怎么样呢”。贾芸太了解王熙凤了，她是个好强的人，这是她的软肋，她忽然觉得这话有点儿意思，大庭广众地让她很有面子。所以，凤姐听了满脸是笑，不由得就止住了步，这是成功的第一步。你如果去求职，经理在你面前站都不站，肯定没有什么希望了，你总要想办法让他停下来听你讲话，贾芸已经做到了。

关说送礼的大学问

王熙凤停下来问：“怎么好好的，你娘儿两个在背地里嚼起我来？”她觉得很奇怪，你们两个人怎么会忽然说起我来了，“嚼”的意思是你们是不是在讲我坏话。贾芸就编了个故事说：我有一个很好的朋友，家里开了一个香铺。因为有钱，捐了个“通判”（官名，在知府管辖下，掌管粮运、家田、水利和诉讼等事项），要到云南去做，连家眷也都要带去。香铺就要关张了，之前要把所有的货物清理，该给人的给人，该卖的卖掉。因为我跟他要好，他就送了我一些冰片、麝香。我就跟我母亲商量，若要转卖，不但卖不出原价来，而且一般人家里也不会买这个，就是很有钱的大户人家，“也不过使个几分就挺折腰了”。若说送人，也没个人配使这些，因此我就想起婶子来，意思是这些东西谁都不配用，只有婶子你配用。贾芸绕了半天，才说到主题——我今天等在这里就是要把这个东西给你。

关说学真不简单，单送礼就是个大学问，你要送到既能让对方开心，又心安理得地收下。贾芸说："往年间，我还见婶婶大包的银子买这些东西呢……因此，想来想去，只有孝顺婶婶一个人才合适，方不算糟蹋这东西。"一面说一面就将一个锦匣举起来。

一直到这个时候，我们还很紧张，不知道王熙凤会不会接。贾芸这个孩子真是聪明，凤姐正要采办端阳的节礼，恰好需要买一些香料药饵之类的，他连这个都算准了。所以凤姐"忽见贾芸如此一来，听这篇话，心下又是得意又是欢喜"。所以这个关说算是说到节骨眼儿上了，没有让对方觉得这个东西是不能要的。凤姐就叫她的丫头丰儿接过贾芸的东西，交给平儿。接下来可以看出王熙凤很开心，说："看着你这样知好识歹的，怪道你叔叔常常提起你，说你说话儿也明白，心里有见识。"王熙凤开始赞美他了。贾芸听这话入了港，"便打进一步来，故意问道：'原来叔叔也曾提我的？'"凤姐见他问，正要告诉他贾琏曾希望把十二个道士、十二个小和尚的工作交给他做，却又觉得不太对劲。刚收了人家的一点香料，马上就讲这个话，有点下作，"倒叫他看着我见不得东西似的"。王熙凤也在动心思，这个心思是作为一个总经理，人家刚送了一盒月饼，你就马上说刚好有个事让你去管，彼此都很难堪，所以王熙凤对工作的事只字不提。贾芸的成熟也表现在这里，他要找更适当的机会再张口说工作的事，两个人都把分寸拿捏得刚刚好，不紧不慢地随口说了几句闲话。

这一段的关键是让我们看到了贾芸的成长，舅舅的鄙薄对他来说是一次非常到位的励志教育，他绝不会再轻易放弃任何机会。关说了凤姐以后，他觉得还没有百分之百的把握，记不记得宝玉曾要收他做干儿子？所以离开了凤姐，他马上就去找宝玉。

小红等待机会的心思

表面上看贾芸是没事儿去找宝玉玩，其实他是想凤姐这条路万一走不通的话，还有宝玉那条线路。“因昨日见了宝玉，叫他到外书房等着，贾芸吃了饭便又进来，到贾母那边仪门外绮霞斋书房里来。只见焙茗、锄药两个小厮下象棋，为夺‘车’正拌嘴。还有引泉、扫花、挑云、伴鹤四五个，又在房檐上掏小雀儿玩。”宝玉书房里有一大堆书童，可就是不怎么读书，没事儿就到处乱逛。我们常常笑古代的公子读书，伴读的人书往往读得比正读的人还好。我以前有个老师，家里是广东富贾，小时候就有好几个书童帮他背书，这个背《孟子》，那个背《论语》。我们听了觉得奇怪，连读书都有让人家替的。如今贾芸进了宝玉的书房，看到这些小用人在那边玩儿，便把脚一跺，说道：“猴头们淘气，我来了。”他毕竟还是主人身份，众小厮散了，贾芸才进屋坐在椅子上问：“宝二爷没下来？”意思是宝玉没有到书房来吗？焙茗说：“今儿总没下来。二爷说什么，我替你哨探哨探去。”“哨探”就是打听，说着就出去了。

贾芸便一个人在书房里，看看字画古玩，以前的书房里一般会摆些古董。有一顿饭工夫还不见来，“再看看别的小厮，都玩去了。正是烦闷”，贾芸正在犹豫是要等还是要走的时候，“只听门前娇声嫩语的，叫了一声‘哥哥’”，丫头小红出场了。我们刚才提到二十四回讲的是两个卑微的人，一个是贾芸，另一个就是小红。“贾芸往外瞧时，却是一个十六七岁的丫头，生的倒也细巧干净。那丫头见了贾芸，便抽身躲了过去。”过去的女孩子见到男客是要回避的。刚好这时焙茗来了，看到这个丫头在门前，便说：“好，好！正抓不着个信儿。”他知道小红是宝玉房里的丫头。“贾芸见了焙茗，也就赶了出来，问怎么样。焙茗道：‘等了这一日，也没个人儿过来……好姑娘，你进去带个信儿，就说廊上二爷来了。’”焙茗也是个贪玩孩子，刚才说是去打听打听，大概根本把正事玩忘了。

“那丫头听说，方知是本家的爷们，便不似先前那等回避，下死眼把贾芸盯了两眼”，“下死眼”就是她认认真真地把这个人看了一通，通常一个女孩子是不能这样看一个男人的。古代绝大部分的恋爱都是靠眼睛来传情的，因为古代讲究男女授受不亲。“听那贾芸说：‘什么是廊上廊下的，你只说是芸儿就是了。’”意思是自己跟宝玉很亲，因为宝玉已经要收他做干儿子了。“半晌，那丫头冷笑了一笑：‘依我说，二爷竟请回去，有什么话明儿再来。今儿晚上得空儿我回他。’焙茗道：‘这是怎么说？’那丫头道：‘他今儿也没睡中觉，自然吃的晚饭早，晚上又不下来。难道只是要的二爷在这里等着挨饿不成！不如家去，明儿来是正经。’”觉不觉得这个丫头有点多事儿，人家只是叫她去传话，宝玉来不来本不关她的事，可小红是个非常聪明的丫头，有主张，懂判断，而且有担当，她的这番话一般的丫头是讲不出来的，表示她对宝玉已经留心了很久，对他的生活习惯了如指掌。胡适之曾经对她做过考证，他认为小红是曹雪芹很看重的一个人物，作者如此着力地去写的丫头一定不是等闲之辈，可惜曹雪芹死后，高鹗续写的后四十回里没有了小红。

贾芸终于获得工作

小红还分析道："就便回来有人带信，那都是不中用。他不过口里应着，他倒给带信呢！""贾芸听这丫头说话简便俏丽，待要问他的名字，因是宝玉房里的，又不便问，只得说道：'这话倒是，我明儿再来。'说着便往外走，焙茗道：'我倒茶去，二爷吃了茶再去。'贾芸一面走，一面回头说：'不吃茶，我还有事呢。'口里说话，眼睛瞧那丫头还站在那里呢。"注意，两个人的眼睛都有意思了，刚才是小红"下死眼"看了他，现在贾芸一面走，一面回头在看小红。

"那贾芸一径回家。至次日，来至大门前"，他是每天都来报到的。因为你也不可能跟王熙凤约，只能站在那里等，要是王熙凤不出来，他根本连说话的机会都没有。这天贾芸的运气不错，可巧遇见凤姐往那边去请安，才上了车，看到贾芸来了，马上就叫人停下。你看，凤姐对贾芸已经有印象了，当然是昨天说的那番话起作用了。凤姐隔着窗子笑道："芸儿，你竟有胆子在我跟前弄鬼。"她的意思是说，她回家以后才知道他已经求过贾琏了。你昨天送我冰片、麝香，原来是为了要找工作。这时候才戳破，两人一来一往关系很微妙。可这个贾芸太聪明了！马上就说："求叔叔这事，婶婶休提，我这里正后悔呢。"这明显是在奉承凤姐，就是我没想到你们夫妻两个，太太这么强势，丈夫那么窝囊，下面是王熙凤最愿意听到的话："早知这样，我竟一起头求婶婶，这会子也早完了。谁承望叔叔竟不能的。"那凤姐就笑了："怪道你那里没成儿，昨儿又来寻我。"贾芸就说："婶婶辜负了我的孝心，我并没有这个意思。若有这意思，昨儿还不求婶婶？如今婶婶既知道了，我倒要把叔叔丢下，少不得求婶婶好歹疼我一点儿。"贾芸有点在撒娇了，意思是你这么有势力，这么能干，能罩住那么多的人，多少也帮我一点点吧！如果我们今天要去找工作，肯定不能讲这样的话，可在中国古代社会，讲的就是人情，特别习惯用这种语言。

凤姐就冷笑说："你们要拣远路儿走，叫我也难。早告诉我一声儿，什么不成了。多大点子事，耽误到这会子。那园子里还要种花，我只想不出个人来，早来不早完了。"贾芸赶快趁势说："既这样，婶婶明儿就派我罢。"为了找个工作，贾芸熬了多久？现在终于看到希望了，可是凤姐非常厉害，隔了半天才说："这个我看着不大好。等明年正月里……"现在才三月，要等到来年正月，"烟火灯烛那个大宗儿下来，再派你罢"。这真要把贾芸急死了，因为家里已经没米下锅了，贾芸说："好婶婶，先把这个派了我罢。果然这个办的好，再派我那个。"意思是他两个事情都想干，凤姐就笑了说："你倒会拉长线儿。罢了，若不是你叔叔说，我不管你的事。我不过吃了饭就过来，你到午错的时候来领银子，后儿就进去种花。"读到这里，大家会不会有点心酸，一个十八九岁的孩子为找个工作，竟然经历了这么多的煎熬。我一直觉得《红楼梦》里面有一种大的悲悯和同情，年轻的时候读《红楼梦》喜欢的多半是风花雪月的部分，可年龄越大就越喜欢这些有关卑微者的部分。它会让你看到身边平常不怎么注意的人生活的艰辛，他们不像我们这样可以看画展，听音乐会，过闲云野鹤般的日子。

小红等到大好机会

贾芸的工作有了着落，喜不自禁，可他还是来绮霰斋找宝玉，谁知宝玉一早就往北静王府去了。宝玉每天都忙着玩、吃、喝、看戏，根本把这件事情全忘了。想想看，如果你是一个主管，丢给某人一句话："明天来找我。"结果这个人就一直在那儿等，可是你完全忘了，很多时候我们漫不经心的一句话，可能会给对方造成很大的伤害。《红楼梦》把这些东西写得很细，宝玉一句话，贾芸就傻傻地等了两天，这就是富贵跟贫贱的落差。"贾芸便呆呆的坐到晌午，打听凤姐回来，便写了个领票来领对牌。至院外，命人通报了，彩明走了出来，单要领票进去，批了银数年月，一并连对牌交与贾芸接了，看那批上银数批了二百两，心中喜不自禁。翻身走到银库上，交与收牌票的，领了银子。回家告诉母亲，自是母子俱各欢喜。次日一过五鼓，贾芸先找了倪二，将前银按数还他。"贾芸又拿了五十两，到西门外的花匠家去买树。其实，他真正用在花和树的银子只有五十两，其他钱都成了他的。这种大户人家到最后为什么会亏空越来越多，就是因为每件事都有这么多的漏洞。

宝玉自从那天见了贾芸，就说，明天可以找他说话，还说带他到花园去玩儿。本来这只是富贵公子的口角，哪里还把这个放在心上，讲过也就忘怀了。这天晚上他从北静王府回来的时候见过贾母、王夫人，到了园子里面换了衣服，正要洗澡。这天非常凑巧，袭人被宝钗请去打中国结了；秋纹、碧痕两个人提水去了；麝月又在家里面养病……宝玉房里这么多丫头，很少有大家都不在的时候，只要有别的丫头在，小红是不敢进来的，因为她只是个在外面做粗活的。就像贾芸在门口不知站了多少天，才等到贾琏、王熙凤一样，小红也是不知熬了多久才得到这个机会的。

如今只剩了宝玉在房里面，偏偏宝玉要吃茶，一连叫了两声，方见两三个老嬷嬷进来。宝玉一看了她们，连忙摇手儿说："罢，罢！不用你们了。"宝玉也有怪癖，他就是喜欢女孩儿清爽漂亮，一看到老嬷嬷，就连茶也不想喝了。

"宝玉见没丫头们，只得自己下来，拿了碗向茶壶去倒茶。"宝玉从出生到现在大概从没自己倒过茶。只听背后说道："二爷仔细烫了手，让我们来倒。"这个描写非常漂亮，如果是电影的话，此时听到的只是声音，并没有看见人，可这一声"二爷仔细烫了手"中，蕴含着一种温柔和关心。"一面说，一面走上来，早接了碗过去。宝玉倒唬了一跳，问：'你在那里？忽然来了。'"在宝玉的房里，每一个人都有自己该待的地方，这个丫头是不能随便到里面来的。其实小红一直躲在那里窥探，进来倒茶是用了很多的心机的，当然她不会明说。

不受宠的辛酸与痛苦

宝玉问起她从哪里来，那个丫头一面递茶，一面就回头跟他说："我在后院子里，才从里间的后门进来，难道二爷就没听见脚步响？"作者是在暗示小红是故意接近宝玉的，不然，走路的声音应该听得到。"宝玉一面吃茶，一面仔细打量那丫头。"我们说过，宝玉看任何人都先看他长得怎么样，看到这个丫头"穿着几件半新不旧的衣裳"，宝玉身边的丫头袭人、晴雯的穿着都非常讲究，刘姥姥第一次看到她们的时候，还以为她们是小姐。可是眼前这个丫头穿的是旧衣服。"倒是一头黑鬒鬒的头发"，用"鬒鬒"二字来形容头发的美，"绾着个鬟，容长脸面，细巧身材，却十分俏丽甜净"。

宝玉道："你也是我这屋里的人么？"我不知道小红听到这个话的感觉是什么？我们没有办法想象一个主子竟然连自己房里的丫头都不认识，伺候他的人已经多得认不过来了。那丫头说："是的。"宝玉道："既是这屋里的，我怎么不认得？"这是很椎心的一句话，那丫头听说，便冷笑了一声道："认不得的也多，岂只我一个。"这个回答中带着太多的酸楚，小红一直是个遭冷落的丫头，她说："从来我不递茶递水，拿东拿西，眼见的事一点儿不作，那里认得呢。"宝玉问她："你为什么不作那眼见的事？"这就涉及到人的阶级和层次了，宝玉已经被那些重要的丫头包围了，她们是绝对不能允许某些丫头爬上来的。宝玉傻乎乎的，根本不懂这些，不知道小红是没有资格倒茶的。《红楼梦》对我们最多的提醒是：生活中不是每个人都那么容易受宠，他可能是贾芸，也可能是小红，也可能是贾环……它对这些人物的描写就是提起我们体贴关怀他们的心。

从另一个角度看，《红楼梦》里到处都是政治，大丫头是会压制小丫头的。小红就跟他说："只是有一句话回二爷：昨儿有个什么芸儿来找二爷。我想二爷不得空儿，便叫焙茗回他，叫他今日早起来，不想二爷又往北府里去了。"刚说到这句话，只见秋纹、碧痕嘻嘻哈哈地说笑着进来。

用自己的能力改变命运

秋纹、碧痕是比较接近宝玉的丫头，本来去提水的应该是小红。小红很有心机，大概是她说自己不舒服，秋纹、碧痕才会去提水，小红已经观察到，如果秋纹跟碧痕去提水的话，她就有机会接近宝玉了。

你看，"秋纹、碧痕嘻嘻哈哈的说笑着进来，两个人共提着一桶水，一手撩着衣裳，趔趔趄趄，泼泼撒撒的”，小红看到以后赶快就去接。秋纹、碧痕正在彼此抱怨，说你提水提得不好，把我裙子给弄湿了，那个说你踩了我的鞋子。“忽见走出一个人来接水，二人看时，不是别人，原来是小红。二人便都诧异，将水放下，忙进房来东瞧西望，并没个别人，只有宝玉，便心中大不自在。”其实，这些丫头一直在斗心眼，看到房里没有别人，马上就联想到这个丫头跟宝玉在干吗？宝玉是核心，所有人都围绕着他在作斗争，每个人都在用自己的办法亲近宝玉，小红一直被挤在外围，她当然不甘心，作者把小红的心思写得十分委婉。

秋纹、碧痕两人预备了洗澡的东西，让宝玉脱了衣服，把门带上，就去找小红，问她刚才在屋里说什么。小红很委屈地说：“我何曾在屋里的？只因我的手帕子不见了，往后头找手帕子去。不想二爷要茶吃，叫姐姐们一个没有，是我进去了，才倒了茶，姐姐们便来了。”这明显是在掩饰她跟宝玉说过话，可是秋纹听了，兜脸啐了一口，骂道：“没脸的下流东西！”这种话很重，卑微者对卑微者往往异乎寻常地狠毒，因为大家都生存在艰难里，会动用最动物的本能去压迫对方。“正经叫你催水去，你说有事故，倒叫我们去。”到这里才透露出小红真是存心安排的机会。

像这种努力用心机争出头的人，历史上最著名的就是武则天，后宫有三千佳丽，不强出头的话，皇帝就永远看不到你，所以她就想办法要让皇帝看到她。《讨武曌檄》里曾骂武则天故意“以更衣入侍”接近皇帝，不巧的是，她还没有生孩子，皇帝就死了，所有他临幸过的没生孩子的宫女全部被送到尼姑庵，武则天再次面临绝境。她便开始勾引皇帝的儿子高宗，为了与皇后争宠，她竟杀死了自己的亲生孩子而嫁祸皇后。不了解这其中的辛酸的话，我们可能会觉得这个人很坏，如此心狠手辣，可是在阶层分明的社会里，当有的人一辈子不能改变命运的时候，除了认命，另一条路就是反叛。武则天就是典型的反叛者，我们的历史里是不允许反叛的，所以武则天常常被骂。可是如果从竞争的角度来讲，武则天是竞争力最强的，她能不断地把自己的绝望变成希望，小红也是如此。

秋纹她们知道被骗了，说："你可等着做这个巧宗儿。"注意"巧宗儿"，就是这么好的事让你等到了，"一里一里的，这不上来了吗。""一里一里"，就是你越靠越近了。"难道我们倒跟不上你了？你也拿镜子照照，配递茶递水不配！"宝玉对丫头都不曾用如此粗鲁的语言，可卑微者在欺负同类的时候却常常口不择言。

卑微者的处境

碧痕就在旁边帮忙说："明儿我说给他们，凡要茶水，送东拿西的事，咱们都别动，只叫他去便是了。"秋纹就说："这么说，还不如我们散了，单让他在这屋里呢。"大家可以体会一下小红此刻的心情。小红个性刚烈得不得了。她咬牙坚持着走两条线，一条是她努力地接近宝玉改变命运；另外一条是希望能变成贾芸的爱人。

秋纹、碧痕两个人你一句我一句正闹着，只见有一个老嬷嬷进来传凤姐的话说：明日有人要带花匠进来种树，叫你们严禁些（古代很严厉地防范男性跟女性的接触），还有你们的衣服、裙子、内衣不要乱晒，不要让外面的工人看到女孩子的衣服，那土山上一溜都拦着帷幕呢，你们可别乱跑。可接下来小红偏偏故意走到那边去，因为她知道贾芸要带人进来种花，就想要接近贾芸。

我想提醒大家的是，作者在写小红这个人物的时候，并没有说她好坏。我常常问朋友，你喜不喜欢小红这个人。答案有两种，有人觉得小红很厉害，是那种很有心机的人；有人很同情她。作者想解决的不是好坏的评判，而是在让我们体会卑微者的处境。大家可以问一下自己，如果我是小红该怎么办，会认命吗？好的文学通常不轻易判断人的好坏，而是很完整地描绘一个角色。

那婆子又说后廊上的芸哥儿要来监工，小红听见了，“心内却明白”，她曾经“下死眼”看过贾芸。一般的女孩子瞟一眼就不敢再看了，可她摆明了就是要告诉对方，我喜欢你！这是蛮现代的个性，现代人的主动性比较强。前面提到有朋友在美国教《红楼梦》，最后大家选出最喜欢的女人都是王熙凤，而不是林黛玉。从这个角度上讲，小红就是另一个王熙凤，一旦有机会，她是一定要改变自己命运的。

梦里的红玉可以做自己

下面才开始介绍小红，原来这小红姓林，小名叫红玉。只因“玉”字犯了林黛玉、宝玉，便都把这个字隐起来，叫她“小红”。作者在此有个暗示，同样是人，她却不配用“玉”字。她“原是荣国府中世代的旧仆”，她家是世袭的用人，奴仆的身份从生下来就无法改变了。她的“父母现在收管各处房田事务。这红玉年方十六岁，因分入在大观园的时节，把他便分在怡红院中，倒也清幽雅静。不想后来命人进来居住，偏生这一所儿又被宝玉占了”。在宝玉没有入住大观园前，怡红院就是小红等人在管，等到宝玉搬进来的时候，带了一些丫头进来，原来管这个院子的小红她们，就被压在底下了。

“这红玉虽然是个不谙事理的丫头，却因他原有三分容貌，心内着实妄想痴心的向上攀高。”“妄想攀高”四个字中多少有些凄苦，为什么是妄想？因为她家世世代代都是奴仆。“每每的要在宝玉面前显弄显弄。只是宝玉身边一干人，都是灵牙利爪的”，“灵牙利爪”四个字用得漂亮，就是说国王身边的一干人马都不是好惹的，“那里还能下的手去。不想今儿才有些消息，又遭秋纹等一场恶意，心内早灰了一半。”本来被劈头盖脸骂了一顿，心灰意冷，可她听老嬷嬷说起贾芸来，不觉心中一动，马上意识到又一个机会来了。她“闷闷的回至房中，睡在床上暗暗盘算，翻来覆去，没个抓寻”。注意，她躺在床上，“忽听窗外低低的叫道：‘红玉，你的手帕子我拾在这里呢。’”其实她是在做梦！因为她一直在琢磨跟贾芸的爱情关系，梦里听到人叫她的名字，在梦里不是小红，而是红玉。

“红玉听了忙走出来看，不是别人”，正是她心中的白马王子贾芸。“红玉不觉的粉面含羞，问道：‘二爷在那里拾着的？’贾芸笑道：‘你过来，我告诉你。’”这就很像要偷情了，“一面说，一面就上来拉他。那红玉急回身一跑，却被门槛绊倒。”吓醒了，才知道是梦。好惨的梦！真不如不醒！在梦里她是红玉，是有人爱、有人关心的，醒过来，她还是那个被人家骂得一文不值的丫头，作者对人最大的同情和悲悯至此淋漓尽致了。

第二十五回

魇魔法姊弟逢五鬼
红楼梦通灵遇双真

卑微者的反抗

《红楼梦》在二十回以后，作者就开始把重点放在一些卑微者的身上。这个卑微不光是没有权力、没有财富，还有最重要的一点是没有身份，完全处于被忽略的状态。在二十五回里我们将看到这些卑微者的反扑。

二十五回的真正主角是这部小说里不常出现的人物——马道婆。台湾民间至今还有这样的人，一旦你家里发生了什么事情，有人生病了，或是遇到车祸了，她就会来帮你念咒。说起来这好像是迷信，可是人很奇怪，在碰到左右为难或者迫不得已的事情时，往往会求助于这种人，所以马道婆们在民间一直扮演着非常重要的角色，他们和富贵人家之间有一种互相依赖的生存关系。之所以说互相依赖，是指富贵人家因为心灵上的空虚，或者信仰上的不确定，也需要马道婆这样的人。

贾家除了像红玉这样的丫头以外，还有一些被忽视的人物，比如宝玉的弟弟贾环，就是个连跟丫头赌钱输了都会闹的孩子。过去富贵人家的公子出手却很大方，可是贾环一是身上没有钱，二是总觉得大家都看不起他，所以才会显得委琐。

二十五回里对贾环的描写也是最精彩的部分。本来中国古代原配夫人必须要具有一种气度，就是不管丈夫跟任何女人生的孩子，都应该当成自己的孩子，因为这个孩子是这个家族的子嗣。贾环虽是庶出，也等于是王夫人的孩子，但平常王夫人只心疼宝玉，根本不怎么搭理贾环。

作者是在养尊处优的环境里长大的，却能看到卑微者的痛苦，并着意地去写这些人。很多人会误解，认为二十五回是对贾环的讽刺，表面上看，贾环是一个长得既不漂亮也不聪明、性格古怪的小男孩。可作者一直强调他被忽略、被冷落，也因此一直无法建立自信，这种伤害往往是终生难以弥补的。

当宝玉一回来就滚在王夫人的怀里，又去逗唯一对贾环不错的丫头彩霞时，贾环的心中就有了恨和嫉妒，终于发展到把桌上的油灯推倒，想把宝玉的眼睛烫瞎。看到这里，我们会很悚动，卑微者没有被安抚的心会变成很强大的报复，作者写的是个人，我们却可以从此看到整个社会，一个社会当中强弱的差距太大的时候，就该注意弱者的反抗了。而且卑微者的反扑，常常会不计后果，具有很强的毁灭性。

作者是从非常宽容的角度来看待这个问题的，因为他就是宝玉。作为宝玉能够看到贾环的痛苦，是件很了不起的事。他深切感受和体贴到了这个庶出的、一直没有得到过认可的孩子的卑微，才会这么仔细去写他心里的恨和他的报复。

马道婆的心机

就在这个时候马道婆来了，就用手画了一大堆东西，然后念咒，说：

好了，没事了。看到这样的描写大家一定会说，贾家这种高知家庭，怎么会相信这种东西。可就算在今天，人在无可奈何的时候，马道婆们还会出现。你根本不知道她念的、画的是什么，只是觉得心安了。

接着马道婆就开始由此向贾母索要供养，这些生活在社会底层的人都聪明得不得了，深晓怎么从别人身上弄到可以养活自己的钱来。

我一直觉得庙宇文化值得好好研究。直到现代它跟全社会的政治、经济之间还存在着千丝万缕的关联，你揭发它内部组织也好，批判它的迷信愚昧也罢，它都一直存在着。当一个社会缺乏正面信仰的时候，人们就会把所有对生活中发生灾难的不安，都寄托在求助这些东西上。

我觉得二十五回里写得最好的角色就是马道婆，活脱脱的一个民间庙宇的代表人物。她有一种能力，可以弄到很大的社会资源。文艺复兴以后，西方大部分的民间资源会支持慈善事业，或者做一些文化事业。可是我曾看到一篇社会学的论文，认为台湾当今社会的大部分资源还是流入了庙宇和教会，这是个很特殊的现象。

古代的贵族家庭少不了马道婆这样的角色，当他们对自己拥有的财富和权力感到不安的时候，就会供养这样的人。西方在文艺复兴以前也卖赎罪券，就是你做了什么坏事，花钱买一张券就可以赎罪了，这个券是按照罪的大小和人的穷富来算钱的。文艺复兴以后，因为有了正面的信仰，赎罪券制度才慢慢消失。台湾当代社会的这个现象，实际上是民间的另外一种赎罪券，黑社会有不安，想捐钱赎罪；某些企业，也会捐出大笔的钱以求心安。

马道婆在贾母那里弄到钱后，还要到各房去，因为每一个人的内心都有不安，最后，她去了赵姨娘房里，她给赵姨娘出谋划策，骗了她所有的积蓄和五百两银子的欠契，制造了一个魔法，一念咒，宝玉和王熙凤就发病了。

这个类似科幻的场景提醒我们，一个社会如果不注意卑微者的痛苦，他们的反扑将是非常残酷的。贾环要烫瞎宝玉的眼睛，赵姨娘请马道婆来施魔法，都是报复。这种报复如果发生在社会上就是暴力革命。西方现代社会很注意所谓全民的福利，实际上就是注意到了这个问题。作者非常聪明，完全看到了这个东西，这个家族最后败落，也是因为卑微者的大量存在。他们做一点点手脚，整个家族就会出事。平等的“平”字是非常难实现的，它不只是权利、财富的平等，更重要的是心理和身份的平等。

红玉的情思缠绵

下面我带着大家回到文本，二十四回的结尾，讲到丫头红玉，因为做了个梦，所以心神恍惚，情思缠绵。红玉的梦很悲凉，那样的温暖，她在现实里从未体验过。“因此翻来覆去，一夜无眠。至次日天明，方才起来，就有几个丫头子来，会他去打扫房子地面，提洗脸水。”可见红玉做的是比较重的体力活，在宝玉身边递茶倒水、做针线的丫头身份是比较高贵的。“这红玉也不梳洗，向镜中胡乱挽了一挽头发，洗了洗手，腰内束了一条汗巾子，便来打扫房屋。”一个女孩子有心事的时候，就不想打扮了。

有意思的是，宝玉发现自己屋里竟有一个这么乖巧、体面的丫头，也开始特别留心，这种留心，是说他对每一个存在着的生命都用情在关照，可是“若要直点名唤他来使用，一则怕袭人等寒心”，宝玉很小心，袭人、晴雯等都是跟他很要好的丫头，忽然，点名要用另一个丫头，怕她们痛苦。宝玉是个非常温暖的人，总是能体贴到每个人的心。他有一点喜欢红玉，可是又有些不好意思。二则又不知道红玉是什么个性的人，“若好还罢了，若不好起来，那时倒不好退送的。因此心下闷闷的，早起来也不梳洗，只坐着出神。”一下子到了窗前，“隔着纱屉子，向外看的真切，只见好几个丫头在那里扫地，都擦脂抹粉，簪花插柳的，独不见昨日那一个。宝玉便趿了鞋，晃出了房门，只装着看花儿，这里瞧瞧，那里望望。一抬头，只见西南角上游廊底下栏杆上似有一个人倚在那里，却恨面前有一株海棠花遮着，看不真切。”这种形容大家会不会觉得很美，一个十几岁的男孩儿，在找一个长得漂亮的丫头，找来找去，看到有一个女孩坐在那边，却偏偏被一株花挡住看不真切。这是非常非常有画面感的描写，“花遮人”的意象也用得妙，特别能表达宝玉的心情。他“只得又转了一步，仔细一看，可不是昨儿那个丫头在那里出神。待要迎上去，又不好去的。正想着，忽见碧痕来催他洗脸，只得进去了，不在话下”。

红玉并不喜欢宝玉，她只是想靠接近宝玉来改变她的身份，她真正喜欢的人是贾芸。“红玉正自出神，忽见袭人招手叫他……袭人笑道：‘我们这里的唾壶还没有收拾了来呢，你到林姑娘那里去，把他们的借来使使。’红玉答应了，便走出来往潇湘馆去。”从怡红院往潇湘馆去要经过翠烟桥，因为两边全是柳树。过去我也不太知道为什么柳树要叫“翠烟”，有一次在北京去长陵，刚好是四月，路两旁的柳树刚刚冒出嫩绿的细芽，远望去真像罩在翠绿的烟雾里。我才知道这个形容原来是这么贴切。

红玉“正走上翠烟桥，抬头一望，只见山坡上高处都拦着帷幙”。过去大户人家有男客进来做工时，一定要用帷幔拦着，否则园子里很多女孩子走来走去会很不方便。红玉“方想起今儿有匠人在里头种树。因转身一望，只见那边远远一簇人在那里掘土，贾芸正坐在那山子石上”，贾芸是监工，负责指挥大家干活的。红玉看到了刚才梦里的人，很想过去跟他讲话，又不敢去。“只得闷闷的向潇湘馆取了唾壶回来，无精打采自向房里倒着。众人只说他一时身上不快，都不理论。”

拿腔作势的贾环

第二天是王子腾夫人的寿诞，王子腾是王夫人娘家的人，就是大贵族过生日。“那里原打发人来请贾母、王夫人的，王夫人见贾母不去，自己也便不去了。”王夫人是贾母的儿媳妇，婆婆不去，她也不方便去。这些贵族家庭三天两头忙活婚丧嫁娶之事，不过就是借机看戏、打牌、吃喝玩乐。“薛姨妈同凤姐儿并贾家三个姊妹、宝钗、宝玉一齐都去了。”

王夫人大概是因为儿子不在身边，所以贾环来了以后，才表现得对贾环好了一点。“可巧王夫人见贾环下了学，便命他来抄个《金刚咒》捧诵。”以王夫人的身份，要一个孩子去抄《金刚咒》，当然是看得起他，因为抄佛经是非常郑重的事，相当于做功德。“那贾环正在王夫人炕上坐着，命人点上灯烛，拿腔作势的抄写。”注意这个“拿腔作势”，因为长期受冷落，他对这种状态已经认同了，一旦被重视，突然有了身份和地位，他无法自处，有点不知天高地厚了。“一时又叫彩霞倒杯茶来，一时又叫玉钏儿来剪剪蜡花，一时又说金钏儿挡了灯影。”这说明贾环根本没有好好抄经，而是假借王夫人的宠爱，横挑鼻子竖挑眼地跟丫头们过不去。“众丫鬟们素日厌恶他，都不答理。”这种大家族里的丫头也非常势利，她们也都欺负贾环。只有彩霞和他比较好，就趁王夫人不在身边的时候，悄悄地跟贾环说：“你安些分罢，何苦讨这个厌那个厌的。”彩霞当然是一片好心，可你看贾环的反应，他马上就说：“我也知道了，你别哄我，如今你和宝玉好，把我不答理，被我也看出了。”大家发现没有？他永远的敌人就是宝玉，在宝玉面前，他既不漂亮，也不聪明，还得不到别人的爱。他最大的痛苦就是有宝玉这样一个哥哥，卑微使得他心中的痛苦一直在滋长。彩霞很生气，咬着嘴唇，在贾环头上戳了一指头，说道：“没良心的！狗咬吕洞宾，不识好人心。”卑微者常常会用这样的方式对待别人，因为缺乏自信，他总认为别人对他的好是假的。

他们正在说话，“凤姐来了，拜见过王夫人。王夫人便一长一短的问他，今日是那几位堂客，戏文好歹，酒席如何等语。说了不多几句话，宝玉也来了，进门见了王夫人，不过规规矩矩说了几句”，因为过去儿子见母亲有很严的规矩，一定要请安。讲了几句话后“便命人除去珠额，脱了袍服，拉了靴子，便一头滚在王夫人怀里”，这是非常鲜活的句子，这个小孩一定是非常受母亲宠爱的，可是大家不要忘记，贾环此时就在旁边，他可能一辈子都没有享受过这样的待遇，连他的亲生母亲，见他都是兜头就骂。不细看你可能不了解贾环的痛苦在哪里，作为一个弟弟，看到哥哥一头滚在妈妈怀里，而你自己却从来没有被这样宠爱过，这是多大的痛苦！

贾环心中的恨

我们看下面的描绘：“王夫人便用手满身满脸去摩挲抚弄他，宝玉也扳着王夫人的脖子说长说短的。”在旁边抄经的贾环心里肯定七上八下的不是滋味，他认为所有人都把注意力放在宝玉身上，从来不曾宠爱过他。王夫人说：“我的儿，你又吃多了酒，脸上滚热。你还只是揉搓，一会闹上酒来。还不在那里静静的倒一会子呢。”说着就叫人说拿一个枕头来。宝玉听了，就在王夫人的身后倒下，又叫彩霞来替他拍着。“宝玉便和彩霞说笑，只见彩霞淡淡的，不太答理”，有没有感觉到彩霞真的很懂事，她是唯一知道贾环心事的人，她知道自己如果跟宝玉太好，贾环会吃醋，她去拍宝玉睡觉是王夫人的命令。可是宝玉跟她说笑，她就不爱理他，两眼只向贾环的地方看。这是很动人的描写，彩霞眼睛一直盯着贾环，意思是我是跟你在一起的。宝玉就拉着她的手说：“好姐姐，你也理我理儿呢。”小孩子常常会争宠，宝玉就觉得你为什么一直看贾环，你也对我好一点嘛！“彩霞夺手不肯，便说：‘再闹，我就嚷了。’”这简直有点义正词严了。

“二人正闹着，原来贾环听的见，素日原恨宝玉。如今又见他和彩霞厮闹，心中越发按不下这口毒气。”注意“毒气”二字，如果你一直压抑，一直窝火，怨气真的会变成一种恶毒的仇恨。贾环“虽不敢明言，却每每暗中算计，只是不得下手，今见相离甚近，便要用热油烫瞎他眼睛”。读到这一段，你肯定会有一点害怕，小时候我读到这里，真觉得贾环好坏。可等你在比较成熟的时候再看《红楼梦》，就会了解贾环的悲哀，当然，他用了非常极端的方法——“因而故意装作失手，把那一盏油汪汪的蜡灯向宝玉脸上只一推。只听宝玉‘哎哟’了一声，满屋里众人都唬一跳。连忙将地下的戳灯挪过来……只见宝玉满脸满头都是油。王夫人又急又气，一面命人来替宝玉擦洗，一面又骂贾环。”

大家注意此时凤姐的反应，她是个行动型的人，知道这个时候骂没有任何用处，所以三步两步就上了炕，替宝玉收拾。一面还笑着说："老三还这么慌脚鸡似的，我说你上不得高台盘。"意思是说平常大家不待见你是对的，好不容易让你抄回经，就惹了这么大的祸。这种话其实很伤孩子的心，他觉得自己注定是卑微的了。"赵姨娘时常也该教导教导他"，这句话一下提醒了王夫人，她就不再骂贾环，而是把赵姨娘叫来大骂。王夫人平常整天都在念佛，是个慈悲的人，可是一碰到赵姨娘，她就骂得很难听，她的丈夫和赵姨娘生了贾环，她也有自己的委屈和眼泪。如果仔细看的话，二十五回说的全是人在寻常日子里积攒的委屈和痛苦而诱发的报复。王夫人骂道："养出这样黑心不知道理下流种子来，也不管管！几番几次我都不理论，你们得了意了，越发上来了！"

宝玉个性的温暖

"那赵姨娘素日虽然也常怀嫉妒之心，不忿凤姐、宝玉两个，也不敢露出来。"赵姨娘根本不敢回嘴，只能忍气吞声地走上前去替宝玉收拾，根本就像个用人，这一切都是她后来决心要报复的因缘。

"只见宝玉左边脸上烫了一溜燎泡出来；幸而眼睛竟没动。王夫人看了，又是心疼，又怕贾母明日问，怎样回答，急的又把赵姨娘数落一顿。"赵姨娘简直变成了一个出气筒。王夫人"又安慰了宝玉一回，又命取败毒消肿药来敷上"。我们看宝玉的反应，宝玉道："有些疼，还不妨事。"宝玉的个性就是这样，他永远在安慰别人，这是宝玉身上最令人温暖的地方。每个人都喜欢他是有道理的。然后还特别强调："明日老太太问，就说是我自己烫的罢了。”他怕万一讲出真相，赵姨娘、贾环又要挨骂。凤姐笑道：“便说是自己烫的，也要骂人为什么不小心看着，叫你烫了！横竖有一场气生的，明日凭你怎么说去罢。”王夫人就命令人好生送宝玉回房里休息，袭人她们几个看到，也都慌了。

“林黛玉见宝玉出了一天门，就觉闷闷的，没个可说话的人。至晚打发人来问了两三遍回来不曾，这遍方才回来，又偏生烫了。林黛玉便赶着来瞧。”林黛玉进门，“只见宝玉正拿镜子照呢”，宝玉很爱美，脸上烫了一大堆泡，自己也觉得难看。一看到黛玉来了，“忙把脸遮着，摇手叫他出去”。这其中有非常细致的温暖，宝玉知道黛玉爱干净，看到他脸上的燎泡一定很难受。“林黛玉自己也知道自己有这件癖性，知道宝玉的心内怕他嫌脏，因笑道：‘我瞧瞧烫了那里了，有什么遮着藏着的。’一面说，一面就凑上来，强搬着脖子瞧了一瞧。问他疼的怎么样。”看到这一段，就知道这两个人之间的感情没有人可替代，宝钗再怎么努力也插不进来。他们之间的感情超越了常情，黛玉平时那么怕脏，现在一点也不怕了，因为这个人跟她的生命是一体的。

《红楼梦》写情写得极深邃，这个“情”字可以是爱情，可以是友情，可以是人情。当两个人有了这样默契，彼此之间的“亲”，就非同一般了。黛玉问宝玉疼不疼，宝玉说：“也不很疼，养一两日就好了。”这是在安慰她，怕她担心。“林黛玉坐了一会，闷闷的回房去了。一宿无话。”

第二天宝玉见了贾母，虽然自己承认是自己烫的，跟别人不相干。贾母还是把跟着的人骂了一顿。

这时，马道婆的戏就要开场了。因为马道婆的出现，整个故事马上变得活泼了。“过了一日，就有宝玉寄名的干娘马道婆进荣国府来请安。”

以前这种富贵人家的小孩，通常会拜一个和尚、道士、道婆做干爸或干妈，有点像西方的教父、教母，就是要托他们的福，把这个孩子带大。“见了宝玉，唬一大跳。问起缘由，说是烫的，便点头叹息一回”，注意下面的动作，她“向宝玉脸上用指头画了一画，口内嘟嘟囔囔的又持诵了一会，说道：‘包管就好了，这不过是一时飞灾。’”其实做马道婆也蛮好的，这么容易就能赚到钱了。我一直都蛮想学学这一招的，只是画一画、念一念，别人就能觉得好了。

马道婆营生的技巧

其实，马道婆是按月来贾家领钱的。所以她赶紧跟贾母说：“祖宗老菩萨那里知道，那经典佛法上说的利害，大凡那王公卿相人家的子弟，只一生长下来，暗里便有许多促狭鬼跟着他，得空便拧他一下，或掐他一下，或吃饭时打下他的饭碗来，或走着推他一跤，所以往往的那些大家子孙多有长不大的。”

其实王公贵族家庭的孩子往往很难养大，是因为太娇贵了。那些穷人家小孩子经常满地乱打滚，反而免疫力很强，长得很健壮。富贵人家有一种习惯，会给小孩取很贱的名字，什么“狗剩儿”、“拴柱”之类的，为的就是好养。马道婆就利用这样的心理，说你一定要供养作法，才能驱鬼。一听这个贾母当然吓死了，赶紧问：“这有个什么佛法解释没有呢？”马道婆说：“这个容易，只是替他多作些因果善事也就罢了。再那经上还说，西方有位大光明普照菩萨，专管照耀阴暗邪祟，若有善男子、信女人虔心供奉者，可以永佑儿孙康宁安静，再无惊恐邪祟撞磕之灾。”贾母问：

"倒不知怎么个供奉这位菩萨？"你看，马道婆就是这样一步一步地让贾母拿钱出来的，马道婆道："也不值些什么，不过除香烛供养之外，一天多添几斤香油，点上个大海灯。这海灯，便是菩萨现身法像，昼夜不敢息的。"我们前面也讲过海灯，就是庙里很大的油灯，是由专门的人家供养的。这个灯就是菩萨的化身，二十四小时不灭，就表示菩萨一直在保佑你，听起来也蛮合理的。贾母就说："一天一夜也得多少油？明白告诉我，我也好做这件功德的。"马道婆很厉害，先说："这也不拘，随施主菩萨们随心。"接下来她就提供了若干可能性，她说："像我家里，就有好几处的王妃诰命供奉的：南安郡王府里的太妃，他许多的愿心，大约一天是四十八斤油，一斤灯草，那海灯也只比缸略小些；锦田侯的诰命次一等，一天不过二十四斤；再还有几家也有五斤的、三斤的、一斤的，都不拘数。那小家子穷人家舍不起这些，就是四两半斤，那少不得替他们点。"马道婆的意思是，你家虽不是王爷，也不是公侯，可你也不是穷人家。贾母该捐多少钱，马道婆早就替她拟好了。马道婆如果今天去替一个单位募款的话，一定非常厉害，她一定会先打动你，让你觉得这件事非做不可。接下来就说募款的数目大概是多少，从四十八斤一天到半斤一天，替你提供很多参照，你自己觉得属于哪个等级，就出多少钱。

贾母听了，点头思忖。还没有决定到底要出多少钱。马道婆又说："还有一件，若是为父母尊亲长上的，多舍些不妨。"如果你是为爸爸妈妈或者是长辈来许愿的，你要多舍一点，"若是像老祖宗如今为宝玉，若舍多了倒不好，还怕哥儿禁不起，倒折了福。也不当家花花的，要舍，大则七斤，小则五斤，也就是了。""不当家花花的"是当时的俗语。她的范围已经越缩越小了，贾母就说："既是这样说，你便一日五斤合准了，每月来打趸关了去。”一天五斤，一个月一百五十斤的油钱，“打趸”就是一次性领钱。马道婆一下子就赚了这么多钱，赶紧就念：“阿弥陀佛慈悲大菩萨。”这类事情在当今社会也很常见，我称它为“营生”，它不一定是信仰，可是对马道婆们来说绝对是一种“营生”，是一种生存方式。贾母又命人来吩咐：“以后大凡宝玉出门的日子，拿几串钱交给小子们带着，遇到僧道穷苦，好施舍。”这是为宝玉除灾的。

卖梦想的人

接着马道婆便到各院问安，闲逛了一回。各院各房马道婆都去了，作者没有细讲。但大家可以想象一下，她到李纨屋里，李纨可能也要给她一点钱。李纨丈夫早死，一定希望为丈夫做些供养。最后马道婆就到了赵姨娘房里，她从这个家族最有权力、最有财富的贾母那里，直接转场到了最穷困、最卑微的赵姨娘这里。关于赵姨娘这一段写得特别好。“赵姨娘命小丫头倒杯茶来与他吃。马道婆因见炕上堆着些零碎绸缎湾角，赵姨娘正粘鞋呢。”“零碎绸缎湾角”就是做衣服时剪下来的小碎布。马道婆就说：“可是我正没了鞋面子了。赵奶奶你有零碎缎子，不拘什么颜色的，弄一双鞋面给我。”这里呈现的是马道婆的个性，她是贼不走空的，知道赵姨娘没什么钱，可对她来说就算能弄个鞋面子也好。赵姨娘听说，便叹口气说道：“你瞧瞧那里头，还有那一块是成样的？成了样的东西，也到不了我手里来！”大家一定要细读，才能体味赵姨娘的痛苦。在这个家庭里，她连个有头有脸的丫头都不如。所以，她说：“有的没的都在那里，你不嫌，就挑两块子去。”那马道婆见说，就果真挑了两块收起来。

赵姨娘问她："前日我送了五百钱去，在药王跟前上供，你可收了没有？"赵姨娘这么穷，还是要拿钱给马道婆，马道婆就说："早已替你上了供了。"赵姨娘就叹口气说："阿弥陀佛！我手里但凡从容些，也时常的上个供，只是心有余力量不足。"大家发现没有？在这个家族里贾母要供养是因为怕失去富贵；而赵姨娘也要供养，因为她希望有一天能富贵。所以马道婆的生意一定会好，富人和穷人都离不开她。其实她卖的是每个人的梦想，任何社会都存在这种卖梦想的人。他们会让你觉得实现梦想很简单，只要拿出点钱来就可以了。

马道婆安慰赵姨娘说："你只管放心，将来熬的环哥儿大了，得个一官半职，那时你要做多大的功德也不难。"赵姨娘听说，鼻子里笑了一声说："罢，罢！再别说起。如今就是个样儿：我们娘儿们跟的上这屋里那一个儿！也不是有了宝玉，竟是得了个活龙。他还是小孩子家，长的得人意儿，大人偏疼他些也罢了。我只不服这个主儿。"大家知道她更讨厌的是王熙凤。在王熙凤眼里，赵姨娘就是那种上不了台面的人，总是把最糟的东西给她，还克扣她的月钱。

卑微者的暗里算计

赵姨娘跟马道婆谈到了自己的心腹之事。对大家疼爱宝玉，她无话可说。她也觉得宝玉长得可爱，她说，我只是不服这个主儿，"一面说，一面伸出两个手指头儿来。马道婆会意，便问道：'可是琏二奶奶？'赵姨娘唬的忙摇手儿，走到门前，掀帘子向窗外看看无一个人……"这里透露的是王熙凤的威严，赵姨娘害怕到连她的名字都不敢提。见没人，才悄悄地跟马道婆说："了不得，了不得！提起这个主儿，这一分家私要不都叫他搬送到娘家去。"中国古代很有趣，一般对嫁进门的媳妇的最大指责，就是说她偏向娘家，赵姨娘觉得王熙凤克扣了自己的钱，是弄到她娘家去了，其实这绝对是栽赃，王熙凤家比贾家还要富裕，赵姨娘一个妇道人家没有什么见识，可还是要找到冠冕堂皇的理由来攻击自己的敌人。

见她这样说，马道婆就探她的口气："我还用你说，难道都看不出来？也亏你们心里也不理论，只凭他去。倒也妙。"马道婆一步一步地在探口风，看自己从中能得到什么利益，实际上，她对贾家的是是非非毫无兴趣。赵姨娘说："我的娘，不凭他去，难道谁还敢把他怎么样呢？"马道婆听了，鼻子里一笑——开始要出主意了——半晌说道："不是我说句造孽的话，你们没有本事，也难怪别人。"注意，下面才是重点，"明不敢怎样，暗里也就算计了，还等到这如今！"意思是说你可以暗地里搞一些魔法整她，这是马道婆最拿手的。马道婆游走于贾家的各房各室之间，当她了解了这个家族里的是非以及每一个人的心事以后，便可以玩弄他们于股掌之间了。赵姨娘闻听这话里有道理，心内暗暗欢喜，便说道："怎么暗里算计？我倒有这个心，只是没这样的能干人。你若教给我这法子，我大大的谢你。"赵姨娘心中的恨已开始要变成行动了。

五百两的欠契

"马道婆听说这话打拢了一处"，这两个人想到一块儿去了。马道婆想要从中得到利益，赵姨娘则觉得只要把王熙凤害了，自己就有出头之日了。马道婆故意说：“阿弥陀佛！你快休问我，我那里知道这些事。罪过，罪过！”此处写得非常精彩，本来是她先提起可以施魔法来害王熙凤的，可突然又转口说我是出家人，不能干这样的事。这明显是在吊赵姨娘的胃口，赵姨娘说：“你又来了。你是最肯济困扶危的人，难道就眼睁睁的看人家来摆布死了我们娘儿两个不成？难道还怕我不谢你？”赵姨娘先拍她的马屁，说你救危济困之人，最后一句话最关键，如果真的成功了，我会好好谢你。马道婆听说如此，便笑道：“若说我不忍叫你娘儿们受人说话还犹可，若说‘谢’的这个字，可是你错打算了。就便是我希图你谢，靠你有些什么东西能打动我？”知道马道婆的厉害了吧？此处一语双关，她要逼赵姨娘给出具体的承诺。

赵姨娘听这话口气松动了，便说道：“你这个明白人，怎么糊涂起来了？你若果然法子灵验，把他两人绝了，明日这家私不怕不是我环儿的。”赵姨娘认为只要把王熙凤和宝玉害死，家产就是贾环的，到时候我有的是钱答谢你。一般来说，马道婆这种人是注重现实利益的，不太会相信没有兑现的空头支票，可马道婆的心理是：宁肯赌这一把，反正又不需要本钱。“马道婆听了，低了头，半晌说道：‘那时候事情妥当了，又无凭据，你还理我呢！’”这话说得非常现实，一旦你真得势了，不理我怎么办？赵姨娘道：“这又何难。如今我虽手里没什么，也零碎攒了几两梯己，还有几件衣服簪子……”赵姨娘为了一个梦想，已经可怜到把所有可能打动马道婆的东西都拿出来了。“你先拿些去。下剩的，我写个欠银子文契给你，你要什么保人也有，那时我照数给你。”“马道婆道：‘果然这样？’那赵姨娘道：‘这如何还撒得谎。’说着，便叫过一个心腹婆子来，耳根底下嘁嘁喳喳说了几句话。”

“那婆子出去了，一时回来，果然写了个五百两欠契来。”马道婆手上有了这张欠契，就等于攥住了赵姨娘的一个把柄，不管事情成不成，它都将是赵姨娘的隐患。事情不成，她还可以说是赵姨娘存心想害人，才给了她这个借据的。社会上最阴险的莫过于这种人，捏着一个把柄就能整你一辈子。这类人之所以在社会上滋生蔓延，甚至得势，全是因为我们心灵空虚，找不到正面的信仰，总觉得简单方便的供养就可以赎罪，就能转换自己的命运。赵姨娘写了五百两银子的欠契，还印了手模，又走到橱柜里把她的私房钱也拿出来给了马道婆，说：“这个你先拿去做个香烛供奉使费，可好不好？”“马道婆看看白花花的一堆银子，又有欠契，并不顾青红皂白，满口里应着，伸手先去抓了银子揣起来，然后收了欠契。又向裤腰里掏了半晌，掏出十个纸铰的青面白发的鬼来，并两个纸人。”

大家看多有趣，这个人没事裤腰里总放着这些东西。她一定是到处卖这些东西，随时可以帮人作法。最可怕的是，她事先并不知道赵姨娘今天要拜托她做什么事，一旦时机成熟，马上就从裤腰里面掏出来十个鬼和两个纸人，这纸人一个是王熙凤，一个是贾宝玉，马道婆叫赵姨娘把他们的年庚八字写在上面。古代的人特别忌讳把生辰八字给别人，就是害怕遭这种暗算。这段好像是在写怪力乱神，可是民间确实常有这种事情。马道婆悄悄地教赵姨娘说：“把他两个的年庚八字写在这两个纸人身上，一并五个鬼都掖在他们各人的床上就完了。我只在家里作法，自有效验。千万小心，不要害怕！”“正才说完，只见王夫人的丫环进来找说：‘奶奶可在这里，太太等你呢。’二人方散了，不在话下。”

打趣黛玉

“林黛玉因见宝玉近日烫了脸，总不出门，倒时常在一处说说话儿。这日饭后，看了两篇书，自觉无趣，便同紫鹃、雪雁做了一回针线，更觉烦闷。便倚着房门出了一回神，信步出来，看阶下新迸出的稚笋……”大家可以体会一下黛玉的心情，就是那种不晓得自己此生将何去何从的虚无感。她住的是潇湘馆，四面都是竹子，院子里已经能看到土里刚刚钻出来的笋尖，所以叫稚笋。“出了院门。一望园中，四顾无人；惟见花光柳影，鸟语溪声。”发现没有？只要林黛玉一出场，周遭就会变得富有诗意。作者很少描写她长得什么样，穿什么样衣服，可是她一上场周边马上就是花光竹影，让人觉得是她的仙气在带动自然。

“林黛玉信步便往怡红院中来，只见几个丫头舀水，都在回廊上围着看画眉洗澡呢。”画眉洗澡就是在沙里面打滚，鸟类、禽类都喜欢靠扇动翅膀在沙里洗澡。听见房内有笑声，进去一看，原来李纨、凤姐、宝钗都在，大家都是来看宝玉的。“一见他进来，都笑道：‘这不又来了一个。’林黛玉笑道：‘今日齐全。谁下帖子请来的？’凤姐道：‘前日我打发了丫头送了两瓶茶叶去，你往那里去了？’林黛玉笑道：‘我可是倒忘了，多谢多谢。’凤姐又道：‘你尝了可还好？’没有说完，宝玉便说：‘论理可倒罢了，只是我说不大甚好，也不知别人尝着怎么样。’”宝玉抢着先说，他觉得那个茶叶不怎么好，没有什么特别。宝钗也道：“味倒轻，只是颜色不很好些。”凤姐说：“那是暹罗进贡来的。”暹罗就是今天的泰国，暹罗当时是中国的藩属国，常给中国进贡。王熙凤说因为是进贡的，觉得难得，我才每一院都给了你们一些。“我尝着也没什么趣味儿，还不如我每日吃的呢。”林黛玉就说：“我吃着好，不知你们的脾胃是怎样？”黛玉平素喜欢清淡的东西，所以觉得茶叶不错。宝玉就说：“你果然爱吃，把我这个你拿了去吃罢。”凤姐笑道：“你要爱吃，我那里还有呢。”黛玉就说：“果真的，我就打发丫头取去了。”凤姐说：“不用取去，我打发人送来就是了。”这本来只是些家常琐事，却带出了底下很有意思的一场戏。凤姐说：“我明日还有一件事求你，一同打发人送来。”可能是要拜托林黛玉绣什么东西之类的。

黛玉就打趣王熙凤说：“你们听听，这是吃了他们家一点子茶叶，便来使唤了。”凤姐就说：“倒求你，你倒说这些闲话，吃茶吃水的，你既吃了我们家的茶，怎么不给我们家做媳妇？”古代有一个习惯，定亲的时候是要喝茶的，王熙凤的意思是你已经喝过茶了，该给我们家做媳妇了！大家听了一齐笑了起来。林黛玉当然害羞，古代女孩子在出阁前，是很怕别人提到婚事的，况且还有宝玉在场。“林黛玉红了脸，一声儿不言语，便回过头去了。”李纨想排解这种尴尬，就笑着向宝钗道：“真真我们二婶子的诙谐是好的。”林黛玉道：“什么诙谐，不过是贫嘴贱舌，讨人厌恶罢了。”说着便啐了一口。凤姐就笑着说：“你作梦！你给我们家做了媳妇，少什么？”她就指着宝玉说：“你瞧瞧，人物儿、门第配不上？根基配不上？模样儿配不上？家私配不上？那一点还玷辱了谁呢？”意思你干吗这么拿乔，我们家宝玉那么好，哪一点配不上你。

林黛玉抬身就走，觉得再说下去有点不像话了。宝钗便叫：“颦儿急了，还不回来坐着。走了倒没意思。”意思是不要真恼，不过是开个玩笑。说着就站起来拉住了黛玉。“刚至房门前，只见赵姨娘和周姨娘两个人进来瞧宝玉。”这两个人一个姓赵、一个姓周，可是都叫姨娘，姨娘就是妾，身份很卑微。

宝玉、凤姐被作法发病

姨娘的身份其实非常尴尬，照理讲她们还是该受尊重的，毕竟她们是贾家的媳妇，可是她们又是丫头出身。李纨、宝钗都很厚道，还是把她们当成长辈的，赶快就站起来让她们坐，宝玉也站起来让她们坐，只有凤姐继续跟林黛玉说笑，根本不正眼看她们。看到这里，你就会了解为什么赵姨娘要作法去治凤姐了。凤姐一直认为自己能干，把一大家子管理得这么上轨道，从来没有意识到自己引起了这些人内心的仇恨。

宝钗正要说话，只见王夫人房里的丫头来说："舅太太来了，请奶奶、姑娘出去呢。"舅太太是王子腾的夫人，李纨连忙叫着凤姐一起出去招待客人，赵姨娘、周姨娘也告辞了。宝玉就说我也不能出去，你们好歹别叫舅母进来。然后又跟林黛玉说："林妹妹，你先略站一站，我说一句话。"他这样一讲，凤姐听了，回头向林黛玉笑道："有人叫你说话呢。"就把林黛玉往里一推，就跟李纨一起走了。

"这里宝玉拉着林黛玉的袖子，只是嘻嘻的笑。"大概十几岁的恋爱常常这样，他根本没什么事，只是舍不得让林黛玉走，"心里有话，只是口里说不出来。"只是在那里傻笑，他肯定是想要说什么又不好意思说，因为刚才有人提到他们的婚事了。"此时林黛玉只是禁不住把脸红涨起来，挣着要走。"可就在这个时候，宝玉发病了，忽然就大叫一声："好头疼！"黛玉开始以为他在骗她。所以就说："该！阿弥陀佛！"意思是说，你欺负我，现在遭报应了吧？结果没有想到是真的。

其实发病的情景是很难写的。写得很悚动好像也不太恰当，作者在中间插了一段大家谈茶叶、谈婚事，最后只剩下宝玉拉着黛玉的袖子，宝玉忽然大叫一声说："我要死！"将身一纵，离地跳有三四尺高。黛玉这才真吓坏了。如果是戏剧或电影，这种转场非常精妙。宝玉跳起来后，"口内乱嚷乱叫，说起胡话来了。林黛玉并丫头们都唬慌了，忙去报知王夫人、贾母等。此时王子腾的夫人也在这里，都一齐来时，宝玉益发拿刀弄杖，寻死觅活的，闹得天翻地覆。贾母、王夫人见了，吓的抖衣乱颤。且'儿'一声、'肉'一声放声恸哭。于是惊动诸人，连贾赦、邢夫人、贾珍、贾政、贾琏、贾环、贾蓉、贾芸、贾萍、薛姨妈、薛蟠并周瑞家的一干家中上上下下里里外外众媳妇、丫头等，都来园内看视。"

登时园内乱麻一般，正没个主见，一波接着一波，凤姐也发病了。戏剧至此达到高潮。"只见凤姐手持一把明晃晃钢刀砍进园来，见鸡杀鸡，见狗杀狗，见人就要杀人。"短短几句话，平常那个厉害、漂亮的凤姐忽然不见了，变成了手上拿了一把钢刀到处乱砍的泼妇，可见作者的文学功力之强。有时候我们写很多都没有这几句话精准："那边宝玉一蹦三尺高地喊头疼；这边凤姐拿着钢刀冲进来。"众人越发慌了，那周瑞媳妇就带着几个有力量的、胆大的婆娘上去把凤姐抱住，抢下她手里的刀，抬回房去。王熙凤的丫头"平儿、丰儿等哭的泪天泪地"。注意，"泪天泪地"，在文法上并不合理，但文学修辞不一定是合理的文法，好的文学家一定能在文法之外创造新语言、新词汇，"泪天泪地"只四个字便呈现了哭得一塌糊涂的景象，能让人充分感受到文字的魅力。贾政等心中也有一些烦恼，顾了这里，丢不下那里。大家都慌了。

众人干着急百般忙乱

就在众人忙成一团的时候，作者写到了一个人——薛蟠，一个无所事事、游手好闲、不学无术的，整天只会找漂亮女孩男孩、吃花酒的男孩子。这个时候他也着急，却不知道怎么办。“独有薛蟠更比诸人忙到十分了”，我一直认为薛蟠不是坏小孩，他第一个怕他妈妈被人家挤倒了；又怕薛宝钗被人看到，因为有很多男人在这里；又怕香菱被人臊皮，“臊皮”就是被人性骚扰，他知道贾珍等人是在女人身上做功夫的，因此“忙得不堪”。“忽一眼瞥见了林黛玉风流婉转，已酥倒那里。”见到天下竟然还有这么美的女人，他一下子就陶醉得酥倒了。薛蟠是一个欲望非常直接的男人，一个“酥”字，概括了他本能的欲望。与此形成鲜明对比的是宝玉，他只是拉着黛玉的袖子，笑嘻嘻地讲不出一句话来，那不是欲望，也不是本能，而是很深的情。

当下众人七言八语，有的说赶快请端公送祟，有的说要不要请个巫婆来跳神，有的推荐玉皇阁的张真人。你可以试试看，如果家里有人得了重病，一下子治不好，所有亲戚朋友的秘方就都出来了。哪一个庙的符水比较灵，哪一个地方的罗盘拜一拜会比较有用。“百般医治祈祷，问卜求神。”古代的医生跟卜卦常常是在一起的，医术不灵，就改成求神问卜。结果竟“总无效验”。看看太阳下山了，王子腾夫人也不能留在这里，只好告辞。第二天王子腾也来瞧，问到底怎么回事。接着小史侯家、邢夫人的弟兄辈，所有的亲戚眷属都来瞧望、探病，“也有送符水的，也有荐僧道的，总不见效”。宝玉、王熙凤“叔嫂二人愈发糊涂，不省人事，睡在床上，浑身火炭一般，口内无般不说”。到夜晚间，那些婆娘媳妇丫头们都不敢上前，只好把两个人抬到王夫人的上房，晚上特别派了贾芸带着一些男孩子、男用人们轮班看守。贾母、王夫人、邢夫人、薛姨妈寸地不离，围着干哭，一点办法也没有。

此时贾赦还各处去觅僧觅道，觉得一定是碰到什么邪祟了。“贾政见不灵效，着实懊恼”，贾政一直比较尊崇儒家，不太迷信，就阻止贾赦说：“儿女之数，皆由天命，非人力可强者。他二人之病出于不意，百般医治不效，想天意该如此，也只好由他们去罢。”可是贾赦不理，还是百般忙乱，却没有一丝效验。眼看已经过了三天，凤姐和宝玉躺在床上，已经奄奄一息了，全家人都慌了，说大概没了指望，忙着把他两个人后事的衣服、鞋子都准备好了。贾母、王夫人、贾琏、平儿、袭人这几个人“更比诸人哭的忘餐废寝，觅死寻活”。贾母是疼孙子，王夫人疼自己的儿子和内侄女，贾琏是哭他的太太，平儿、袭人是哭她们的主人，因为都有着特别的关系，所以格外伤心。“赵姨娘、贾环等心自是称愿。”这些卑微者总算报复成功了，暗自欢喜，可是绝对不敢表现出来。

通灵真人出现

到第四天早上，贾母他们正围着宝玉哭的时候，只见宝玉睁开眼睛说：“从今以后，我可不在你家了！快收拾了，打发我走罢。”很奇怪，宝玉在发疯的时候，还讲那么让人心疼的话。贾母听了这个话，好像被摘去了心肝一样。这个赵姨娘真是个笨蛋，本来这个时候她是最不该说话的，可她却偏偏要说，可见有的卑微者很多时候真是咎由自取，因为她真的不长脑子。就在贾母最痛苦的时候，她竟然说：“老太太也不必过于悲痛。

哥儿也是不中用了，不如把哥儿的衣服穿好，让他早些回去，也免些苦；只管舍不得他，这口气不断，他在那世受罪不安生。”话还没说完被贾母照脸吐了一口唾沫，骂道：“烂了舌头的混帐老婆……”贾母对王夫人不可能说这样的话，可因为是赵姨娘，所以粗话就出来了：“……谁叫你来多嘴多舌的！你怎么知道他在那世里受罪不安生？怎么见得不中用了？你愿他死了，有什么好处？”这实际上说中了赵姨娘的心事，你难道那么希望他死吗？“你别做梦！他死了，我只和你们要命。素日都不是你们挑唆着逼他写字念书，把胆子唬破了，见了他老子不像个避猫鼠儿？都不是你们这起淫妇调唆的！”婆婆骂媳妇“淫妇”，足见赵姨娘的身份低到什么程度：“……这会子逼死了，你们遂了心，我饶那一个！”一面骂，一面哭。

贾母连贾政也捎进去了，意思是说都是你平常逼他念书写字，如今才会这个样子。“贾政在旁听见这些话，心里越发难过，便喝退赵姨娘，自己上来委婉解劝。一时又有人来回话：‘两口棺椁都做齐了，请老爷出去看。’”贾母听了如火烧油一般，就骂说：“是谁做了棺材？”一叠声只叫把那个做棺材的拉来打死。这是典型的祖母的表现，祖母到这种时候就是不讲理的，她爱孙子爱到完全可以违背天意。

“正闹的天翻地覆，没个开交，只闻得隐隐的木鱼声响。”在人声非常嘈杂的时候，念经的木鱼声出来了。“念了一句：‘南无解冤孽菩萨。’”这时我们才想起，宝玉护身的菩萨就是他身上的那块玉。好久好久没有出现的跛足道人、癞头和尚来了，宝玉就是被这两个真人从天界带到人间的。他们敲着木鱼，口中念道：“南无解冤孽菩萨。有那人口不利，家宅颠倾，或逢凶险，或中邪祟者，我们善能医治。”贾母、王夫人听了这些话，忙叫人去快请进来。“贾政虽不自在”，他是非常坚定的儒家，一直觉得这些是怪力乱神，根本不想碰，可是此时的贾母、王夫人只要有一点点机会都要抓住。而且贾政也有点纳闷，这么深的宅院，和尚、道士在街上念经，何以听得这样真切？“心中亦希罕，命人请了进来。众人举目看时，原来是一个癞头和尚与一个跛足道人。”我一直觉得跛足道人、癞头和尚是人间的机缘和时间。

真正的智慧在本心

下面描述这个和尚的样子：“鼻如悬胆两眉长，目似明星蓄宝光。破衲芒鞋无住迹，腌臜更有满头疮。”

再看那个道士：“一足高来一足低，浑身带水又拖泥。相逢若问家何处，却在蓬莱弱水西。”蓬莱在现在的山东，古代一直认为蓬莱是仙岛。弱水等于是灵界的一条河，意思是说这两个人都不是凡人。

中国古代一直相信真正拥有大智慧的人，外表看起来大多是肮脏的，不起眼。八仙里的铁拐李、济公都有点像武侠小说里的丐帮帮主。其实这里有一定的反讽意味，真正悟道的高人，是含而不露的。

贾政问道：“你道友二人在那庙焚修？”那个和尚就笑着说：“长官不须多话。因闻得府上人口不利，故特来医治。”贾政说：“倒有两个人中邪，不知你们有何符水？”那个道人就笑，说：“你家现有希世奇珍，如何还问我们要符水？”他们知道宝玉身上有通灵宝玉，它就是能克服邪祟的东西。有没有发现作者的意思是说，所有向外追求的领悟和智慧都是假的，真正的智慧要从自己的本心里去找。《红楼梦》一直在用这样的语言度化人。

贾政有一点被说动了，便说："小儿落草时虽带了一块宝玉下来，上面说能除邪祟，谁知竟不灵验。"意思是如果那块宝玉可以除邪祟，他怎么还会中邪呢？那个和尚就说："长官！你那里知道那物的妙用？只因他如今被声色货利所迷，故不灵验了。"作者表面上看在讲神话，实际上是在点化人，其实，人们善良、光明、智慧的本性一直都在，只是一旦被贪、嗔、痴等欲望迷惑，本性就会迷失。只要肯把这些东西去除，本性就会再现，这是大乘佛教和禅宗的共同看法。和尚说："你现在把这个玉拿出来，我们持诵持诵。"意思是说我们来念一些经文，"只怕就好了"。

"贾政听说，便向宝玉项上取下那玉来，递与他二人。那和尚接了过来，擎在掌上，长叹一声道：'青埂峰下一别，转眼已过十三载矣！'"非常美的句子！记得吗，第一回里在大荒山无稽崖青埂峰下有一块石头日夜修炼成了宝玉，是这个和尚与道士把它带到人间来经历红尘的。"人世光阴，如此迅速，尘缘满目，若似弹指！""尘缘满目"是说如今这块玉上全部是红尘的缘分，你碰到黛玉了，也碰到宝钗了……"若似弹指"，弹指间十三年就过去了。"可羡你当时的那段好处：天不拘来地不羁，心头无喜亦无悲；却因锻炼通灵后，便向人间觅是非。"想你在灵河岸边是多么自由自在，来到人间就有了是非，人心只要存了是非，便生悲欢。

"可叹你今日这番经历：'粉渍脂痕污宝光，绮栊昼夜困鸳鸯。沉酣一梦终须醒，冤孽尝清好散场！'""粉渍脂痕污宝光"，狭义是指宝玉身边的女孩子，广义是说人间的欲望污染了他；过着这么富贵的日子，灵魂却处在受困的状态；人生就像喝酒，无论多么沉酣的梦，最终是要醒来的；人到世间就是来还前世冤孽的，还完就该散场了。

这里强调的是《红楼梦》基本的宗旨：人跟人的相遇都是一个缘分，这个缘分是因为前世有冤孽的纠缠，这完全是佛教的观点，二十五回借宝玉发病之机，把通灵宝玉的故事贯穿下来了。

别人无法了解的情深

和尚念完以后，把这块宝玉摩弄了一会，说了一些疯话，然后递给贾政说："此物已灵，不可亵渎。悬于卧室上槛，将他二人安在一室之内，除亲生妻母外，不可使阴人冲犯。三十三日之后，包管身安病退，复旧如初。"说着回头就走了。那贾政还急着让两个人坐下吃茶，要送谢礼，两个人早已出去了。注意一下，这两个仙人总是飘然而至，飘然而去，你永远不知道他们什么时候会出现。贾母他们就派人赶快去追，哪里还有踪迹。只好按和尚所言，把王熙凤和宝玉安放在王夫人的卧房里，把玉悬在门上。王夫人亲自守着，不许别人进来。

"至晚间，他二人竟渐渐醒来，说腹中饥饿。"民间一直相信，病人如果开始想吃东西，就差不多快好了。"贾母、王夫人如得珍宝一般，旋熬了米汤，与他二人吃了。"通常大病初愈，不适合吃太荤的东西。二人"精神渐长，邪祟稍退，一家子才把心放下来"。"李宫裁并贾府三艳、薛宝钗、林黛玉、平儿、袭人在外间听消息。闻得吃了米汤，省了人事，别人未开口，林黛玉先就念了一声：'阿弥陀佛。'"前面已经看到，宝玉烫伤，宝玉不让她看，黛玉一定要看；现在所有人都还没有讲话，黛玉先念"阿弥陀佛"，这都说明黛玉跟宝玉的休戚与共，根本就是前缘未了。刚才讲了那么多的人在哭，唯独没有提黛玉，其实她是挂念最深的。

这时吃醋的是宝钗，她回头看了黛玉半天，“嗤”的一笑，大家都不知道什么意思，惜春就问：“宝姐姐，好好的笑什么？”宝钗说：“我笑弥陀佛比人还忙：又要讲经说法，又要普渡众生；这如今宝玉、凤姐姐病了，又烧香还愿，赐福消灾；今日才好些，又管林姑娘姻缘了。你说忙的可笑不可笑？”宝钗显然是话里有话，因为刚才王熙凤的打趣，大家都觉得黛玉是一定要嫁给宝玉的，宝钗虽然什么都没说，可是内心肯定不舒服，因为她一直想抢这个位置。黛玉跟宝玉是前缘，她在意的只是彼此的情深，而宝钗却非常在意这个名分。见黛玉这个时候竟然念起“阿弥陀佛”，便很嫉妒他们两人的亲密。《红楼梦》里有很多类似的非常微妙、纤细的心理描述。林黛玉不觉红了脸，自己不小心脱口念出了“阿弥陀佛”，是因为她跟宝玉情深到难以自持。所以就红了脸，啐了一口道：“你们这起人不是好人，不知怎么死！再不跟着好人学，只跟着凤姐贫嘴烂舌的学。”一面说，一面摔帘子就走出去。

在第二十五回里发生了一件大事，就是马道婆作法，要害死王熙凤跟宝玉。虽然事情没有成功，但卑微者的痛苦却一直在延续。可见作者对人的了解、包容与担待是非常深邃，也非常丰富的，他能体贴、关照到各个层面的人。

从文学看到人性的真实面

回想起来，二十五回写得最好的角色是马道婆，这样的角色在《红楼梦》里并不多见。《红楼梦》写的是贵族人家，不太容易写到这种三教九流的角色，可是她一旦出场，你就能看出作者的描述能力有多么强。

他能把马道婆的费尽心机、玩弄富贵人家于股掌间的能力表现得淋漓尽致。有时候我觉得《红楼梦》能完成对现实社会中很多人的教化，很多道德文章，教我们不要迷信，都不起作用，但是如果你读《红楼梦》，你会意识到自己在无奈的时候，可能也会去找马道婆。至少你知道马道婆这类人的社会功能，不会再随便被他们利用。文学的最大好处是能让你看到人性的本质，大家可以把《红楼梦》当作一个功课来观察你的周围，邻居谁家请了道士在作法啦，哪个总经理办公室的桌子风水怎么样啦……其实这些东西也是人之常情，我们一方面相信科学；一方面也会感觉天理难测，因此会多一些包容。只是不要忘记，马道婆这些人是会利用人的弱点制造灾难的。如果她只是利用人性的弱点，让你相信把床搬一搬，或者挂个镜子会心安一点，还无伤大雅；可是如果他们利用人性的弱点去搜刮资源，做各种社会性的推展时就很危险，有时候会变成巨大的社会势力，其影响力能控制人心最重要的部分。“子不语怪力乱神”，其实是害怕这些东西有一天会变成社会主宰性的力量，那将酿成很大的社会灾难。

二十五回充分展示了作者的文学功力，马道婆作法，宝玉、王熙凤的发病，寥寥数语，却非常鲜活，画面感极强。而且作者的语言弹性特别大，他既能写出最精致的优雅的文言，又能驾驭最活泼、最粗鲁的民间语言。其中马道婆跟赵姨娘的对话；贾母、王夫人骂赵姨娘的话，都粗鲁、恶毒到惊人的程度，能让我们感受到语言有时候伤起人来真是比刀子还厉害。作者用了一个词“毒气”，这是很到位的形容，一旦人的心里积了怨毒之气，迟早是会伤人的。人如果都能拥有自我完成的满足感，怨气就会比较少，一个社会里祥和的东西多了，马道婆这样的人也就无机可乘。

我自己常常想补写一段，就是马道婆在告别了贾母去赵姨娘房里之前，去各房各院到底都干了什么。因为我相信各房各院每个人多多少少都有点怨气和各自人生的不甘，赵姨娘只是一个极端的例子，所以马道婆才可以从这个家族搜刮这么多东西。

第二十六回

蜂腰桥设言传心事

潇湘馆春困发幽情

剥洋葱的写作方法

二十五回里讲马道婆的作法导致宝玉、王熙凤发病，整个小说进入了高潮。一部长篇小说如果一直处于高潮，就会变得很悚动。现在的连续剧和流行小说，就是不断制造高潮。真正的好文学一定懂得人在戏剧性的高潮之后，心情需要平静和缓和。大家可以跟着我慢慢来体会《红楼梦》的章法，一部长篇小说在结构上需要很巧妙的调配，二十六回写的是高潮之后不太重要的小事——比如，林黛玉在潇湘馆里无所事事，“春困发幽情”；还有就是红玉这个好强的丫头暗恋上了贾芸。

这些小事情是为接下来发生的大事情做准备的，比如，下一回我们将看到黛玉葬花，作者把读者从“春困发幽情”慢慢地带到黛玉葬花，那是最美的主题片断的描绘。这种一张一弛的节奏我们叫铺排，长篇小说的铺排非常不易。太紧，读起来缺少细节；太松，就没有高潮能吸引读者。我特别希望大家可以从二十五回到二十六回里注意到作者的转折，就是在大事件发生以后，如何缓和下来去写红玉的心事。

红玉爱上贾芸这件事，现代人一定觉得奇怪，只是彼此多看了那么一眼，就牵动了如此多的思绪。可在古代，女孩子碰到男孩子的机会太少了，贾芸带人进大观园种种花，四周都要围起来。当时的大家族里被捆绑得最厉害的就是女孩子，像红玉这样的丫头，一辈子的活动范围大概也就是大观园。所以，多看两眼引发一场恋爱一点也不奇怪。只是，红玉的这种情感既无处寄托，又不能跟任何人说。

在作者笔下，贾宝玉、林黛玉、薛宝钗是这个家族的核心，但作者像剥洋葱一样，一层一层地写了包在这个家族外层的很多人。二十六回的主要人物是丫头。

亲密的信任

“话说宝玉养过了三十三天之后，不但身体强壮，亦且连脸上疮痕平服，仍回大观园内去。这也不在话下。”癞头和尚和跛脚道士不是说，宝玉的病养三十三天就会恢复吗？这一段接的是二十五回的结尾。

“且说近日宝玉病的时节，贾芸带着家下小厮坐更看守，昼夜在这里，那红玉同众丫环也在这里守着宝玉，彼此相见多日，都渐渐混熟了。那红玉见贾芸手里拿着手帕子，倒像是自己从前丢的。”我们一直不太明白红玉到底是真丢了手帕，还是故意把手帕扔在地上的；包括她给宝玉倒茶，好像也不完全是偶然，作者虽然写得很隐讳，可你还是能感觉到红玉是个有心机的女孩子。“待要问他，又不好问的。不料那和尚、道士来过，用不着一切男人，贾芸仍种树去了。这件事待要放下；心内又放不下，待要问去，又怕人猜疑。”这完全是少女在恋爱中犹豫不决、神魂不定的感觉。

忽听窗外问道："姐姐在屋里没有？"这种平铺直叙的细节非常难写，红玉有心事坐在那里东想西想，去找贾芸表白吧？不好意思；不去吧？又不甘心。就在这时，外面有人叫她，这特别像是电影的脚本。"红玉闻听，在窗眼内望外一看，原来是本院的个小丫头名叫佳蕙的"，古代的窗户全是雕花的孔，可以看见外面。我们根本就不知道宝玉的院里到底有多少丫头，已经到二十五回了，先是袭人、晴雯……后来跑出一个红玉，现在又跑出一个佳蕙……红玉就答应说："'在这里，你进来罢。'佳蕙听了，跑进来，就坐在床上，笑道：'我好造化！才刚在院子里洗东西，宝玉叫往林姑娘那里送茶叶，花大姐姐交给我送去。'""好造化"是说自己碰到好事情了。宝玉是要把任务交给袭人，再由袭人交代下去的，《红楼梦》里丫头的管理也是分层次的，难怪宝玉会不认识红玉，更不认识佳蕙了。"'可巧老太太那里给林姑娘送钱来，正分给他们的丫头们呢。见我去了，林姑娘就抓了两把给我，也不知多少。你替我收着。'"大观园里的小姐公子根本没有什么花钱的机会，也不觉得钱有用，只是有时要赏一点钱给丫头，佳蕙赶上了，黛玉就顺手抓了两把给她。佳蕙"便把手帕子打开，把钱倒了出来。红玉替他一五一十的数了收起"。

这里描绘的是小丫头们之间的情感，她们大多是被卖到贾家来的，爹娘都不在身边，地位也都比较低。《红楼梦》里的丫头们之间也有点像如今的政界，也存在各种派系，既有彼此的争斗、打压，也有彼此的要好、照顾。

描写这样两个小丫头之间的情感并不容易。我们以前读寄宿学校，离家很远，家里寄钱来的时候，你会让一个比较贴心的学长、学姐帮你算算，然后再让他或她告诉你该怎么存。信任一个人到把银钱之类的事情交给她，自己连算都不算的程度，一定是能说心事的朋友。红玉跟其他丫头的关系不怎么好，对佳蕙却很照顾，两个人之间有一种很私密的感情。

谁守谁一辈子？

到目前为止，红玉在《红楼梦》里的分量，已经超过了晴雯。很明显，作者在写这个丫头的时候非常着力，她对自己的生命有要求，不甘于自己的处境，因此心情沮丧，闷闷不乐。

“佳蕙道：‘你这一程子，心里到底觉怎么样？依我说，你竟家去住两日，请一个大夫来瞧瞧，吃两剂药就好了。’红玉道：‘那里的话，好好的，家去作什么！’”红玉知道自己吃药看医生都没有用。“佳蕙道：‘我想起来了，林姑娘生的弱，时常他吃药，你就和他要些来吃，也是一样。’”这个小丫头真是天真，她觉得林黛玉吃的药对身体有好处，你干脆也跟她要一些来吃。“红玉道：‘胡说！药也是混吃的。’佳蕙道：‘你这也不是个长法儿，又懒吃懒喝的，终久怎么样？’”

这就问到了实质性的问题，红玉对于改变自己命运这件事情有一点绝望，所以她就讲出了很重的话：“怕什么，还不如早些儿死了倒干净！”看到没有？和林黛玉一样，红玉的个性里也有一种毁灭倾向。“佳蕙道：‘好好的，怎么说这些话？’红玉道：‘你那里知道我心里的事！’”虽然两个人很要好。但是红玉还是觉得佳蕙太小，不能告诉她自己爱上了贾芸。红玉最亲的人就是佳蕙了，可是她的暗恋情怀，佳蕙根本没有办法懂。可是佳蕙误会了，以为她是觉得自己在怡红院没有受到应有的重视。

“佳蕙点头想了一会，道：‘可也怨不得，这个地方难站。就像昨儿老太太因宝玉病了这些日子，说跟着伏侍的这些人都辛苦了，如今身上好了，各处还完了愿，叫把跟着的人都按着等儿赏他们。我们算年纪小，上不去，不得，我也不抱怨；像你怎么也不算在里头？我心里就不服。’”这就是贾家的等级制度，佳蕙是比红玉更卑微的丫头，没有赏钱都不敢抱怨。《红楼梦》里有很多管理上的提醒，王熙凤自认为她的管理是非常严格到位的，可是当管理缺乏公平原则的时候，底下的人就会有怨。可是，不管是红玉，还是佳蕙的抱怨，上层的人都听不到。所以这个家族是从里面开始烂掉的，最底层的人根本没有向心力。佳蕙是在为红玉抱不平，还举例说：“袭人那怕他得十分儿，也不恼他，原该的。说良心话，谁还敢比他呢？别说他素日殷勤小心，便是不殷勤小心，也拼不得。可气晴雯、绮霰他们这几个，都算在上等里去，仗着老子娘的脸，众人倒捧着他去。你说可气不可气？”

“红玉道：‘也不犯着气他们。俗语说的好，“千里搭长棚，没有个不散的筵席”，谁守谁一辈子呢？’”红玉真是聪明人，身上有一种非常透彻的悟性。“长棚”也叫“长亭”，“长棚”和“长亭”是古人送别的地方。你跟朋友再好，送出去一千里最后还是得分手。红玉看得很透，觉得有朝一日这个家族也会散掉，那时候谁还在意什么上等、下等？

《红楼梦》经常通过一些不重要的角色说出全书的主旨和灵魂：“‘不过三年五载，各人干各人的去了。那时谁还管谁呢？’这两句话，不觉感动了佳蕙心肠，由不得眼睛红了。”佳蕙是刚进贾府不久的小丫头，有点像大学的新生，对学姐、学长的感情很深，见红玉讲得如此冷酷，有点难过，“又不好意思好端端的哭，只得勉强笑道：‘你这话说的却是。

昨儿宝玉还说，明儿怎么样收拾房子，怎么样做衣裳，倒像有几百年的熬煎。'" 注意，这又是一个信息，说明宝玉也很看不开，总觉得人能够长相厮守。其实没过几年，贾家就被抄了，根本就是散场了。两个丫头对话彰显了《红楼梦》一直强调的主题：没有什么东西是长久的，"无常"才是生命的常态。

天长地久的生活

"红玉听了冷笑了两声，方才说话，只见一个未留头的小丫头子走进来"，"没有留头" 就是还不到十三岁，大概是刚买进来的小丫头，"手里拿着些花样子并两张纸，说道：'这是两个样子，叫你描出来呢。' 说着向红玉掷下，回身就跑了"。这一段写得非常好。《红楼梦》里根本就是大丫头使唤小丫头，小丫头使唤小小丫头，每一个人都想把自己的工作推给别人。比如描花样子，可是这个丫头就让更小的丫头把自己该描的花样子交给了红玉，可见红玉一直受欺负是事实。"丢下就跑" 最有意思，根本就不交代是谁要你做的。"红玉向外问道：'倒是谁的？也等不得说完就跑，谁蒸下馒头等着你，怕冷了不成！' 那小丫头在窗外只说得一声：'是绮大姐姐的。' 抬起脚来咕咚、咕咚又跑了。" 是绮霰交代的，当时因为给宝玉递茶骂红玉的就是绮霰她们，丫头们之间的不平等和仗势欺人一下子全体现出来了。

"红玉便赌气把那样子掷在一边，向抽屉内找笔。" 看到没有？红玉根本不能反抗，照理说这不是她的工作，但她还是得去找笔干活，因为绮霰比她的等级高，"找了半天都是秃了的"，文学描绘的高级，在于它能把所有的遭际都用来体现人物的心情。此时的红玉干什么都不顺利，连找根笔都是秃的，心情的寥落与悲哀跃然纸上。“因说道：‘前儿一枝新笔，放在那里了？怎么一时想不起来。’一面说，一面出神。想了一会，方笑道：‘是了，前儿晚上莺儿拿了去了。’”红玉暗恋贾芸，神思恍惚，常常忘东忘西也在情理之中。

“红玉便向佳惠道：‘替我取了来。’佳惠道：‘花大姐姐还等着我替他抬箱子呢，你自取去罢。’红玉道：‘他等着你，你还坐着闲打牙儿？我不叫你取去，他也不等着你了。坏透了的小蹄子！’”这个小丫头多好玩，在这儿玩了半天，一听红玉让她干活，忽然说花大姐姐还等着我替她抬箱子呢！我希望大家有空能细读这样的片断，虽然没有大事，可是佳蕙跟红玉的感情写出来了，红玉被欺负的感觉写出来了，这当中既有她们的日常生活，也有她们的情绪心情。其实那种“无常”的感觉，是一直弥漫在这些丫头们的心里的。

红玉出来，刚好就碰到贾芸要进来，她的情绪又出现了一个高潮，这是一个少女的私密情怀，暗恋的对象出现了，她的情绪立刻开始转换。红玉“出了怡红院，一径往宝钗院内来”。

蜂腰桥设言传心事

“刚至沁芳亭畔，只见宝玉的奶娘李嬷嬷从那边走来。红玉立住笑问道：‘李奶奶，你老人家那去了？怎打这里来？’”李嬷嬷就是第十九回吃奶酪的那个宝玉的奶妈。“李嬷嬷站住将手一拍道：‘你说说，好好的又看上了那个种树的什么云哥儿、雨哥儿的，这会子逼着我叫了他来。’”拍一下手，这是一个老太太说话前最常做的动作。事实上宝玉根本已经忘了贾芸了，几个月都过去了，他才想起让把贾芸叫进来。“明儿叫上房里听见，可又是不好。”意思是说宝玉交朋友很乱，弄不好会惹麻烦。“红玉笑道：‘你老人家当真的就依着他去叫了？’李嬷嬷道：‘可怎么样呢？’红玉笑道：‘那一个要是知道好歹，就回不进来才是。’”

有没有注意到这里其实是在批判宝玉，你总觉得他人很温暖、重感情。可是他也有他的问题，这一点小红看得很明白，在她看来，贾芸交这样的朋友，根本没什么意思。“李嬷嬷道：‘他又不痴，为什么不进来？’”在李嬷嬷看来，能够靠近宝玉对贾芸来说是天赐良机，不来就是傻子。“红玉道：‘既要进来，你老人家该同他一齐来，叫他一个人乱碰，可是不好呢。’”这句话里的心思很多，首先是关心贾芸，大观园这么大，怕他迷路。还有一点，就是想知道他到底从哪儿进来，想利用这个机会见贾芸一面。“李嬷嬷道：‘我有那样工夫和他走？不过告诉了他，回来打发个小丫头子或是老婆子，带他进来就完了。’说着，拄着拐一径去了。”

“红玉听说，便站着出神，且不去取笔。”红玉听说她朝思暮想的男人要来了，刚才的苦闷寥落马上转成了脸红心跳，她决定就站在那里等。“一时，只见一个小丫头子跑来，见红玉站在那里，便问道：‘林姐姐，你在这里作什么呢？’红玉抬头见是小丫子头子坠儿。红玉道：‘那去？’坠儿道：‘叫我带进芸二爷来。’说着一径跑了。这里红玉刚走至蜂腰桥门前，只见那边坠儿引着贾芸来了。”这一回的主角是贾芸和红玉，他们要在蜂腰桥上传心事。“那贾芸一面走，一面把眼向红玉一溜，那红玉只装着和坠儿说话，也把眼去一溜贾芸。”古代谈恋爱都是用眼睛的，而且男人见到女人，是不能用正眼看的，两个人只能用眼睛溜。“四目却相对时，红玉不觉脸红了，一扭身往蘅芜苑去了。不在话下。”古代的男女之间谈情说爱真有趣，就看了那么一眼脸就红了，现在我们大概看八眼也不见得会脸红。

怡红快绿

“这里贾芸随着坠儿，逶迤来至怡红院中。”“逶迤”就是一面闲逛着走到怡红院。作者对怡红院的描写都是通过外来人，一个贾芸，另一个是刘姥姥。这是我们第一次通过贾芸的眼睛看到了怡红院，《红楼梦》里对空间、建筑，或者对人物的描写，常常会通过初来乍到的而且身份比较低的人的眼睛。贾芸是第一次遇到这样的情景，对怡红院的富丽堂皇陌生、好奇，描写起来更有冲击力。

“坠儿先进去回明了，然后方领贾芸进去。贾芸看时，只见院内略略有几点山石，种着芭蕉，那边有两只仙鹤在松树下剔翎。”快绿的“绿”字讲的就是芭蕉；另外，因为鹤姿态非常优雅，自唐代以来就是古代文人庭院非常时髦的一种装饰。展现在贾芸眼前的是一派富贵公子庭院的优雅：芭蕉、假山、仙鹤。“一溜回廊上吊着各色笼子，各色仙禽异鸟。上面小小五间抱厦，一色雕镂新鲜花样隔窗，上面悬着一个匾额，四个大字，题道是‘怡红快绿’。贾芸想道：‘怪道叫“怡红院”，原来匾上是恁样四个字。’”

“正想着，只听里面隔着纱窗子笑说道：‘快进来罢。我怎么就忘了你两三个月！’”从贾芸第一次见到宝玉，两三个月过去了，中间发生了很多事情，如今才想起来自己曾经认了一个干儿子。“贾芸听得是宝玉的声音，连忙进入房内。抬头一看，只见金碧辉煌，文章闪灼，却看不见宝玉在那里。”注意，这是贾芸在看，如果是袭人，一定不会觉得“文章闪灼”，或者“金碧辉煌”。因为是外来者，才会惊讶宝玉的房间怎么这么漂亮！但就是看不见宝玉在哪里。

怡红院的房子设计得非常巧妙，贾芸连门儿都不知道该怎么进，最后才知道自己面前的大穿衣镜是可以转的。所以，贾芸“一回头，只见左边立着一架大穿衣镜后，转出两个一般大的十五六岁的丫头来，说：‘请二爷里头屋里坐。’贾芸正眼也不敢看，连忙答应了。”他有可能在这个镜子面前呆住了，因为镜子里看到的是他自己，镜子后面转出了两个丫头，就是门已经开了。刚才贾芸在蜂腰桥上到处乱看，眼睛一溜一溜地看红玉；现在他连正眼都不敢抬。这其实也是一个对比。

“又进一道碧纱橱，只见小小一张填漆床上，悬着大红销金撒花帐子。”在“台北”的故宫，还可以看到这种雕漆的朱红色的家具，明清时期这一类的家具是最考究的。怡红院给人的整体感觉是红色跟金色。因为不是出去见客，来的客人也不重要。所以，“宝玉穿着家常衣服，趿着鞋，倚在床上，拿着本书看。见他进来，将书掷下，早堆着笑立起身来。贾芸忙上前请了安。宝玉让坐，便在下面一张椅子上坐了。”

贾芸的察言观色

看到这里大家一定会有一种感慨，贾芸已经来过很多次，而且一等就是一整天，如今宝玉那么随意地把他请来，这里讲的是人和人的差别，贾芸那么想亲近宝玉，可对宝玉来说他却可有可无。“宝玉笑道：‘只从那个月见了你，我叫你往书房里来，谁知接接连连许多事情，就把你忘了。'”宝玉也有点不好意思。“贾芸笑道：'总是我没福，偏偏又遇着叔叔身上欠安。叔叔如今可大安了？'”贾芸已经历练得非常成熟了，他对自己来过很多次的事只字不提。“宝玉道：'好了。我倒听见说你辛苦了好几天。'”宝玉生病时，是贾芸带着家丁没日没夜地守着他。“贾芸道：'辛苦也是该当的。叔叔大安了，也是我们一家子的造化。'”

“说着，只见有个丫环端了茶来与他。”宝玉房里的丫头贾芸都不认识，那贾芸口里和宝玉说着话，眼睛却溜瞅那丫鬟……他要很快速地判断这个丫头是什么身份，因为这直接决定着他的态度，这个丫头：“细挑身材，容长脸面，穿着银红袄子，青缎背心，白绫细折裙——不是别个，却是袭人。”作者之前从没提过袭人穿什么衣服，可是他会通过贾芸来描写，一个看起来不怎么重要的人进了怡红院，借这个人的眼睛，我们能看到怡红院里的院子、家具什么样，丫头长得怎么样、穿的是什么。“那贾芸只从宝玉病了，他在里头混了两天，他都把那有名人口认记了一半。”贾芸绝对是个有心人，他留心的是这个院子里谁掌权，谁说话管用。“他也知道袭人在宝玉房中比别个不同，今见他端了茶来，宝玉又在旁边坐着，便忙站起来，笑道：'姐姐怎么替我倒起茶来？我来到叔叔这里，又不是客，让我自己倒罢。'”穷人家出身的孩子通常非常会察言观色，他明白自己必须滴水不漏，才能有机会。表面上看好像是在客气，可是其中还有一层意思是希望把自己跟宝玉的关系拉近一点。“宝玉道：'你只管坐着罢。丫头们跟前也是这样。'”意思是你是贾家的少爷，在一个丫头面前，干吗还这么客气。“贾芸笑道：'虽如此说，叔叔房里姐姐们，我怎么敢放肆呢。'”一面说，一面坐下吃茶。

搭不上腔的对话

“宝玉便和他说些没要紧的散话。”聊天的内容很有趣。一个十三四岁的男孩跟一个十八九岁的男孩聊天，宝玉就问他最近做什么，看什么戏，你知道这个城里面哪一家的丫头最漂亮吗？知道哪一家的菜最好吃吗……这是很有趣的对比，宝玉整天去人家看戏、吃饭，看人家的丫头和珍奇宝贝，满脑子全是这些。贾芸一个穷小子哪见过这阵仗？根本就搭不上腔。“说了一会，见宝玉有些懒懒的了，便起身告辞。”贾芸很有眼力价，看宝玉有一点疲倦，就起身告辞。

宝玉这样的男孩其实很希望自己能有个玩伴，可是他的生活内容和兴趣爱好，很难找到信息对称的人。本来宝玉第一眼看到贾芸蛮喜欢的，觉得他长得很帅，很想找他来玩，可是很快就发现他们根本玩不到一起。

整个二十六回里的这些小事都在讲人跟人的关系，也透露出贾府的不平。刚才佳蕙、坠儿、红玉，讲的是丫头们的不平，现在是宝玉跟贾芸的不平让我们看到了人与人的差别。“宝玉也不甚留，只说：‘你明儿闲了，只管来。’仍命小丫头子坠儿送他出去。”

贾芸在宝玉跟前非常拘谨，甚至有点装腔作势。出了怡红院马上就自在了，“出了怡红院，贾芸见四顾无人，便把脚慢慢停着些走，口里一长一短和坠儿说话，先问他‘几岁了？名字叫什么？你父母在那一行上？在宝叔房内几年了？’”贾芸的个性非常细密。他知道要想有所作为，就得尽可能多地认识贾府的人，实际上是通过坠儿在打探底细。当然，他最想问的还是红玉，他一桩一桩地问，坠儿也是有一搭没一搭地回话。

手帕姻缘

最后他的重点就落在了小红身上。他问："才刚那个与你说话的，他可是叫小红？"很明显贾芸和小红之间已经暗通款曲，只是无法明目张胆地恋爱而已。"坠儿笑道：'他便叫小红。你问他作什么？'"通常我们问到一个人，肯定会有动机和目的。"贾芸道：'方才他问你什么手帕子，我倒拣了一块。'"小红掉了一块手帕，两三个月以来一直到处问有没有人捡到。这越来越让人觉得她是有意识丢的手帕。贾芸和她见面时间那么短，就又听说了手帕的事。"坠儿听了笑道：'他问了我好几遍，可看见他的手帕子。我有那么大工夫管这些事！今儿他又问我，他说替他找着了，他还谢我呢。才在蘅芜苑门口说的，二爷也听见了，不是我撒谎。好二爷，你既拣了，给我罢。我看他拿什么谢我。'"小红有事没事就问手帕的事，坠儿都有点烦了。但从中我们可以看到丫头的差别，小红是有心机的，而坠儿则傻傻的，根本不会想到小红为什么丢手帕。

"原来上月贾芸进来种树之时，便拣了一块罗帕，便知是在园内的人失落的，但不知是那一个人的，故不敢造次。今听见红玉问坠儿，便知是红玉的，心内不胜喜幸。"这对贾芸来真是一个很特别的缘分。贾芸"又见坠儿追索，心中早已得了主意，便向袖内将自己的一块取了出来，向坠儿笑道：'我给是给你，你若得了他的谢礼，可不许瞒着我。'坠儿满口里答应了，接了手帕子，送出贾芸，回来找红玉，不在话下"。以后此事就可以有所发展了，贾芸把自己的手帕给了坠儿，坠儿当然不知道手帕被调了包儿，只想着怎么让红玉好好谢她。

中国古代有种很有趣的状况，就是"恋物癖"，很多戏曲小说都是用人最贴身的东西来制造一段故事，有的是玉佩，有的是剑，有的是琴……红玉跟贾芸之间是手帕，之后的袭人跟蒋玉菡是一条汗巾子。

坠儿把手帕交给红玉，红玉当然知道了贾芸的心意。现在的“手帕交”指的是闺房里很私密的情感。红玉跟贾芸不能写信，也不能发E-mail和短信，只能用手帕来做情感上的交流。

年龄的尴尬

“如今且说宝玉打发了贾芸去后，意思懒懒的歪在床上，似有朦胧之态。”其实就是不知该做什么，看书也看不下去，喝茶也觉得没意思，都有点要睡着了。春天就要来了，可不知为什么，大观园里的少年男女都懒懒的，什么事也不想做，真有“春困幽情”的感觉。这是古典戏曲里富贵人家在春天常有的心思，本来百花齐放、蝴蝶纷飞的春天，少男少女的生命也该像花一样怒放，可是因为有很多的禁忌无法盛开，当然会感觉闷。“袭人便走上来，坐在床沿上推他，说道：‘怎么又要睡觉？闷的慌，你出去逛逛不是？’宝玉见说，便拉他的手笑道：‘我要去，只是舍不得你。’袭人笑道：‘快起来罢！’一面说，一面拉了宝玉起来。”

宝玉一副小男孩的赖皮相儿，跟每个人都腻得要命。小孩在这个年龄身体的发育很快，可大脑和精神还没有完全跟上。常有朋友说《红楼梦》读不下去，其实是他自己把宝玉年龄加大了。“宝玉道：‘可往那里去呢？怪腻腻烦烦的。’”大概是该玩的都玩过了，该知道的也都知道了，没有什么可好奇的了。若在今天，这个男孩也许会说，哪怕到网吧去坐坐也好。“袭人道：‘你出去了就好了。只管这么葳蕤，越发心里烦腻。’”“葳蕤”

大多是形容植物下垂的样子，很少用来形容人的心情，这里的“葳蕤”，是说宝玉无精打采、萎靡不振的样子。

“宝玉无精打采的，只得依他。晃出了房门，在回廊上调弄了一回雀儿；出至院外，顺着沁芳溪看了一回金鱼。”大家可以感受一下这个公子哥此时的心情，我们要是有一天这么闲，大概会蛮开心的，可是宝玉却不知道要干什么。

“只见那边山坡上两只小鹿箭也似的跑来，宝玉不解何意。”作者的文学技巧实在高妙，突然在宝玉懒懒的情境和心绪里引进了一个快速的转换机制，本来鹿平常是很悠闲的，忽然像箭一样飞奔，一定是有人在追它们，宝玉一下子就紧张起来了……文学上最难拿捏的就是这种转折。

“正自纳闷，只见贾兰在后面拿着一张小弓追了下来”，贾兰是贾珠的遗腹子，是个十岁左右的小顽童，正拿了一张弓追那个小鹿。“一见宝玉在前面，便站住了，笑道：‘二叔叔在家里呢，我只当出门去了。’宝玉道：‘你又淘气了。好好的射他作什么？’”你看，宝玉的身份一直在转换，刚才还在跟袭人要赖，现在他成了叔叔，说话马上变了口吻。宝玉的年龄多少有些尴尬，这种角色的转换他自己也很难把握。“贾兰笑道：‘这会子不念书，闲着作什么？所以演习演习骑射。’”贾兰把射鹿当成骑射演练了，清朝的贵族最讲究文武双全。清朝从开国一直到乾隆，每年秋天都要安排固定的时间去打猎，嘉庆以后才渐渐少了，《红楼梦》是以雍正、乾隆朝为写作背景的，所以还有清朝早期的习武风尚。“宝玉道：‘把牙栽了，那时才不演呢。’”这既像长辈在教训晚辈，又多少有点小孩子的口气。

情思睡昏昏

“说着，顺着脚一径来至一个院门前，只见凤尾森森，龙吟细细。”作者没有明说是哪个院儿，只说宝玉进的这个院子“凤尾森森，龙吟细细”，“凤尾”是说竹叶很像凤凰的尾巴，“森森”是指重重叠叠的感觉。“龙吟细细”是竹子在风中摇曳时发出的声音。“举目望门上一看，只见匾上写着‘潇湘馆’三字。”宝玉就那么无意识地随便乱逛就走到潇湘馆来了，可见在他的潜意识里最亲的人还是林黛玉。

“宝玉信步走入，只见湘帘垂地，悄无人声。走至窗前，觉得一缕幽香从碧纱窗中暗暗透出。”还是懒洋洋的气息，大家都在午睡，只闻到闺房里传出的幽香，“宝玉便将脸贴在纱窗上，往里看时，耳内忽听得细细的长叹了一声道：‘每日家情思睡昏昏。’”注意，这是偷看禁书的后果，黛玉和宝玉一起偷看过《西厢记》和《牡丹亭》，它们的主题都是少女怀春。当一个人的情感没有着落的时候，生命就会有些恍惚，《红楼梦》把这种恍惚写得极好。这个感觉一旦到某个年龄，或者开始每天朝九晚五的工作时，就会慢慢消失。

宝玉先在窗外闻到了幽香，接着就听到了黛玉的叹息，这是一种非常美的对少女私密心情的描绘。“宝玉听了，不觉心内痒将起来”，宝玉的心忽然被那种少女的幽怨和情思深深打动了。“再看时，只见黛玉在床上伸懒腰。宝玉在窗外笑道：‘为甚么“每日家情思睡昏昏”？’一面说，一面掀帘子进来了。”

“林黛玉自觉忘情，不觉红了脸，拿袖子遮了脸，翻身向里装睡着了。宝玉才走上来要扳他的身子……”一般男孩子要进女孩子的闺房，是打招呼的，可是宝玉和黛玉彼此太熟了，他知道黛玉没有睡着，上前就要扳她的身子。“只见黛玉的奶娘并两个婆子却跟了进来，说：‘妹妹睡觉呢，等醒了再请来。’刚说着，黛玉便翻身坐了起来，笑道：‘谁睡觉呢。’”本来黛玉只是不好意思才装睡的，听这些奶妈要把宝玉赶走，赶紧坐了起来。“那两三个婆子见黛玉起来，便笑道：‘我们只当姑娘睡着了。’说着，便叫紫鹃说：‘姑娘醒了，进来伺侯。’一面说，一面都去了。”

“黛玉坐在床上，一面抬手整理鬓发，一面笑向宝玉道：‘人家睡觉，你进来作什么？’”他们两个人之间太亲了，根本没有男女之别，所以宝玉整天就这样往黛玉屋里乱闯。“宝玉见他星眼微饧，香腮带赤，不觉神魂早荡。”宝玉一下就被黛玉的美慑住了。“一歪身坐在椅子上，笑道：‘你才说什么？’黛玉道：‘我没说什么。’宝玉笑道：‘给你个榧子吃！我都听见了。’”“榧子”就是大拇指和中指打出来的声音，这是两个人逗笑时的一个动作，意思是你还骗我！《红楼梦》的语言很有趣，我们常做这些动作，却既叫不出名字，也不知该怎么描述。《红楼梦》把少男少女做的很多动作都加了名称。

“二人正说话，只见紫鹃进来。宝玉笑道：‘紫鹃，把你们的好茶倒碗我吃。’”紫鹃就在开玩笑说，我们这里哪有好茶，好茶都在你那里。再说，也要等袭人来倒啊，我哪有袭人那么贴心？“黛玉道：‘别理他，你先给我舀水去罢。’”紫鹃这个丫头也很懂事，“笑道：‘他是客，自然先倒了茶来再舀水。’说着，倒茶去了。”

“宝玉笑道：‘好丫头，若共你多情小姐同鸳帐，怎舍得叠被铺床？’”读过《西厢记》的人都知道，这是《西厢记》里多少带点情色意味的词，是在红娘成就了张君瑞和崔莺莺的好事之后，张君瑞对红娘说的话：你虽是个丫头，可是我也很喜欢你，将来小姐嫁给我，我哪里舍得让你叠被铺床？从今天的立场看，大家一定觉得这个男人简直是太过分了，竟然想一箭双雕。可是对于当时的红娘来讲，这是一种抬举。你看黄色小说的影响有多大？这两个人都在套用戏里的句子表达自己的感情。“黛玉登时撂下脸来，说道：‘二哥哥，你说什么？’宝玉笑道：‘我何尝说什么。’”如果你对《西厢记》不了解，就不明白黛玉为什么发这么大的脾气？宝玉用了禁书中的句子来比方她。

“黛玉便哭道：‘如今新兴的，外头听了村话来，也说给我听；看了混帐书，也来拿我取笑儿。我成了替爷们解闷的！’一面哭着，一面下床来，往外就走。宝玉不知要怎样，心下慌了，忙赶上来：‘好妹妹，我一时该死，你别告诉去。我再要敢，嘴上就长个疔，烂了舌头。’”宝玉每次都发很重的誓，只可惜转脸就忘。“正说着，只见袭人走来，说道：‘快回去穿衣服，老爷叫你呢。’宝玉听了，不觉打了个雷一般，也顾不得别的，疾忙回家穿衣服。”你看，只要一听老爸叫他，宝玉就吓得要昏掉。本来他正在这边跟黛玉扯来扯去扯不清楚，忽然听说，你爸叫你，便赶快往外跑。“出园来，只见焙茗在二门前等着。宝玉问道：‘你可知道叫我是为什么？’”他很害怕，因为每次爸爸叫他都要查他的功课。“焙茗道：‘爷，快出来罢，横竖是见去的，到那里就知道了。’一面说，一面催着宝玉。”

薛蟠请客

转过大厅，宝玉正纳闷爸爸怎么会在这个时候叫他，“只听墙角边一阵哈哈大笑，回头只见薛蟠拍着手跳了出来”，原来是薛蟠在骗他，薛蟠知道，如果直接找他出去玩儿，宝玉不一定出来，因为有时候宝玉喜欢跟黛玉在一起，就用了一个计谋把他骗出来了。当然这个计谋在古代大家族里是非常不礼貌的，可薛蟠就是那种既不守规矩，又没有什么教养的男孩子。

薛蟠“笑道：‘要不说姨夫叫你，你那里出来的这么快。’焙茗也笑着跪下了”。薛蟠承认自己骗了宝玉，焙茗也帮着薛蟠说了谎，所以也赶快跪下来认错。“宝玉怔了半天，方解过来，是哄他。薛蟠打恭作揖陪不是，又求：‘不要难为了小子，都是我逼他去的。’宝玉也无法了，只好笑，因道：‘你哄我也罢了，怎么说我父亲呢？我告诉姨妈去，评评这个理，可使得么？’”注意，因为古代大家族家教很严，宝玉意思是你怎么能开这种玩笑？“薛蟠忙道：‘好兄弟，我原为求你快些出来，就忘了忌讳这句话。改日你也哄我，说我的父亲就完了。’”这是典型薛蟠的语言：今天是我对不起你，你改天也冒充我爸爸好了，其实他爸爸根本早就死了。这简直让人哭笑不得，哪有这样开玩笑的。“宝玉道：‘哎，哎，越发该死了。’又向焙茗道：‘反叛肏的，还跪着作什么！’焙茗连忙叩头起来。”

下面我们就知道薛蟠为什么要骗宝玉出来了，因为他得了礼物，要请他喝酒吃饭。他形容礼物也很好玩，只是用“大”和“长”，因为他书读得实在太少，实在不知道更多的形容词。这也是作者最了不起的地方，这么好的一个文学家，在描述薛蟠的时候，一下子就能变成薛蟠。“薛蟠道：‘要不是，我也不敢惊动，只因明儿五月初三日是我的生日，谁知古董行的程日兴……’”薛蟠不过是个十六七岁的男孩子，程日兴干吗送他这么重的礼？就是因为他家是皇商，卖古董的人只有把货卖到皇家去，才会卖到好价钱，所以他们才这样巴结薛蟠。

“他不知那里寻了来的这么粗、这么长、粉脆的鲜藕，这么大的大西瓜，这么长一尾新鲜的鲟鱼，这么大的一个暹罗国进贡的灵柏香熏的暹猪。你说，他这四样礼可难得不难得？”这里重复了两个“大”字，他不会形容西瓜多好，就只说“大”，形容鱼也只是“长”。“灵柏”是一种老的柏树，“暹猪”大概就是我们今天吃的乳猪一类的东西。“那鱼、猪不过贵而难得，这藕和瓜亏他怎么种出来的。我连忙孝敬了母亲，赶着给你们老太太、姨父、姨母送了些去。”其实薛蟠这个孩子心眼蛮好的，也很知道照顾人，就是没什么脑子。“如今留了些。我要自己吃，恐怕折福；左思右想，除我之外，惟有你还配吃，所以特请你来。可巧唱曲儿的一个小儿又才来了，我同你乐一日何如？”这也是薛蟠的语言风格，说这东西除了我以外，也就是你才配吃，所以特别请你来。

这就是那个年代小孩子玩的东西了，刚才贾芸和宝玉完全谈不下去，是因为贾芸既没有人送他这样的礼，也不会专门去请一个戏子来唱戏，而薛蟠和宝玉一拍即合。不同的家庭背景，在社会上会自然形成不同族群，普通人家的穷孩子是根本没有资格加入这个族群的。

没有文化品位的薛蟠

他们“一面说，一面来至他书房里。只见詹光、程日兴、胡斯来、单聘仁等并唱曲儿的都在这里”，还记得单聘仁吗？《红楼梦》里对清客总带着讽刺意味，所以他们的名字都不太好听，詹光就是专门靠“沾人家的光过活”的意思。“见他进来，请安的，问好的，都彼此见过了。吃了茶，薛蟠即命人摆酒来。说犹未了，众小厮七手八脚摆了半天，方才停当归坐。”这里讲的是排场的考究，不过几个客人，可是要七八个小厮来摆桌子。“宝玉果见瓜、藕新异，因笑道：‘我的寿礼还未送来，倒先扰了。’薛蟠道：‘可是呢，明儿你送我什么？’宝玉道：‘我可有什么可送的？若论银钱吃穿等类的东西，究竟还不是我的；惟有我写一张字，画一张画，才算是我的。’”虽然宝玉和薛蟠都是贵族，可是他们又有本质上的区别，比起薛蟠，宝玉多一点文化教养。

提到书画，薛蟠就有一点不知道怎么办，因为薛蟠几个大字都不认识，只好“笑道：‘你提画儿，我才想起来了。昨儿我看人家一张春宫’”，连他看的画都是春宫画。

中国明清两代有很多的春宫画，就是今天我们所说的那种黄色的、跟性有关的图片，其中有很多是名画家画的，最近有个出版社出了一本《中国春宫画大观》，是一个外国人搜集的藏在世界各大博物馆的春宫画。中国的博物馆，比如台北“故宫博物院”就不会收藏这种东西，因为这些东西是不合礼教的。连我们这些学艺术史的人也见不到这些东西。我是到了巴黎以后，才知道这种画很多，而且都是名家的，唐伯虎、陈洪绶……画得极精细，像《金瓶梅》绣像本的插图就画得特别好。外国人觉得这些画的艺术水准很高，他们不太在乎主题是什么，所以这类画大部分都在国外，《中国春宫画大观》是一个外国人花了很多年整理出来的一套书。

薛蟠这种人没有什么文化，可是他喜欢春宫画，觉得好玩。“画的着实好”，我们也不太敢相信薛蟠的评论，这个人的艺术水准很值得怀疑。他说画得很好，说不定只是他看着很过瘾，就像他给你推荐一部电影说好看，结果是部 A 片一样。如今宝玉表示要送他一张字或者画，是蛮优雅的一个生日礼物，他忽然就讲起春宫画来了。“上面还有许多的字，我也没细看，只看落的款，原来是‘庚黄’画的。真真的好的了不得！”其实他不是没有细看，而是根本看不懂。因为他压根儿就认不了几个字。

“宝玉听说，心下猜疑道：‘古今字画也都见过些，那里有个“庚黄”？’”宝玉就在旁边想，中国哪里有个画家叫“庚黄”，“想了半天，不觉笑将起来，命人取过笔来，在手心里写了两个字”，作者在这里开了一个玩笑，告诉我们薛蟠这样的贵族子弟，竟然不学无术到什么程度。宝玉“问薛蟠道：‘你看真了是“庚黄”？’”薛蟠道：‘怎么看不真！’宝玉将手一撒，与他看道：‘别是这两字罢？其实与“庚黄”相去不远。’众人都看时，原来是‘唐寅’两个字，都笑道：‘想必是这两字，大爷一时眼花了也未可知。’”在场的人都有点替他觉得难堪，说怎么读了半天书，连“唐寅”两个字都不认识。其实在古代，稍有点文化教养的人，就知道这两个字没有其他的画家。真懂画的人，一看就知道是唐寅画的，而且落款底下是有印章的。“薛蟠只觉没意思，笑道：‘谁知他“糖银”“果银”的。’”

正说着，底下的人就来禀报：“冯大爷来了”，冯大爷是神武将军冯唐的儿子冯紫英。

世家子弟的生活

这些人都是世家子弟，他们年龄相近，吃喝玩乐的档次也都差不多。“薛蟠等一齐都叫‘快请’。说犹未了，只见冯紫英一路说笑，已进来了。众人忙起席让坐。冯紫英笑道：‘好呀！也不出门了，在家里高乐罢。’宝玉、薛蟠都笑道：‘一向少会，老世伯身上康健？’紫英答道：‘家父倒也托庇康健。近来家母偶着些风寒，不好了两天。'"见面先问候朋友的父母，这也是过去的规矩，"世伯"等于是世交，上一辈就是同朝为官的朋友。

"薛蟠见他面上有些青伤，便笑道：'这脸上又和谁挥拳的？挂了幌子了。'"这非常像中学生的语言，可见他们平时是一群动不动就打架的男孩子，这里面宝玉算是最有教养、最优雅的了，其他的像薛蟠、冯紫英之类的大概整天都在闹事惹祸。"冯紫英笑道：'从那一遭把仇都尉的儿子打伤了，我就记了，再不怄气，如何又挥拳？'这个脸上，是打围在铁网山，教兔鹘捎一翅膀。""打围"这个词现在不怎么用了，以前皇帝、贵族打猎时，要有人替他围场，把野兽赶到皇帝面前。乾隆皇帝在木兰围场打猎的时候，猎物单能吓你一大跳，熊多少只，老虎多少只，你会觉得这个皇帝简直太神了，连打猎都这么厉害。事实上是围场的人把老虎赶到皇帝的面前，只要戳它一刀或者射它一箭就完事了，最后所有的猎物都算在乾隆的账上。"兔鹘"，我们现在也不太好懂，"鹘"是一种飞鹰，经过训练，可以帮你叼回射中的猎物。

"宝玉道：'几时的话？'紫英道：'三月二十八日去的，前儿也就回来了。'宝玉道：'怪道前儿初三四儿，我在沈世兄家去，不见你呢。我要问，不知怎么就忘了。单你去了，还是老世伯也去了？'紫英道：'可不是家父去，我没法儿，去罢了。难道我闲疯了，咱们几个人吃酒听唱的不乐，寻那个苦恼去？'"原来这些小孩有时候是会被老爸抓去打猎的，父辈们要有意识地训练他们的武功。以前打猎是要跑到山上住在帐篷里的，冯紫英的爸爸是神武将军，一辈子靠的就是在沙场上的摸爬滚打赢得功名，当然希望下一代也能够孔武有力。冯紫英透露的是世家子弟的心事，上一代都是建立功业的国家功臣，可下一代都是败家的纨袴子弟，曹雪芹本身就有这种自责和忏悔。

富贵公子的吃喝玩乐

冯紫英说这一次，“大不幸之中又大幸”，就是去打猎是大不幸，可其中又有一件好事情。“薛蟠众人见他吃完了茶，都说道：‘且入席，有话慢慢的说。’冯紫英听说，便立起身来，说道：‘论理，我该陪饮几杯才是。只是今儿有一件大大要紧事，回去还要见家父面回，实不敢领。’薛蟠宝玉众人那里肯依，死拉着不放。”整个二十六回一直在讲这些人的烦闷、无聊、找乐儿，如今好不容易盼来了可以一起喝酒、听戏、打闹的朋友，所以大家都不放他走，冯紫英就说家里面有重要事情。“冯紫英笑道：‘……果然不能遵命。若必定叫我领，拿大杯来，我领两杯就是了。’众人听说，只得罢了，薛蟠执壶，宝玉把盏，斟了两大海。那冯紫英站着，一气而尽。”这些地方其实写得蛮鲜活，对豪爽的年轻人吃喝玩乐的景象，做了非常细腻的刻画。

宝玉就说：“你到底把这个‘不幸之幸’说完了再走。”冯紫英有点在吊大家的胃口，宝玉特想知道到底发生了什么事。“冯紫英笑道：‘今儿说的也不尽兴。我为这个，还要特治一东，请你们去细谈一谈；一则还有所恳之处。’说着执手就走。”冯紫英说改天我来办一桌酒席，把事情谈得详细些。“薛蟠道：‘越发说的人热剌剌的丢不下。多早晚才请我们，告诉了，也免的人犹疑。’”薛蟠也是个急性子，觉得你不说也就罢了，干吗这样弄得大家心里都痒痒的，干脆给个准日子。“冯紫英道：‘多则十日，少则八天。’一面说，一面出门，上马去了。众人回来，依席又饮了一会方散。”

二十六回一直都在讲一些小事，其实小说里的人物生活和性格，是靠这些细节带出来的。不然，我们根本无法了解这些富贵人家的公子，到底过的是什么样的日子，他们那种百无聊赖的感觉到底是什么。

黛玉的沮丧

“宝玉回至园中，袭人正记挂着他去见贾政，不知是祸是福；只见宝玉醉醺醺回来，问其原故，宝玉一一向他说了。”宝玉这一走就是一天，也没有交代一声，袭人不知道到底发生了什么事情，这个丫头一门心思全在宝玉身上，就一直站在那里等着。看到宝玉醉醺醺回来了，就问他怎么回事，宝玉才说是薛蟠骗了他，跑去喝酒了。“袭人道：‘人家牵肠挂肚的等着，你且高乐去了，到底打发人来给个信儿。’宝玉道：‘我何尝不要送信儿，只因冯世兄来了，就混忘了。’”袭人当然会抱怨，可是宝玉毕竟是个孩子，一高兴就什么都忘了。

“正说着，只见宝钗走进来，笑道：‘偏了我们新鲜东西了。’”宝钗消息非常灵通，就跑来说，好家伙，你把我们家好东西都吃了。“宝玉笑道：‘姐姐家东西，自然先偏了我们了。’”宝钗摇头笑道：“昨儿哥哥倒特特的请我吃，我不吃他，叫他留着送人请人罢。我知道我的命小福薄，不配吃那个。”说着，丫鬟倒了茶来，吃茶说闲话儿，不在话下。

“却说那林黛玉听见贾政叫了宝玉去了，一日不回来，心中也替他忧虑。”之前黛玉因宝玉用禁书里的话戏弄她而生气，听说贾政叫宝玉，一整天没回来，就有点不放心。“至晚饭后，闻听宝玉来了，心里要找他问问是怎么了。一步步行来，见宝钗进宝玉的院内去了，自己也便随后走了来。”黛玉要到怡红院门口时，就远远看到宝钗进去了。这有点像电影镜头的剪接，宝钗已经进来喝着茶跟宝玉在说话了，黛玉随后也走过来。“刚到了沁芳桥，只见各色水禽都在池中浴水，也认不出名色来，但见一个个文彩炫耀，好看异常，因而站住看了一会。”水鸟大概就是鸳鸯一类的，羽毛都非常漂亮，黛玉就站在那儿看了一会儿，耽误了点时间，宝钗已经进去了。“再往怡红院来，只见院门关着，黛玉便以手扣门。”

“谁知晴雯和碧痕正拌了嘴，没好气。忽见宝钗来了，那晴雯正把气移在宝钗身上，正在院内抱怨说：‘有事没事跑了来坐着，叫我们三更半夜的不得睡觉！’”这天刚好是脾气比较急躁的晴雯当班，而且她和碧痕刚吵了架，心里正没好气，本来宝钗来又要倒茶递水的就很烦，正在抱怨呢。“忽听又有人叫门，晴雯越发动了气，也并不问是谁，便说道：‘都睡下了，明儿再来罢！’林黛玉素知丫头们的情性，他们彼此玩耍惯了，恐怕院内的丫头没听真是他的声音，只当是别的丫头们来了，所以不开门，因而又高声说道：‘是我，还不开么？’晴雯偏生还没听出来，便使性子说道：‘凭你是谁，二爷吩咐的，一概不许放人进来呢！’”林黛玉又特别强调了一下说，是我，还不开吗！晴雯本身性子就急，又正是在火冒三丈的时候，就没听出来，还假传圣旨说是宝玉说的谁都不许进来。如果是别人碰到这样的事情可能也无所谓，可是黛玉总觉得自己是个被遗弃的人，听到这样的话，马上觉得是宝玉在指使丫头故意冷落她，格外沮丧。

黛玉葬花的序曲

“林黛玉听了，不觉气怔在门外，待要高声问他，逗起气来，自己又回思一番：‘虽说是母舅家如同自己家一样，到底是客边。如今父母双亡，无依无靠，现在他家依栖。如今认真淘气，也觉没趣。’一面想，一面又滚下泪珠来。”林黛玉的心事一下子就被揪出来了，她的内心中充满着孤独感，总觉得自己无依无靠。

“正是回去不是，站着不是。正没主意，只听里面一阵笑语之声，细听一听，竟是宝玉、宝钗二人。”正在她不知该走还是该留的时候，听见了宝玉和宝钗的谈笑声，见别人玩得那么高兴，自己却被冷落在一边，她更难过了。我们知道这是一个大误会，可是黛玉却非常认同这个误会。所以“林黛玉心中益发动了气，左思右想，忽然想起早起的事来：‘必竟是宝玉恼我要告他的原故。但只我何尝告你去了，你也不打听打听，就恼我到这步田地。你今儿不叫我进来，难道明儿就不见面了！’”

其实这都是她自己的胡思乱想。“越想越伤感起来，也不顾苍苔露冷，花径风寒，独立墙角边花阴之下，悲悲戚戚呜咽起来。”我们一直不知道黛玉长什么样子，身上穿什么衣服，可是作者对她的所有情绪的描写都跟大自然息息相关。她身上似乎永远带着一股秋的悲凉，明明是在春天，忽然间就觉得秋风起来了。

“原来这林黛玉秉绝代姿容，具希世俊貌，不期这一哭，那附近柳枝花朵上的宿鸟栖鸦一闻此声，俱忒楞楞飞起远避，不忍再听。”听起来这有点像神话，因为黛玉是灵河岸边的绛珠草，所以她的悲哀会影响到周边的花草、禽鸟，顿时周遭一片凄凉。黛玉身上有一种灵性是跟大自然相通的，连花鸟都会被林黛玉的情绪所惊扰。真是："花魂默默无情绪，鸟梦痴痴何处惊。"

因有一首诗道："颦儿才貌世应希，独抱幽芳出绣闺。呜咽一声犹未了，落花满地鸟惊飞。"

大家注意，这是黛玉葬花的序曲，作者已经开始铺垫黛玉对大自然的哀悼了，预告了在这个春天里，她会哭，会看到从繁花齐放到百花凋零的那种凄凉的美。接下来我们会看到"黛玉葬花"这个最美的意象，黛玉在春天里葬花，其实是在埋葬自己的青春。"侬今葬花人笑痴，他年葬侬知是谁？"她一直把自己的生命跟自然的凋零放在一起，使她的生命有了一种动人魂魄的凄美。

第二十七回

滴翠亭杨妃戏彩蝶
埋香冢飞燕泣残红

芒种节

《红楼梦》讲到第二十七回，就进入了《红楼梦》最核心的部分，在很多改编成电影、电视剧或是戏曲的《红楼梦》里，都以这一回里的“黛玉葬花”为主题。这个画面已经不再只是讲林黛玉的个性，而成了所有人对自然之美的一种哀悼。这一回我打算分两部分讲，先讲“宝钗扑蝶”，再讲“黛玉葬花”，这两个画面都特别美，整个春天都被这两个女性带出来了。在二十七回的回目上，作者用唐朝的杨贵妃来形容宝钗，用汉朝的赵飞燕来形容黛玉。大家都知道有个成语叫“环肥燕瘦”，“环”是杨贵妃（杨玉环），她的体态比较丰满，给人的感觉雍容华贵；“燕”是赵飞燕，她很纤瘦，让人感觉有点可怜。

二十七回的大背景是讲春去夏来，芒种节到了，它是当年闺中少女的一件盛事，有点像日本的“女儿节”，在这一天，所有的闺中少女，大家都要打扮得漂漂亮亮的，把各种的彩线、彩带绑在花枝上来送春。大家可以想象一下，这应该是一个非常华丽的景象，大观园里的花枝上绑满了丝线、彩带、香囊，所有的女孩子都聚在一起打打闹闹，好像在歌颂春天，也在歌颂自己的青春。可是在这个场景里，林黛玉没有出现。她避开了所有人和繁花盛开的美，一个人荷了花锄去葬花。“黛玉葬花”变成了《红楼梦》里最美的一个画面，在她看来，自己就像一朵在春天里无人赏识的花，而这朵花随着春的流逝，总有一天要埋葬自己。

两种不同的生命情调

从二十七回开始，我们知道了黛玉是非常孤独、哀伤的人，而这哀伤源于周围人的喧闹和快乐她都无法参与。黛玉身上有种特殊的清高和孤傲，她宁愿去享受属于自己的那份孤独。大家发现黛玉不在场时，宝钗自告奋勇地说：我去找她。

宝钗和黛玉之间也一直有个结。宝钗是个骄傲的女孩子，漂亮聪明又能干，她一直觉得黛玉是她的对手，最糟糕的是，黛玉跟宝玉是从小的玩伴，他们之间的那份亲密宝钗无论如何都参与不了。所以宝钗其实一直在暗暗地和黛玉较劲，可是作为一个大家闺秀，她的比和斗表现得很含蓄。

宝钗去找黛玉，半路上看到一对玉色的蝴蝶，觉得好漂亮，就拿出了袖子里的扇子去扑，“扑蝶”是一种对美的向往，有种喜气洋洋的感觉。《游园惊梦》里，就有一场扑蝴蝶的戏，十几岁的少女在花园里用扇子扑蝴蝶，带着很多身段跑圆场，在舞台上非常漂亮，如果大家看过《游园惊梦》的话，就能想象宝钗扑蝶的动作和形貌。二十七回里，作者在着意描写两种完全不同形态的女性美，这就是薛宝钗的雍容华贵和林黛玉的孤独凄凉。一个在春天里扑蝶，一个在春天里葬花。宝玉一直没有办法在这两个人中做出选择，是因为他没法辨别到底哪一种更美。宝钗感觉到的是春天跟她自己的互动，带着某种激情和喜气；黛玉则是在所有的繁华里都看到残败，带着一些感伤。其实大家身边的人大概也可以分成两类，有一类永远喜气洋洋的；另一类则总会在锣鼓喧天时想到曲终人散。

黛玉的孤独感

“话说林黛玉正自悲泣，忽听院门响处，只见宝钗出来了”，其实黛玉一直没有走，听到宝钗跟宝玉的笑闹声，可她还是要自己一个人凄凉地站在那里等，看到“宝玉、袭人一群人送了出来。待要上去问着宝玉，又恐当着众人问羞了宝玉不便，因而闪过一旁，让宝钗去了”，黛玉对宝玉的爱非常的缠绵，本来心中有恨，但当众质问又怕侮辱了他。这种爱恨的纠缠，在座的朋友一定都了解。如果一个妻子痛骂丈夫，一定是对他有爱，不然不会恨到这种程度。接下来大家看到的二十七、二十八、二十九、三十回都在讲黛玉的这种纠缠。黛玉看“宝玉等进去闭了门，方转过来，犹望着门洒了几点泪。自觉无味，方转身回来，无精打彩的卸了残妆”。黛玉宁可自己孤独地品尝内心的痛苦。

“紫鹃、雪雁素日知道林黛玉的情性：无事闷坐，不是愁眉，便是长叹；且好端端的不知为什么，常常的便自泪自干的。先时还有人解劝，或怕他思父母，想家乡，受了委屈，只得用话宽慰解劝。谁知后来一年一月的竟常常如此，把这个样儿看惯，也都不理论了。所以也没人去理，由他去闷坐，只管睡觉去了。那林黛玉倚着床栏杆，两手抱着膝，眼睛含着泪，好似木雕泥塑的一般，直坐到二更多天，方才睡了。”这大概是文学里面描写的最早的失眠症和忧郁症，黛玉一直就都是这样，晚上睡不着、睡不好，常常一个人闷坐，谁都不知道她的心思。

“至次日，乃是四月二十六日，原来这日未时交芒种。”芒种一到，就等于春天过完了，“尚古风俗：凡交芒种节的这日，都要设摆各色礼物，祭饯花神，言芒种一过，便是夏日了，众花皆卸，花神退位，须要饯行。”我们现在很少听说“花神”了，迄今为止我只在苏州、杭州看到过花神庙，大概是因为江南的文化里有一种唯美的东西，所以才会有专门祭饯花神的庙。西方有一个神叫芙罗拉（Flora），学美术史的都知道，她是宣告春天来临的神。芒种节的花神跟西方的芙罗拉非常像，只是我们不知道花神长什么样子。希腊的花神是女性，全身都是花，大家可能记得波提切利画的《春》里面就有一个芙罗拉，到巴洛克时代，像提香画的芙罗拉就变得很丰满。我对东方的花神形象一直不是很清楚，只有一次在昆曲的《游园惊梦》里看到十二月花神出来，才知道花神原来有十二个，各主管一个月。杜丽娘和柳梦梅在花园做爱，十二个花神围着他们，用唱腔来描述他们怎么宽衣解带，其中对性的描绘非常大胆质朴，最近这个戏还在纽约演出过，连西方人都很惊讶，没想到中国明朝时的女孩子就这么大胆。最后是十二个月的花神说，他们两个贪欢太甚，就用花去惊醒他们。那十二个花神是十二种不同的形貌，有老头子、老太太、少女、少男……好像囊括了人生的全部，这跟西方对花神的解释有点不同。这里讲祭饯花神，说明《红楼梦》是以江南文化为背景的文学。

送春的心情与仪式

“然闺中更兴这件风俗，所以大观园中之人都早起来了。那些女孩子们，或用花瓣柳枝编成轿马的。”其实民间的风俗非常有意思，我看到这一段常想，如果现代能把这种仪式恢复了该多好，肯定比现在的男孩女孩过情人节要有趣得多。用柳枝和花编成轿子和马，这里面有工艺和美学，还有一份送春的心情。“或用绫锦纱罗叠成干旄旌幢的，都用彩线系了。”这有点儿像妈祖出巡，或者帝王、贵族出宫，前面有开道的阵仗。“每一颗树、每一枝花上，都系了这些物事。满园里绣带飘摇，花枝招展，更兼这些人打扮得桃羞杏让，燕妒莺惭，一时也道不尽。”“花枝招展”现在还常用，这里的“招展”是花在风里飘动的感觉，加上这些人打扮得“桃羞杏让，燕妒莺惭”。女孩子打扮得漂亮到桃花、杏花无法与之争艳，莺燕都自愧不如。南方的花神庙里的对联就是花、叶、莺、燕这些东西。上联是：“风风雨雨，寒寒暖暖，处处寻寻觅觅”；下联是：“莺莺燕燕，花花叶叶，卿卿暮暮朝朝。”花神代表的是一种少女型的情感，它有一种唯美的特性。

“且说宝钗、迎春、探春、惜春、李纨、凤姐等并同了大姐、香菱与众丫环们在园内玩耍，独不见林黛玉。迎春因说道：‘林妹妹怎么不见？好个懒丫头！这会子还睡觉不成？’宝钗道：‘你们等着，等我去闹了他来。’说着便丢下众人，一直往潇湘馆来……”

“忽然抬头见宝玉进去了，宝钗便站住，低头想了一想：宝玉和林黛玉是从小儿一处长大，他兄妹间多有不避嫌疑之处，嘲笑喜怒无常；况且林黛玉素习猜忌，好弄小性儿的。此刻自己也跟了进去，一则宝玉不便，二则黛玉嫌疑。罢了，倒是回来的妙。想毕，抽身回来。”本来论理男孩子是不可以随便进女孩子卧房的，可是宝玉根本不管那一套，每次去找林黛玉都直接跑进卧房。宝钗觉得林黛玉素习猜忌，喜欢要小性儿。其实黛玉从来都是有话明里说的，而宝钗却喜欢暗地里斗。

大家注意一下，《红楼梦》里的时间铺排很有意思，宝钗本来要找林黛玉，可结果到了潇湘馆，看到宝玉进去了，宝钗想了半天抽身回来了。接下来一大堆的事情结束以后，镜头才重新转回宝玉跟黛玉说话。这是同一时间里的两个场景，完全是电影里的蒙太奇手法。

宝钗扑蝶

“刚要寻别的姊妹去，忽见前面一双玉色蝴蝶，大如团扇，一上一下迎风翩跹，十分有趣。”你看作者多有趣，刚刚还在写心情，笔锋一转就写起了景色——春天的花园里蝴蝶纷飞。“宝钗意欲扑了来玩耍，遂向袖中取出扇子来，向草地下来扑。”这个女孩平时很含蓄、优雅，所以扑蝴蝶也不会像个百米运动员那样，大家小时候肯定都抓过蝴蝶，一定知道动作要很慢、很轻。我想《红楼梦》的作者一定看过《游园惊梦》，因为舞台上杜丽娘扑蝴蝶的那场戏，是精美绝伦的舞蹈，也许这些舞台形象都是作者的创作灵感和艺术储备。“只见那一双蝴蝶忽起忽落，来来往往，穿花度柳，将欲过河去了。”这是对宝钗的动态美的描述，就那么跟着蝴蝶上上下下，忽起忽落。“倒引的宝钗蹑手蹑脚的，一直跟到池中滴翠亭上”，宝钗的身体比较丰满，很快就“香汗淋漓，娇喘细细”。我不知道大家是不是觉得这些字眼很性感。中国古代文学里对女性的身体的描述非常少，从曹植的《洛神赋》到白居易的《长恨歌》都不太敢正面去描写女性身体的美。说一个女孩子“香汗淋漓，娇喘细细”，已经算是古典文学里比较大胆的描述了。“宝钗也无心扑了，刚欲回来，只听滴翠亭里边喊喊喳喳有人说话。原来这亭子四面俱是游廊曲桥，盖在池中水上，四面雕镂槅子，糊着纸。”作者就这样轻而易举地转了场。古时候，人们夏天都喜欢在亭子里乘凉，这滴翠亭就在水的中间，所以格外凉爽。

“宝钗在亭外听见说话，便煞住脚往里细听。”有没有发现，宝钗其实是好奇心很强的，什么事都想知道，又要做出一副什么都不想知道的样子。“只听说道：‘你瞧瞧这手帕子，果然是你丢的那块，你就拿着；要不是，就还芸二爷去。’又有一人说话：‘可不是我那块！拿来给我罢。’又听道：‘你拿什么谢我呢？难道白寻了来不成？’又答道：‘我既许了谢你，自然不哄你的。’”记得不记得上一回里贾芸把自己的手帕当信物给了小红，这表示一个丫头跟一个少爷开始偷情了。今天我们当然觉得无所谓，十几岁的小孩子本来就该这样子。可是古代的礼教很严，身份、地位的界限也很严，这样私密地谈情说爱，都是不得了的事情。贾芸还好，像小红这样的丫头，真的是要被打死的。小红明知道那不是她的手帕，那个男孩喜欢自己才掉包儿的。“又听说道：‘我寻了来给你，自然谢我；但只是拣的人，你就不拿什么谢他？’又回道：‘你别胡说。他是个爷们家，拣了我们的东西，自然该还的。我拿什么谢他呢？’又听说道：‘你不谢他，我怎么回他呢？况且他再三再四的和我说了，若没谢的，不许我给你呢。’半晌，又听答道：‘也罢，拿我这个给他，算谢他的罢。’”小红把她自己的一条手帕给贾芸了。在古代把这么贴身的东西给一个人，就有情的暗示在里面。今天的小孩子之间互相给来给去，给到最后连自己都忘了。可是古代这种事情很严重，一个女孩子的手帕怎么能到一个男人的手中？所以小红就很担心，坠儿要是告诉别人的话她就完蛋了，便说：“‘你要告诉别人呢？须说个誓来。’又听说道：‘我要告诉一个人，就长一个疔，日后不得好死！’又听说道：‘哎呀！咱们只顾说话，看有人来悄悄在外头听见。不如把这槅子都推开了，便是人见咱们在这里，他们只当我们说玩话呢。若走到跟前，咱们也看的见，就别说了。’”

她们这个时候才警醒，想起会不会有人偷听，哪知早已经被人听完了。更有意思的是，宝钗刚开始根本不知道说话的是谁，可是却听得这么完整。我的意思是说，宝钗其实是一个处处都用心思的女孩子，她不但从头到尾听完，而且判断出了这个丫头是谁，这都说明宝钗是有心机的，贾家大大小小的事情，她都看得清清楚楚，却从不插手。如果宝钗现在搞政治的话，绝对是个高手，她可以保证任何一边都不介入。可是，她却无意间介入了一个丫头的秘密。

宝钗的金蝉脱壳之计

“宝钗在外面听见这话，心中吃惊，想道：‘怪道从古至今那些奸淫狗盗的人，心机都不错。这一开了，见我在这里，他们岂不臊了。’”宝钗是典型的儒家性格，觉得人就得守礼教，所以她用了“奸淫狗盗”这么严重的词来形容小红和贾芸的恋情。

在宝钗看来，一个丫头就应该守丫头的本分，不能有非分之想。《红楼梦》读到最后会变得很有趣，每个人喜欢的角色都代表着你的个性，小时候，我们会很喜欢宝钗，因为你那个时候很喜欢遵守宝钗的“分”，但是等到有一天你开始叛逆的时候，就变得很讨厌宝钗，她是那种不能有一点点叛逆的人。“况才说话的语音，大似宝玉房里红儿的言语。他素昔眼空心大，是个头等刁钻古怪东西。今儿我听了他的短儿，一时人急造反，狗急跳墙，不但生事，而且我还没趣。如今便赶着躲了，料也躲不及，少不得要使个‘金蝉脱壳’的法子。”记不记得红玉给宝玉倒茶的时候，连宝玉都不知道她是谁？可是宝钗竟然凭声音就听出是她红玉，而且，她还非常了解红玉的个性，知道这个丫头一向眼里看不上什么人，野心很大，明白掌握了这种人的隐私，绝不会有什么好果子吃。她马上意识到问题的严重性，为了自保，得赶紧躲起来，可是已经来不及了，因为窗户马上就被推开了，只能在刹那之间“金蝉脱壳”了。

“犹未想完，只听‘咯吱’一声，宝钗便故意放重了脚步，笑说道：“颦儿，我看你往那里藏！’一面说，一面故意往前赶。”所以我一直提醒大家说，这是几秒钟的时间里宝钗的即时反应，大家知道宝钗的心机轻易不露，可潜意识却出卖了她，仔细探究，宝钗的潜意识是想嫁祸于林黛玉，一旦对某个人的内心有“结”，猛不丁那人的名字就说出来了。她内心对黛玉存着的芥蒂，或者说潜意识里的恨，连她自己可能都未必知道。

“那亭内的红玉、坠儿刚一推窗，只听宝钗如此说着往前赶，两个人都唬怔了。宝钗反向他二人笑道：‘你们把林姑娘藏在那里了？’坠儿道：‘何曾见林姑娘了？’”注意“反向他”就是本来她是要被逮住的，现在她变成主动出击的了。“宝钗道：‘我才在河边看着林姑娘在这里蹲着弄水儿的。我要悄悄的唬他一跳，还没有走到跟前，他倒看见我了，朝东一绕就不见了。别是藏在里头了。’一面说，一面故意进去寻了一寻，抽身就走。”宝钗先是说自己什么都没听到，后面又加了一句，刚才林姑娘蹲在这里玩水，意思是她们说的黛玉全都听到了。可见潜意识其实也蛮可怕的，它动不动就把内心恨的那个人逼到最糟糕的境地。“口内说道：‘一定是又钻在山子洞里去了。遇见蛇，咬一口也罢了。’一面说，一面走，心中又好笑：这件事算遮过去了，不知他二人是怎样。”大家注意，这些话其实都是故意在打马虎眼，把红玉对她的怀疑完全排除了。我们知道红玉也是个聪明的女孩子，可是一碰到宝钗她就输惨了，因为宝钗心机更深。她在刹那间上演了这么一场戏，把矛盾转移到了林黛玉身上，自己则完全脱了干系。

大多数喜欢《红楼梦》的人注意的是《红楼梦》里“情”的部分，所以当听说某某政治家也很爱读《红楼梦》时，可能会吓一跳。我想政治家把《红楼梦》当成为人处世之道在读，《红楼梦》里有很多深谋远虑的东西，太单纯的人根本看不出来。三百多人住在一个院子里，彼此之间充满了利害关系，可以想象其中人际关系的复杂程度。

“谁知红玉听了宝钗的话，便信以为真，让宝钗去远，便拉坠儿道：‘了不得了！林姑娘蹲在这里，一定听了话去了！’坠儿听说，也半日不言语。”半日不言语就是吓坏了，因为就凭这一点真的是可以被活活打死的。“红玉又道：‘这可怎么样呢？’坠儿道：‘便听见了，管谁筋疼，各人干各人的就完了。’”坠儿觉得已经到这种地步了，只好认了。“红玉道：‘若是宝姑娘听见，还倒罢了。林姑娘嘴里又爱刻薄人，心里又细，他一听见了，倘或走露了，怎么样呢？’”宝钗做人的成功在此已经体现出来了，她在所有人眼里都是个厚道、从不管闲事的人，黛玉在这点上跟她比是个傻瓜，常常是有什么说什么。所以后来宝钗跟宝玉结婚的时候，所有人都赞成，因为大家都觉得这个人比较好相处，谁都没看出来她才是真正厉害的角色。

红玉做事的态度

下面一段是凤姐忽然想起自己忘了一件事，要找个丫头帮忙，看见凤姐儿站在山坡上招手叫，红玉连忙弃了众人，跑至凤姐前，她常常在这种关键时刻出现，司棋、坠儿、文官都是丫头，可是只有小红赶紧跑过去了，她觉得这是大好的机会。王熙凤平常身边会跟着平儿、丰儿。可是今天她的丫头大概都在忙芒种节的事，没有跟着来。凤姐就说我想叫你去办件事，不知你能不能办得好。红玉笑道："奶奶有什么话语，只管吩咐我说去。若说的不齐全，误了奶奶的事，凭奶奶责罚就是了。"这几句话多干净利落！你先交给我办办看，办不好你处罚我就是了，一看就是有担当、有责任感的人。"凤姐笑道：'你是那位小姐房里的？我使你出去，他回来找你，我好替你说的。'红玉道：'我是宝二爷房里的。'凤姐听了笑道：'哎哟！你原是宝玉房里的，怪道呢。也罢了，等他问，我替你说。'"

下面她就要交代事情了，大家可以把这个事情当成是交给自己的一个作业，想想如果是你要怎么去办："'你到我们家，告诉你平姐姐：外头屋里桌子上，汝窑盘子架儿底下，放着一卷银子，那是一百六十两，给绣匠的工价，等张材家的来要，当面称给他瞧了，再给他拿去。再里头床头间有一个小荷包拿了来。'"有两件事情对不对，第一件事情比较麻烦，你先要讲清楚，这个东西在哪里，接下来你还要能分辨出是汝窑还是钧窑，因为家里可能摆了一大排古董。汝窑是宋徽宗时代的一种天青色的瓷器，非常漂亮，是如今世界瓷器拍卖市场价格最高的，台湾的“故宫博物院”也只有十几件。小红不光是要找到这卷银子，还要交待清楚这个银子是给绣花工匠的工钱，来拿这个钱的人是张材家的，她来了以后一定要当面称给她看。第二件事，再到里屋床头间，把床边的小荷包拿来。

“红玉听说，抽身去了一会，只见凤姐不在这山坡上了。因见司棋从山洞里出来，站着系裙子，便赶上来问道：‘姐姐，可知道二奶奶往那里去了？’司棋道：‘没理论。’”红玉很快就把事情办完了，再回来找凤姐已经不在山坡上了，问司棋，司棋说不知道。“红玉听了，抽身又往四下里一看，只见那边探春、宝钗在池边看鱼。红玉上来赔笑问道：‘姑娘们可知道二奶奶那去了？’探春道：‘往你大奶奶院里找去。’红玉听了，才往稻香村来，顶头的只见晴雯、绮霰、碧痕、紫绡、麝月、待书、入画、莺儿等一群人来了。”这群丫头都是她的对头。地位都比她高。“晴雯一见了红玉，便说道：‘你只是疯罢！院子里花儿也不浇，雀儿也不喂，茶炉子也不爖，就在外头逛。’”大丫头骂小丫头通常都是这样子，就是家里花也没有浇，鸟也没有喂，炉子的火也没有生好，你就这样在外头逛。红玉是个就事论事的人。“红玉道：‘昨儿二爷说了，今儿不用浇花，过一日浇一回罢。我喂雀儿的时候，姐姐还睡觉呢。’”通常大丫头骂小丫头，小丫头是不敢回嘴的，可是小红的个性很强，觉得我没有错。“碧痕道：‘茶炉子呢？’红玉道：‘今儿不该我爖的班儿，有茶没茶别问我。’”这是第三件事情：你为什么炉子不生？红玉说，不是轮流值日吗？今天没有排到我，本不该我生。红玉什么时候都清清楚楚地知道自己的本分，说起话来合情合理。“绮霰道：‘你听听他的嘴！你们别说了，让他逛去罢。’”三件事情小红都没有错，接下来这些人就不再追究对错，而开始评价人了，这是儒家伦理中的大问题，意思是：你一个小丫头竟敢这样犟嘴。最后还给了她一个罪名，该做的事不做，一直在玩儿。红玉道：“你们再问问我逛了没逛？二奶奶使唤我说话、取东西的。”说着，将荷包举给她们看，大家才不说话了，大家分路走开。

可是就在要走的时候，“晴雯冷笑道：‘怪道呢！原来爬上高枝儿去了，把我们不放在眼里。不知说了一句话半句话，名儿姓儿知道了不曾呢，就把他兴的这个样！这一遭半遭儿的算不得什么，过了后儿还听得么！有本事从今儿出了这园子，长长远远的在高枝儿上才算得。’一面说着去了。”本来红玉一直是在就事论事，可是晴雯、绮霰她们却始终在针对人，所以传统社会中人的纠缠真是非常麻烦。晴雯就故意讽刺她，人家也不过就叫你拿个东西，你就得意忘形成这个样子，你如果真厉害的话，你就跳槽啊。结果没有想到王熙凤后来真的要了红玉。《红楼梦》的作者其实是鼓励红玉的，认为生命就是不该受这样的委屈。

王熙凤欣赏的典型

“这里红玉听说，不便分证，只得忍着气来找凤姐儿。到了李氏房中，果见凤姐儿在这里和李氏说话儿呢。红玉上来回道：‘平姐姐说，奶奶刚出来了，他就把银子收了起来，才将张材家的来取，当面称了给他拿去了。’说着，将荷包递了上去。”两件事都简短有力地交代清楚了，王熙凤交代的两件事她都办妥了。可是平儿还有交代的事情，她还要再转达平儿的话，这一段才是最厉害的：“平姐姐叫我回奶奶：才旺儿进来讨奶奶的示下，好往那家去的。平姐姐就把那话按着奶奶的主意打发他去了。”“平姐姐叫我回奶奶”，这个奶奶是谁？是王熙凤，“讨奶奶的示下”就是请王熙凤批示一下，要往哪家去，平姐姐就按照奶奶的主意打发他去了。凤姐笑道：“他怎么按我的主意打发去了？”照理讲，她这样交代已经足够了，可王熙凤看这个丫头不错，想给她一个加试，看看到底中不中用。“红玉道：‘平姐姐说：我们奶奶问这里奶奶好。原是我们二爷不在家，虽然迟了两天，只管请奶奶放心。等五奶奶好些，我们奶奶还会了五奶奶来瞧奶奶呢。五奶奶前儿打发了人来说，舅奶奶带了信来了，问奶奶好，还要和这里的姑奶奶寻两丸延年神验万全丹。若有了，奶奶打发人来，只管送在我们奶奶这里。明儿有人，就顺路给那边舅奶奶带去。’”到“会了五奶奶”为止，已经有三个奶奶了。后面舅奶奶带了信来问奶奶好，第四个奶奶出来了，还要和这里的姑奶奶找两丸延年神验万全丹，姑奶奶是第五个奶奶，她连那么长的药名都讲得清清楚楚，她的这段话，连我们都听糊涂了。

“话未说完，李氏道：‘哎哟哟！这话我就不懂了。什么“奶奶”“爷爷”的一大堆。’凤姐笑道：‘怨不得你不懂，这是四门子的话呢。’说着又向红玉笑道：‘好孩子，难为你说的齐全。别像他们扭扭捏捏蚊子似的。’”王熙凤很少这样夸人，她是由衷地觉得这个丫头真不容易，说得这么完整。王熙凤很讨厌古代流行的一种审美，就是女孩子扭扭捏捏，话都说不清楚。然后她就对李纨说：“嫂子不知道，如今除了我随手使的这几个丫头、老婆之外，我就怕和别人说话。他们必定把一句话拉长了作两三截儿，咬文嚼字，拿着腔儿，哼哼唧唧的，急的我冒火。”王熙凤是个急性子，做事情喜欢快刀斩乱麻，一碰到那些丫头哼哼唧唧，她就急得冒火。“他们那里知道！先时我们平儿也是这么着，我就问着他：难道必定装蚊子哼哼就是美人了？说了几遭才好些儿了。”这里涉及的是一个审美问题。古代的审美趋向是女孩子要弱不禁风的，王熙凤就说当时她训练平儿就是这样训练的。“李宫裁笑道：‘都像你破落户才好。’”我们注意，说王熙凤是“破落户”不是第一次了，前面贾母也说过，意思就是像平头百姓那样没有什么教养，说话叽叽呱呱的。可王熙凤很讨厌这种所谓的教养，觉得这些东西把人弄得假兮兮的，不够大气。“凤姐又道：‘这一个丫头就好。方才两遭，说话虽不多，听那口声就简断。’说着又向红玉笑道：‘你明儿伏侍我去罢。我认你作女儿，我一调理，你就出息了。’”有没有注意到，《红楼梦》里这些贵族一旦看得起某个人，就会说我认你作儿子或女儿吧。

“红玉听了，‘扑哧’一笑。凤姐道：‘你怎么笑？你说我年轻，比你能大几岁，就作你的妈了？你作春梦呢！你打听打听，这些人头比你大的，赶着我叫妈，我不理。今儿抬举了你呢！’”王熙凤认为认她作干女儿是抬举了她。“红玉笑道：‘我不是笑这个，我笑奶奶认错了辈数了。我妈是奶奶的女儿，这会子又认我作女儿。’”这等于是倒打了王熙凤一耙，意思是你这么聪明的人，我应该是你的干孙女才对！看到这个丫头的厉害了吧？一般人这个时候就不敢说话了，她却大方、明理，不躲躲闪闪。“凤姐道：‘谁是你妈？’李宫裁笑道：‘你原来不认得？他是林之孝之女。’凤姐听了十分诧异，因说道：‘哦！原来是他的丫头。’又笑道：‘林之孝两口子，都是锥子扎不出一声儿来的。我成日家说，他们倒是配就了的一对夫妻，一个天聋，一个地哑。那里承望养出这么样伶俐丫头来！你十几岁了？’红玉道：‘十七了。’又问名字，红玉道：‘原叫红玉的，因为重了宝二爷，如今只叫红儿了。’”

可是，王熙凤却说干吗一定要叫玉，就叫小红就好了。凤姐道："既这么着，明儿我和宝玉说，叫他再要人，叫这丫头跟我去。可不知本人愿意不愿意？"红玉笑道："愿意不愿意，我们也不敢说。只是跟着奶奶，我们也学些眉眼高低，出入上下，大小的事也得见识。"这是聪明得不得了的回答。所以胡适在考证《红楼梦》时，一直觉得红玉后来应该还有更多的戏。我们很难判断作者安排这一段，是不是为了以后的铺陈，也许只是想表现这么一个丫头她很不安分，就是要改变自己的命运。

二十七回的上半段里讲到了两个人，薛宝钗和红玉，这两个人都不简单。

生命进退的两难

在二十七回里作者刻意把"宝钗扑蝶"跟"黛玉葬花"作对比，也把书中的两个最重要的女性的生命形态做了完整的呈现。其实，一旦涉及生命审美，人就会进入两难状态。大家读《红楼梦》读了这么久，感觉最深切的应该是从宝钗跟黛玉身上，我们看到的不只是两个女性的美，还有生命的两种难以抉择的状态。宝钗坚守一切人间的秩序、伦理和规则，以一种很健康、积极的态度入世。黛玉是孤独的，她的逍遥、坚持和孤傲都在自己的世界里完成。二十七回作者把这两个女性摆在一起，很明显地表现了这部小说的象征意义。就像宝玉处于宝钗和黛玉之间无法抉择一样，我们的生命也随时面临着入世和出世的两难。一方面觉得人不应该离开人群，承认入世的价值；另一方面又觉得自己有很孤独的一部分，不断地想要离开人群，去完成属于自己的那份完美，这是一个互相冲突的状态，只有成熟的生命才会在进退之间掌握好分寸和平衡。

《红楼梦》里其实处处在讲人生的两难，比如荣国府、宁国府是儒家的，路都是笔直的，两边永远是对称的。可它有一个大观园是道家的，它的每一条路都是弯曲的，其中有柔软的东西，中国古代很多的戏曲小说男女之间的私密爱情都发生在园林，因为园林里面可以有情的部分。当然，最理想的人生方式，是生命在进退两难之间没有冲突，能做到既有入世的部分，又保有出世的空间。可是在现实生活中确实很难达到这种平衡，身边有的人热衷于入世，像宝钗一样好人缘，考级也总是甲等，升迁顺利。可你永远也听不到她孤独的心事，无法体会她内心不快乐的部分。宝钗这一类的生命现象也有属于她们的心事，因为处处都用心机，安排策划，最后就没有了真情。黛玉的生命方式完全是真性情的，可是真情有时候也会让人很难受，你想想看，如果你身边有个像黛玉这样的同事，大概也够你受的，至少你每天都要看她哭。所以通常我们会不由自主地喜欢宝钗这种周到、圆滑的人。

我觉得《红楼梦》最了不起的一点是作者没有写完，作者从来没有告诉读者，宝玉到底要跟谁在一起。有答案的那部分是别人补写的，他不负这个责任。我觉得他好像一直在写，直写到死也没有办法做出抉择。再从另外一个角度来想，也许这是作者一生中最不愿意做出决定的两难，在这两个生命之间犹疑、平衡、彷徨，是他生命里最重要的牵制关系。所以我希望大家在二十七回里能感受到的是两个画面：一个是风和日丽、蝴蝶纷飞，一个体态丰满的女孩扑蝴蝶的美；另一个是花落花飞、红消香断，一个很瘦很孤独的女孩埋葬落花的美。

如果没有偏见，你一定能觉察到自己的生命里这两种东西都有，这其实是一种幸福。这个幸福的意思是，你既看到了繁华，也看到了凋零。很多人认为看到凋零是一种悲哀，我却认为看到凋零是一种领悟。在日本坐在新宿御苑，一千五百株樱花的花瓣一齐飘下来的时候，那么多的花就这样死在眼前，你会有很奇怪的感觉，那感觉不只是小小的感伤，而是一种耗尽自己生命的悲壮。等一下读到的“花谢花飞飞满天”，讲的就是这种景象，要理解这种景象，最好的办法就是每年四月到日本去走一趟，当看到成千上万片的花瓣在你面前纷纷扬扬落下的时候，你刹那之间就懂了黛玉葬花的感觉——埋葬自己。有一天你会花这样的心思去把自己的生命做一个了结。因为黛玉是仙，所以她对生命的领悟非常透彻。对比起来，那个扑蝴蝶的女孩子，看到的其实只是生命的表层。

文学的蒙太奇手法

作者这才又转到宝玉进了潇湘馆。这就是刚才讲的蒙太奇，如果你是一个电影的导演，你做所谓脚本的分镜表的时候，这个时间是跟刚才宝钗看到宝玉进去是同一时间，宝玉暂时被冰封定格。等到把那边的所有事情都交代完以后，再转过来说宝玉的事。我们看电影很少分析它的分镜表和脚本，可是看小说的时候你要注意，它有的时候就是电影脚本，所以很多导演大费周章地改编《红楼梦》，其实没有必要，因为《红楼梦》本身就是很好的电影脚本，它的电影感非常强。现在镜头切回到宝玉进潇湘馆。

“如今且说林黛玉因夜间失寐，次日起来迟了，闻得众姊妹都在园中作饯花会，恐人笑他痴懒，连忙梳洗了出来。刚到院中，只见宝玉进门来了。”时间点就停在这里了，中间发生了好多事。如果大家对文学创作有兴趣，可以注意一下这种写作的手法，时间是个关键的东西，怎么去连接时间，同一时间里面的几个事件怎么交代清楚，怎样才能有条不紊。有的作者写着写着自己都忘了，某个部分在后面就没有交代了。这个地方作者相当于用两台机器在拍，一台是在后面拍宝钗看到宝玉进去，一台是拍黛玉看到宝玉进来，最后就是用蒙太奇剪接了。

黛玉的误会

宝玉就嬉皮笑脸地说：“好妹妹，你昨儿可告我了不曾？教我悬了一夜心。”因为前面他们两个人曾经偷看过“黄色小说”，后来他们之间就常常引用那个小说里的话来打趣对方。宝玉说得太过分，黛玉就假说要到舅舅那里告他的状。宝玉当然知道黛玉不会真的去告，因为她从来不曾要求宝玉好好读书，也不怎么在意人世间的价值，她在乎的是情和个人的自在逍遥。林黛玉根本不理宝玉，而是跟另外一个人很正常地说话。“林黛玉便回头叫紫鹃道：‘把屋子收拾了，下一扇纱屉，看那大燕子回来，把帘子放了下来，拿狮子倚住；烧了香，就把炉罩上。’一面说，一面直往外走。”这一切都表示你少跟我说话，我们读书时跟一个人闹翻的时候也常这样。“宝玉见他这样，还认作是昨日中晌的事，那知晚间的这段公案，还打躬作揖的。”那段公案就是昨夜黛玉被关在门外。黛玉的个性有点自闭，宝玉跟她这么亲，她对这件事也只字不提。宝玉很好玩，见她不理自己，只好跟以往一样打躬作揖地赔不是。“林黛玉正眼也不看，各自出了院门，一直找别的姊妹去了。宝玉心中纳闷，自己猜疑：看起这个光景来，不像是昨日的事；但只昨日我回来的晚了，又没有见他，再没有冲撞了他去处了。一面想，一面由不得随后追了来。”

“只见宝钗、探春正在那边看鹤舞，见黛玉去了，三个一同站着说话儿。又见宝玉来了，探春便笑道：‘宝哥哥，身上好？我整整的三天没见你了。’宝玉笑道：‘妹妹身上好？我前儿还在大嫂子跟前问你呢。’探春道：‘宝哥哥，你往这里来，我和你说话。’”大家也许不太了解仙鹤，中国古代的庭院里都养仙鹤。有一次看“大唐展览”的时候，有一个唐朝镏金的盘子，盘子上有个文人在弹琴，前面有一只展翅的仙鹤，旁边有几块太湖石。这是中国古代最早在画面里出现的庭院，一般人都认为宋朝以后庭院文化才开始发达，可这个盘子出土以后，就说明唐朝已有庭院。很多文人认为仙鹤有灵性，它听到最美的音乐的时候会展翅，当然不一定是舞蹈。黛玉跟别人都好好地说话，就是不理宝玉。

探春的独立个性

探春找宝玉，是希望宝玉能帮她买些东西，因为女孩子不能出门，只能托男孩子帮自己买东西，说明探春骨子里并不安分，是个心高气傲的女孩子。

“宝玉听说，便跟了他，离了钗、玉两个，到了一棵石榴树下。探春因说道：‘这几天老爷可曾叫你？’宝玉笑道：‘没有叫。’探春说：‘昨儿我恍惚听见说老爷叫你出去的。’宝玉笑道：‘那想是别人听错了，并没叫的。’探春又笑道：‘这几个月，我又存下有十来吊钱了。你还拿了去，明儿出门逛去的时候，或是好字画，好轻巧玩意儿，替我带些来。'”这是兄妹间的私密谈话，为什么要问老爷有没有叫你，因为老爸叫他一定是骂他不好好读书，只知道满街乱逛，探春叫宝玉帮她买外面的东西是违法的事，她担心万一老爸盯得很严的话，给宝玉添麻烦。知道没事，她才说我最近存了一些钱，你帮我代买些东西回来。贾家的女孩子每个月都有零用钱，可是她们吃穿用度都有人招呼，根本没机会花钱。

宝玉道："我这么城里城外、大廊大庙的逛，也没见过新奇精致东西，总不过是那些金玉铜器，没处搁的古董，再就是绸缎、吃食、衣服了。"贾家实在是太有钱了，家里什么东西都有，王熙凤随便摆在桌子上的就是件汝窑瓷器。所以他说外面那些东西有什么好玩的，哪里比得上自己家里的东西。探春道："谁要这些？怎么像你上回买的那柳枝儿编的小篮子，整竹子根镂的香盒儿，胶泥垛的风炉儿，这就好了。我喜欢的什么似的，谁知他们都爱上了，当宝贝似的抢了去了。"探春说她喜欢的是民间做的一些工艺品，那种民间最便宜的小玩意儿，有点像我们今天捏的面人、泥娃娃之类的东西。宝玉笑道："原来要这个。不值什么，拿五百钱出去给小子们，包管拉两车来。"探春根本不知道那些东西的贵贱，宝玉知道民间的这种东西便宜得不得了。探春道："小厮们知道什么。你拣那朴而不俗、直而不拙者，这些东西，你多多的替我带了来。我还像上回的鞋，做一双你穿，比那双还加工夫，如何呢？""朴而不俗、直而不拙"就是民间的那些朴素而不俗气、质朴又不做作的东西，《红楼梦》中对民间工艺有很多的赞美，认为其中有一种简朴的力量。

宝玉笑道："你提起鞋来，我想起个故事：那一回我穿着，可巧遇见了老爷，老爷就不受用，问是谁做的。我那里敢提'三妹妹'三个字，我就回说是前儿我生日，是舅母给的。老爷听了是舅母给的，才不好说什么的，半日还说：‘何苦来！虚耗人力，作践绫罗，做这样的东西。’”过去的大户人家，都要求孩子生活得朴素，绝不能把心思整天花在穿名牌上，大概探春给宝玉做的是缎子绣花那种很漂亮的鞋，老爸看了就不受用了，宝玉心好，对女孩子尤其好，只要碰到这类事情，一定是自己担当。

探春与母亲的冲突

“宝玉说：‘我回来告诉了袭人，袭人说这还罢了，赵姨娘气的抱怨的了不得：“正经兄弟，鞋搭拉、袜搭拉的，没人看的见，且做这些东西！”’探春听说，登时沉下脸来，道：‘这话糊涂到什么田地！怎么我是该做鞋的人么？环儿难道没有分例的，没有人的？一般的衣裳是衣裳，鞋袜是鞋袜，丫头老婆一屋子，怎么抱怨这些话！给谁听呢！我不过闲着没事，做一双半双，爱给那个哥哥兄弟，随我的心。谁敢管我不成！这有什么，他也气。’”也许大家听到赵姨娘抱怨探春不给自己亲弟弟做鞋而给宝玉做，我们也觉得不太像话，可是按过去的伦理，一个妾生了孩子，这个孩子是不能管妾叫妈妈的，你在伦理上还是下人。我们今天很难明白为什么探春要登时沉下脸来，她的逻辑是这样的：我不是天生给人家做鞋的人，贾环是少爷，鞋应该是丫头给他做。宝玉对我好，作为回报，做双鞋给他这是我愿意。宝玉听了，点头笑道：“你不知道，他心里自然又有个想头了。”赵姨娘的“想头”就是正庶的问题，她觉得探春是我生的孩子，干吗要对正房的宝玉那么好。“探春听说，益发动了气，将头一扭，说道：‘连你也糊涂了！他那想头自然是有的，不过是那阴微卑贱的见识。

他只管这么想，我只管认得老爷、太太两个人，别人我一概不管。就是姊妹弟兄跟前，谁和我好，我就和谁好，什么偏的庶的，我也不知道。'”探春认为这“想头”是非常狭隘的，“我只管认得老爷、太太”的意思是说她根本就没把赵姨娘当妈。探春和宝玉交往不是因为他是正房，而是因为喜欢宝玉这个人，至于正庶，她根本无所谓。探春后来选择了远嫁。在当时看来，女孩子远嫁是最悲惨的命运。但我却觉得探春也许有自己的想法，觉得自己一生最大的痛苦就是家庭，宁愿走得远一些。

《红楼梦》里很多叛逆的因素，是借着不同人物来表现的，前面的小红和现在的探春都在叛逆自己的身份。探春的表现被很多人解读成对亲妈不好，其实不是，她只是厌恶什么正啊、庶啊这些东西，喜欢以人对人。如果从人对人这个角度上讲，《红楼梦》真的是一本颠覆伦理的书。

这种颠覆尤其在探春身上表现得很明显，接下来是她对自己母亲的批评：“论理我不该说他，但忒昏愦的不像了！”一个亲生女儿这样说自己母亲的时候心里肯定是非常痛苦的，“还有笑话呢：就是上回我给你那钱，替我带那玩的东西。过了两天，他见了我，也是说没钱使，怎么难，我也不理论。谁知后来丫头们出去，他就抱怨起来，说我存的钱，为什么给你使，倒不给环儿使。我听见这话，又好笑又好气，就出来往太太跟前去了。”探春觉得这个妈妈竟然糊涂到这种程度，怎么想也该知道宝玉根本不会要这些钱，每次宝玉出去还把钱施舍给穷人、乞丐。母亲的见识太短，缺乏智慧来对事情做出恰切的判断，这才是探春最大的痛苦，她和母亲之间的冲突多因此而起。

送别青春的诗

“宝玉因不见了林黛玉”，大家应该注意到《红楼梦》里不管何时何地，宝玉随时都在注意黛玉。“便知他躲了别处去了，想了一想，越性迟两日，等他的气消一消，再去也罢了。”宝玉就想索性先别惹她，耐着性子再等两天，等她气消了再去找她。“因低头看见许多凤仙、石榴等各色落花，锦重重的落了一地。”主题回到落花上来了，春天将要过去，繁华不再，落花满地。宝玉之所以会看到落花，是因为他有落花般的心事，宝钗能看到的只是蝴蝶，是繁华。宝玉“因叹道：‘这是他心里生了气，也不收拾这花儿来了。待我送了去，明儿再问着他。’”这一段写得非常精彩，宝玉看到落花马上就想到黛玉，因为黛玉是这个园子里唯一会去扫落花来埋葬的人。整个园子里的落花全是黛玉的心事，而这个心事也只有宝玉能看到，宝钗根本参与不了这份感情，因为她的生命里没有这个部分。“说着，只见宝钗约着他们往外头去。宝玉道：‘我就来。’说毕，等他二人去远了，便把那花兜了起来。”大家记得吗？宝玉跟黛玉有一个共同的秘密，这个花园里有一个角落是他们一起葬花的花冢，花冢也是一个象征，他们一起埋葬的是他们最美好的青春。场景一步步地带出了宝玉跟黛玉的关系，宝玉“登山渡水，过树穿花，一直奔了那日同林黛玉葬桃花的去处来”。

“将已到了花冢，犹未转过山坡，只听山坡那边有呜咽之声，一行数落着，哭的好不伤感。宝玉心下想道：‘这不知是那房里的丫头，受了委屈，跑到这个地方来哭。’”宝玉心里永远有种对女孩子的疼惜和关心，听到有人哭得这么伤心，就猜是哪房的丫头受了委屈，一面想，一面停下脚步细听，听到那哭声里还有歌声，然后就听到了黛玉的《葬花词》。古代人真是蛮厉害的，一哭，就哭出了这么长一段《葬花词》，它成了这部文学名著里面最重要的部分。《葬花词》感动了很多人，我想那个感动是因为《葬花词》是一首送别青春的诗，每一个人在读它的时候，都会意识到自己生命里最美好的岁月，有一天也会像花一样凋谢。当所有人都在送别花神的时候，黛玉用这么长的一首《葬花词》，对送别青春这个主题，做了一个最完美的铺叙。古今中外很多艺术手段都利用了这个主题，绘画、戏曲，甚至民间艺术捏的面人里也会有“黛玉葬花”，那个景象变成了一个少女埋葬青春的最美的意象。

《葬花词》

我希望大家能够从《葬花词》里，感受到对青春美的呼唤。首先它的文辞就很美，第一句开始就给我们一个画面——“花谢花飞飞满天”，只七个字，就用了两次“花”、两次“飞”。如果我们从音乐的角度来看，同一个发音的重复会构成节奏，“花谢花飞”，花跟花之间隔了一个字，接下来飞跟飞是连在一起的，“花谢花飞飞满天”，你会发现节奏在加快。如果用镜头来表现的话，花瓣在飘落，接下来是风起，花瓣越飘越繁密。七个字里面有四个字是重复的，构成了很美的音韵和画面。作者一定真正感受过春天里的百花飘零，那一刻刹那之间与自己的生命经验构成了对话关系。这种对话超越了所谓的乐观、悲观，或者喜悦、悲哀，因为人在触到生命本质的时候，肯定是悲欣交集的。所以我一直不希望把《葬花词》引导到太过哀伤的情调里，那是小看了《葬花词》。

“花谢花飞飞满天，红消香断有谁怜？”颜色要消失了，香味要结束了，谁会去对它们心生怜悯？这是在提醒我们，所有的生命都会结束，可有人会对生命的结束有感觉吗？如果大家对生命的结束都没有怜惜，生命的意义又在哪里？“游丝软系飘春榭，落絮轻沾扑绣帘”，花谢的时候，空中会飘过一些细丝，就是古诗词里常常提到的花絮，就像大家看到的木槿花，花开过后会飘出一丝一丝的木槿絮。这说明林黛玉对无主飘飞的东西格外有感受。“闺中女儿惜春暮，愁绪满怀无释处”，闺房里年华正盛的少女，会惋惜春天的流逝，不知道该如何释放这样的愁绪，只好“手把花锄出绣闺”，这是一个画面，林黛玉拿着花锄，走出了绣房。“忍踏落花来复去”，“来复去”是形容动作，满地都是落花，不忍踩踏，所以要犹疑、徘徊着走。

“柳丝榆荚自芳菲，不管桃飘与李飞”，春夏之交，桃花、李花都飘谢了，可是柳会结丝，榆会结荚，它们不惋惜桃李的飘零，独自完成着属于自己的美好。“桃李明年能再发，明年闺中知有谁”，《葬花词》一开始就在暗示黛玉的死亡。花在明年还会再开，可闺中的少女还在不在就不知道了。黛玉对死亡一直有一个非常强的意识，所以这显然不是在悼花，而是在悼亡。“三月香巢已垒成，梁间燕子太无情”，燕子三月在梁下筑巢，可到季节转换的时候它就飞走了。“明年花发虽可啄，却不道人去梁空巢也倾”，这里流露的是黛玉身上的某种毁灭感，意思是所有生命到最后，都不过是“人去梁空巢也倾”的空幻。“一年三百六十日，风刀霜剑严相逼”，她用刀来形容风，用剑来形容霜，它们都在逼迫、摧毁着青春。“明媚鲜妍能几时，一朝飘泊难寻觅”，你的美到底能持续多久？一旦飘零就无论如何也找不回来了。“花开易见落难寻”，大部分的生命是只看到花开，看不到花落的。所以黛玉在这里讲“花开易见落难寻，阶前闷杀葬花人，独把花锄泪暗洒，洒上空枝见血痕”，实际上她一直认为花的鲜红跟她的血泪是一样的，花是生命，她也是生命；花凋零，她也凋零；花埋葬，她也埋葬。民间一直有“杜鹃啼血”的传说，所以《葬花词》里也把花枝、血痕、血泪连在一起。“杜鹃无语正黄昏，荷锄归去掩重门。青灯照壁人初睡，冷雨敲窗被未温。”这完全是黛玉的心境，寒冷、凄凉、寂寞、孤独，在黄昏把门关起来，昏暗的灯，冰冷的雨，寒凉的被。

“怪奴底事倍伤神，半为怜春半恼春”，好像在嗔怪这个女孩怎么这么容易感伤？她的感伤不只是可怜春天要过去了，也有点懊恼这个春天。“怜春忽至恼忽去，至又无言去未闻”，可怜春天怎么忽然来了，懊恼它怎么忽然又去了，其实在讲时间跟岁月，来的时候不声不响，走的时候了无痕迹。“昨宵庭外悲歌发，知是花魂与鸟魂”，昨天晚上听到整个的花园里全部都是悲伤的歌声，知道是花的魂和鸟的魂都在哭泣，因为春天就要走了。“花魂鸟魂总难留，鸟自无言花自羞”，这是在讲孤独，讲生命里的某种自我完成是其他生命无法理解的。“鸟自无言花自羞”是非常美的句子，完全贴合黛玉的心境。下面是在生命到了终结的时候的愿望，她把自己的生命比作春天的花来许愿：“愿奴胁下生双翼，随花飞到天尽头。”但愿我腋下可以生出翅膀来，能跟这些花一起飘到天涯海角。“天尽头，何处有香丘？”“香丘”是讲花冢，此处借指女人的坟墓，在天涯海角有没有一个能够埋葬我的坟冢？“未若锦囊收艳骨，一抔净土掩风流”，如果没有这个可以埋葬自己身体的地方，那就不如用锦囊把这些花收起来，“艳骨”是形容花的尸骨。“一抔净土”有不同的版本，有的是“一堆净土”，现在大部分是用“一抔”，不如用干干净净的一堆土把你生命里的所有的繁华全部掩埋。

“质本洁来还洁去，强如污淖陷渠沟”，此时，黛玉所有的心愿都出来了，生命本质上是干净的，干净地来，也得干净地去。读到这里，你一定会明白《葬花词》之所以动人，是因为它不只是在讲黛玉。我相信所有被《葬花词》感动的生命，内心都有一种对“干净”的坚持，因为人活在现实里一定有很多的妥协，有很多的牵连，甚至龌龊。可是在读《葬花词》的时候，刹那间会引发一个生命对没有任何牵连和纠缠的“干净”的向往，这才是《葬花词》真正动人的地方。“质本洁来还洁去”，总比掉到沟里面去被那些肮脏的东西污染要好多了。这是黛玉一直以来的心志，她宁可毁灭，也不要沾染人世间的肮脏。我们在旁边看着黛玉孤独痛苦，觉得不忍心，可是对她来说这是一种自我完成。如果用另外的方式让她去活，她是无法活下去的。

“尔今死去侬收葬，未卜侬身何日丧”，这个时候她开始跟花讲话了，这个“尔”是花，你现在死去我来收葬，我也不知道哪一天我会走掉，哀悼花也是在哀悼自己。“侬今葬花人笑痴”，我今天做葬花这种傻事，所有人都笑我，你现在如果在校园里面看到一个女孩在那边葬花，你大概还会骂她一顿，说她神经病。文学里面的生命跟现实里不一样，不信可以试试看，明天你到高雄去葬花，一定有很多人说你有病。可是我要说，所有伟大的文学都是神经病文学，文学里的生命如果没有这个“痴”就不会动人。为什么《葬花词》在《红楼梦》里面这么美，是因为现实和文学最大的不同是：所有在现实里不能做、不敢做的事情，在文学里都能变成非常美的东西。接下来是“他年葬侬知是谁”，那以后埋葬我的还不知是谁？对生命的最本质的警醒出现了，有谁会珍惜你的身体还是个干干净净的身体?《葬花词》让人碰触到很多东西，其中有对自己生命的眷恋，也有对身体上的洁净的坚持，归根结底就是怎样看待自己的生命。“试看春残花渐落，便是红颜老死时”，这好像在预告她自己的死亡，春天过去，百花谢完之时，也就是她容貌消失、红颜老死的时候。“一朝春尽红颜老，花落人亡两不知”，春天过完了，青春的生命也结束了，是花在落，也是人在凋零。

我想这首《葬花词》，大概是中国古典文学里面绝美的文字，《红楼梦》是一部伟大的小说，在小说里夹了一首最伟大的诗。有趣的是，它单独抽离出来的时候，你会觉得它是非常完整、唯美的一首诗。而这首诗里完全是生命里自我坚持的部分，有时候我们读西方的诗也会读到这样的东西，就是刹那之间对自己生命的珍惜、挽叹和感伤。

我想最后把这首诗从头到尾念一次，大家可以感受一下它的力量，也许它不需要那么多的解释：

花谢花飞飞满天，红消香断有谁怜?
游丝软系飘春榭，落絮轻沾扑绣帘。
闺中女儿惜春暮，愁绪满怀无释处，
手把花锄出绣闺，忍踏落花来复去。
柳丝榆荚自芳菲，不管桃飘与李飞。
桃李明年能再发，明年闺中知有谁?
三月香巢已垒成，梁间燕子太无情!
明年花发虽可啄，却不道人去梁空巢也倾。
一年三百六十日，风刀霜剑严相逼，

明媚鲜妍能几时，一朝飘泊难寻觅。
花开易见落难寻，阶前闷杀葬花人，
独把花锄泪暗洒，洒上空枝见血痕。
杜鹃无语正黄昏，荷锄归去掩重门。
青灯照壁人初睡，冷雨敲窗被未温。
怪奴底事倍伤神，半为怜春半恼春：
怜春忽至恼忽去，至又无言去未闻。
昨宵庭外悲歌发，知是花魂与鸟魂？
花魂鸟魂总难留，鸟自无言花自羞。
愿奴胁下生双翼，随花飞到天尽头。
天尽头，何处有香丘？
未若锦囊收艳骨，一抔净土掩风流。
质本洁来还洁去，强如污淖陷渠沟。
尔今死去侬收葬，未卜侬身何日丧？
侬今葬花人笑痴，他年葬侬知是谁？
试看春残花渐落，便是红颜老死时。
一朝春尽红颜老，花落人亡两不知！

“宝玉听了，不觉痴倒。”我想，所有人听了都要痴倒。

第二十八回

蒋玉菡情赠茜香罗

薛宝钗羞笼红麝串

爱恨交织的纠缠

二十七回里的宝钗扑蝶和黛玉葬花，是比较完整的对比，好的文学在高峰之后，总要有一个平缓地带，二十八回从头到尾都是琐事。

宝玉完全被黛玉的《葬花词》打动，他想，花在飘零，黛玉的花容月貌也有一天会消失，宝钗、袭人、香菱们也一样，当所有的青春都消失了，这个花园该属于谁？宝玉历来喜聚不喜散，《葬花词》让他体会到了生命的幻灭，也让他觉得黛玉真是他今生的知己，所以他千方百计地要跟黛玉说几句话。

宝玉和黛玉之间的情感，非常像十几岁中学生的初恋。在二十八回之后，有一段讲到“痴情女情重愈斟情”，“痴情女”就是林黛玉，我们常常说情感最深的人，恋人、夫妻，甚至亲子之间，是最会变着法子折磨对方的，否则就不叫亲人了。就是因为彼此的亲，他才要不断地证明，我在你心目中是不是跟其他的人不一样。常常听到朋友抱怨：他这个人在外面跟每个人都很好，又和蔼又慈祥，回到家里却对我吹胡子瞪眼。其实情最深的时候是一定会彼此折磨的。贾母常常骂宝玉跟黛玉：你们这两个小冤家！他们俩听到以后好高兴，他们从小在大家族里长大，不太知道民间的俚语，"冤家"的意思太好了，就是上一世欠了某人的，在这一世你必须得还他。常常会听到妈妈跟孩子说，我上辈子欠了你的，听起来有点责备、抱怨，其实更多的是开心。宝玉跟黛玉的纠缠，是典型的爱恨交织。

花落人亡两不知

"话说林黛玉只因昨夜晴雯不开门一事，错疑在宝玉身上。至次日又可巧遇见饯花之期，正是一腔无明正未发泄。"佛教里把人处于各种纠缠迷惑中，看不清事物本质的状态叫作无明。"又勾起伤春愁思，因把些残花落瓣去掩埋，由不得感花伤己，哭了几声，便随口念了几句。"黛玉一方面感伤花的凋零，一方面感伤自己生命的孤独，刚才我们读的《葬花词》是她随口念的，不想被山坡上的宝玉听到了。"先不过点头感叹，次后听到'侬今葬花人笑痴，他年葬侬知是谁'，'一朝春尽红颜老，花落人亡两不知'等句，不觉恸倒山坡之上，怀里兜的落花撒了一地。"宝玉忽然触到了生命里面最本质的哀伤。怀里兜着的花全散在了地上。"试想林黛玉的花颜月貌，将来亦到无可寻觅之时，宁不心碎肠断！既黛玉终归无可寻觅之时，推之于他人，如宝钗、香菱、袭人等，亦可以到无可寻觅之时矣。宝钗等终归无可寻觅之时，则自己又安在哉？且自身尚不知何在何往，则斯处、斯园、斯花、斯柳，又不知当属谁姓矣！"

如果你去翻自己中学时的日记，里面全是些类似的内容：追问自己从哪里来，要到哪里去，或者这个世界上少了我和多了我有什么差别。这其实是非常典型的青春感叹。我们凭吊古迹时也会有一种感伤，某处豪宅前后换过无数次主人，这其中领悟的是繁华到幻灭的短暂。有了这种领悟，就会对繁华有一种警惕和珍惜。一旦想到总有一天可能会改变，内心就不会再有执着。“因此一而二,二而三，反复推求了去”，宝玉就这样反复地推论所有的生命从繁华到幻灭的过程。“真不知此时此际欲为何等蠢物，杳无所知，逃大造，出尘网，使可解释这段悲伤。”觉得自己简直是个纠缠不清的蠢物。所谓“大造”、“尘网”，是讲宇宙、讲生命，要能够逃出造物主这个天罗地网，跳开所有名利欲望的纠缠，看清“色即是空”的本质，才能诠释这段悲伤。“正是：花影不离身左右，鸟声只在耳东西。”这是在说宝玉当时的心情，好像忽然在花影鸟声里有了很大的领悟。

“那林黛玉正自伤感，忽听山坡上也有悲声，心下想道：‘人人都笑我有些痴病，难道还有一个痴子不成？’”大家平常都笑她是一个傻子，春天花败了也要流泪，她就想这世上还有人跟我一样傻吗？“想着，抬头一看，见是宝玉。林黛玉看见，便道：‘啐！我当是谁，原来是这个狠心短命的……’刚说到‘短命’二字上，又把口掩住长叹了一声，自己抽身便走了。”这就是爱恨纠缠，明明所有的事情都是因为宝玉而发，她去葬花，唱《葬花词》，都跟宝玉有关。可是看到宝玉来了，说到“短命”的时候，她还是不忍心这样去诅咒自己真心爱着的人。

既有今日，何必当初

“这里宝玉悲恸了一会，忽抬头不见了黛玉，便知黛玉看见他躲开了。自己也觉无味，抖抖土起来，下山寻归旧路，往怡红院来。可巧看见林黛玉在前头走，连忙赶上去，说道：‘你且站住。我知你不理我，我只说一句话，从今以后撂开手。’”在座的朋友肯定都跟自己初恋的朋友讲过类似的话，说明自己已经绝望了。“林黛玉回头见是宝玉，待要不理他，听他说‘只说一句话，从此撂开手’，这话里有文章，少不得站住说道：‘有一句话，请说来。’”宝玉马上说，两句话你听不听？作者把宝玉的赖皮表达得非常到位，过了这个年龄就不会再这样死皮赖脸。

“黛玉听了，回头就走。宝玉在后面叹道：‘既有今日，何必当初！’”这八个字看似简单，实际上有说不尽的深情，黛玉一下子被这八个字揪住了心，“由不得站住，回头道：‘当初怎么样？今日怎么样？’”宝玉就说：当年你从江南来到我家，我们同桌子吃饭同床睡，我把心上的话对你说，心爱的东西由你挑，还怕丫头照顾不周到，亲自桩桩件件来照料，把你当成一母所生的同胞，“我心里想着：姊妹们从小儿长大，亲也罢，热也罢，和气到了头，才见得比人好。”他开始讲细节了，这些细节是两个人亲密的原因。宝玉回忆起这一切的时候，表面上有很多的抱怨，可内心深处却有一种幸福感。仿佛今生今世他就是要找到这个人，心才能笃定。如果没有这个人，他的整个人生是空虚的。“如今谁承望姑娘人大心大，不把我放在眼睛里，倒把外四路的什么宝姐姐、凤姐姐的放在心坎儿上，倒把我三日不理、四日不见的。”他刻意拉出了宝钗，这里也有宝玉的聪明，告诉她你不用嫉妒宝钗，她根本就是跟我们没有关系的“外四路”。

情这个东西如不深究，还真无法理解。常听人说我太太对宠物都那么好，怎么对我这么凶，其实，情本如此。《红楼梦》写情写到极深，我甚至担心这样的深情在今天是不是能被理解。眼下人们的情感越来越粗糙了，或者准确地说，大家对这样的深情缺乏耐心，以为寄张卡片、送盒巧克力就是情了，其实情到深处，就是理不清的爱恨交织。我觉得《红楼梦》其实要深读，应该读懂这种深情，才能知道人生在世，有这种深情是很美的。有些人会说：我不要这么麻烦。可是他一生到最后是会很空虚的，因为他缺少为之生、为之死的那份深爱。

宝玉说："我又没个亲兄弟、亲姊妹。虽然有两个，你难道不知道是和我隔母的？我也和你是独出，只怕同我的心一样。谁知我白操了这个心，弄的有冤无处诉！"说着，不觉滴下眼泪。宝玉一示弱，黛玉的心就软了，黛玉总觉得自己是个被遗弃的孤独者，如今宝玉说自己跟她一样孤独，她的内心就生出一种认同感。

"林黛玉耳内听了这说话，眼内见了这形景，心中不觉灰了大半，也不觉滴下泪来，低头不语。"两人对生命的孤独产生了共鸣。"宝玉见他这般形景，遂又说道：'我也知道我如今不好了，但只凭着怎么不好，万不敢在妹妹跟前有错处。便有一二分错处，你倒是或教导我，戒我下次；或骂我两句，打我两下，我都不灰心。'"在宝玉看来，对他最大的惩罚莫过于不理，黛玉却偏偏有事喜欢憋在心里，动不动就不理他，"谁知你总不理我，叫我摸不着头脑，少魂失魄，不知怎么样才是。就便死了，也是屈死鬼，任凭高僧高道忏悔也不能超生，还得你申明了缘故，我才得托生呢！"初恋的人都这样，一开口就是"死"。

"黛玉听了这话，不觉将昨晚的事都忘在九霄云外了。"其实两个人之所以闹这么大的别扭，就是因为黛玉一直不讲自己生气的原因。这时她才问："'你既这么说，昨儿为什么我去了，你不叫丫头开门？'宝玉诧异道：'这话从那里说起？我要是这么样，立刻就死了！'林黛玉啐道：'大清早死呀活的，也不忌讳。你说有呢就有，没有就没有，起什么誓呢。'"

此时黛玉的心结已经打开，不再怪宝玉了。“宝玉道：‘实在没有见你去。就是宝姐姐坐了一坐。’林黛玉想了一想，笑道：‘是了。想必是你的丫头们懒怠动，丧声歪气的，也是有的。’宝玉道：‘想必是这个原故。等我回去问了是谁，教训他们就好了。’林黛玉道：‘你的那些姑娘们也该教训教训！只是论理我不该说。今儿得罪了我的事小，倘或明儿宝姑娘来，什么贝姑娘来，也得罪了，事情岂不大了。’说着抿着嘴笑。宝玉听了，又是咬牙，又是笑。”你看，两个人一和好，黛玉就开始故意逗他了。表面上看是她又吃醋了，实际上她的心情好极了。

闲聊黛玉的药

“二人正说话，只见丫头来请吃饭，遂都往前头来了。”我在第一次、第二次看《红楼梦》的时候，觉得这一段完全可以删掉。最近才发现这场戏其实是最重要的，里面包含着宝钗不着痕迹的心机，透露了宝黛钗三个人之间的关系，细得不得了。“王夫人见林黛玉，因问道：‘大姑娘，你吃那鲍太医的药可好些？’”这是家常话，只是关心她的身体。“林黛玉道：‘也不过这么着。老太太还叫我吃王大夫的药呢。’宝玉道：‘太太不知道，林妹妹是内症，先天生的弱，所以禁不住一点儿风寒，不过吃两剂煎药，疏散了风寒，还是吃丸药的好。’”“内症”就是说不是急病，是需要调养的那种慢性病。注意，煎药跟丸药是不同的，煎药就是我们配了中药以后，用四分水煎到一分水然后喝的那个药，治的都是急病。丸药是调养用的，现在的中医没有古代那么讲究了。宝玉在妈妈面前很放松，一副生龙活虎的样子，加上黛玉刚刚跟他和好，所以他特别高兴，叽叽呱呱地讲起来没完。

“王夫人道：‘前儿大夫说了个丸药的名字，我也忘了。’宝玉道：‘我知道那些丸药，不过叫他吃什么人参养荣丸。’”人参养荣丸是一种用人参做“君药”的调养丸。在中药方里，分“君臣佐使”四等，“君药”是最主要的药，“臣药”是辅佐的药，后面“佐”、“使”的等级依此类推。“君臣佐使”按不同的分量配合，方配成一剂药。“王夫人道：‘不是。’宝玉道：‘八珍益母丸？左归？右归？再不，就是六味地黄丸。’”这个地方最好玩，宝玉多嘴得要命，急着给妈妈提醒，他念了一大串药名，王夫人都说不是。“王夫人道：‘我只记得有个“金刚”两个字的。’宝玉拍手笑道：‘从来没听见有个什么“金刚丸”。若有了“金刚丸”，自然有“菩萨散”了！’说的满屋里人都笑了。”大家可以想象一下宝玉的表情，在妈妈面前完全变成一个调皮的小孩。

宝玉被误解

“宝钗抿嘴笑道：‘想是天王补心丹。’”宝钗总是这样，不开口则已，一开口一定是对的。大概王夫人把天王搞成金刚了，宝钗真是聪明剔透到极点，她极冷静却又处处着意留心，很多与她无关的事她都记得，后来贾家所有的人都佩服她，王夫人也觉得这个女孩子做媳妇的话是最合适的。“王夫人笑道：‘是这个名儿。如今我也糊涂了。’宝玉道：‘太太倒不糊涂，都是叫“金刚”、“菩萨”支使糊涂了。’王夫人道：‘扯你娘的臊！又欠你老子捶你了。’宝玉笑道：‘我老子再不为这个捶我的。’”这一场戏非常有趣，完全是亲子关系之间的一些细节。

“王夫人又道：‘既有这个名儿，明儿就叫人买些来吃。’宝玉道：‘这些药都不中用的。太太给我三百六十两银子，我替妹妹配一料丸药，包管一料不完就好了。’王夫人道：‘放屁！什么药就这么贵？’”我们很少看到贵夫人讲这么粗的话，在跟自己儿子说的时候她却很自然。“宝玉笑道：‘当真的呢，我这个方子，比别的不同。那个药名儿也古怪，一时也说不尽。只讲那头胎紫河车，人形带叶参，三百六十两还不够。’”“紫河车”就是胎盘，现在人好像也流行吃胎盘，打胎盘素可以美容，“头胎”是第一胎；“人形带叶参”，人参长成人形是最贵重的，采的时候要带着叶子。只这两味药就已经够贵的了。还有“龟大的何首乌，千年松根茯苓胆，诸如此类的药，都不算为奇，只在群药里算。那为君的药，说起来唬人一跳。前儿薛大哥哥求了我一二年，我才给了他这方子。他拿了方子去，又寻了二三年，花了有上千的银子，才配成了。太太不信，只问宝姐姐。”

至此这场戏才入正戏，大家本来是在聊林黛玉吃的药，现在碰到了重点。宝钗听说，笑着摇手儿说：“我不知道，也没听见。你别叫姨妈问我。”其实这个时候我们并不怀疑宝钗，因为宝玉把方子给薛蟠，薛蟠去配药，宝钗不一定知道。可是你继续看下去，就有意思了。王夫人笑道：“到底是宝丫头，好孩子，不撒谎。”王夫人觉得这个药有点离奇，加上刚才宝玉一直在和她混闹，就认定是宝玉说谎。“宝玉站在当地，听见如此说，一回身把手一拍，说道：‘我说的倒是真话呢，倒说我撒谎。’口里说着，忽一回身，只见林黛玉坐在宝钗身后抿着嘴笑，用手指头在脸上画着羞他。”宝玉觉得很委屈，因为所有人都相信宝钗，连黛玉也是。可是接着跳出一个王熙凤，这场戏才有了结局。

宝钗的不自在

“凤姐因在里间房里看着人放桌子，听如此说，便走来笑道：‘宝兄弟不是撒谎，这倒是有的。上日薛大哥亲自来向我寻珍珠，我问他作什么，他说是配药。他还抱怨说，不配也罢，如今那里知道这么费事。我问他什么药，他说是宝兄弟的方子，’”原来宝玉讲的是真话，“‘说了多少药，我也没工夫听。他说不然我也买几颗珍珠了，只是定要头上戴过的，所以来和我寻。’”本来薛蟠去买珍珠也不是很难的事情，可是要的是头上戴过的珍珠，所以他只好来麻烦王熙凤。“‘他说：“妹妹就没散的，花儿上也得掐下来，过后儿我拣好的再给妹妹穿了来。”我没法儿，把两枝珠花儿现拆了给他。还要了一块三尺上用大红纱去，乳钵乳了，合面子呢。’”“乳钵”就是捣药用的白瓷钵子，要把珍珠捣成粉。“凤姐说一句，那宝玉念一句佛，说：‘太阳在屋子里呢！’”宝玉觉得总算有人帮他说话了。“凤姐说完了，宝玉又道：‘太太想，这不过是将就呢。正经按那方子，这珍珠宝石定要在古坟里的，有那古时富贵人家装裹的头面，拿了来才好。如今那里为这个去刨坟掘墓，所以只是活人戴过的，也可以使得。’王夫人道：‘阿弥陀佛，没当家花花的！就是坟里有这个，人家死了几百年，这会子翻尸盗骨的，作了药也不灵！’”王夫人是信佛的，认为为了治病去挖人家坟天理难容。

王熙凤证明宝玉没有说谎，并不说明宝钗一定知道这个事，作者很有趣，就是让人心里存一个怀疑，宝钗刚才说不知道，我们不会怀疑她存了心机，连黛玉也羞宝玉。现在知道宝玉没有说谎，我们依然不会怀疑宝钗。“宝玉向林黛玉说道：‘你听见了没有，难道二姐姐也跟着我撒谎不成？’脸望着林黛玉说话，却拿眼睛瞟着宝钗。”“拿眼瞟着宝钗”是有点怀疑，心说，奇怪，你怎么会不知道？“林黛玉便拉王夫人道：‘舅母听听，宝姐姐不替他圆谎，他支吾着我。’”她的意思是说因为宝钗说你说谎，我才羞你，你现在不去怪宝钗，倒来怪我。“王夫人也道：‘宝玉很会欺负你妹妹。’宝玉笑道：‘太太不知道这原故。宝姐姐先在家里住着，那薛大哥哥的事，他也不知道，何况如今在里头住着呢，自然是越发不知道了。林妹妹绕在背后，以为是我撒谎，就羞我。’”宝玉的这番话是在帮宝钗遮掩，说宝钗住在大观园里，薛蟠的事不知道也在情理之中。

“正说着，只见贾母房里的丫头找宝玉、林黛玉去吃饭。林黛玉也不叫宝玉，便起身拉了那丫头就走。”大家看得出来吗？黛玉又有心结了。

“宝玉道：‘我今儿还跟着太太吃罢。’”不细读，你不知道为什么宝玉不去吃饭，两个人都催他去跟贾母吃，他都不走，作者这里的暗示非常细，“王夫人道：‘罢，罢！我今儿吃斋，你正经吃你的去罢。’宝玉道：‘我也跟着吃斋。’说着，便叫那丫头‘去罢’，自己先跑到桌子上坐了。”这是第一次赶他，宝玉不肯走。“王夫人向宝钗等笑道：‘你们只管吃你们的，由他去罢。’宝钗因笑道：‘你正经去罢。吃不吃，陪着林妹妹走一趟，他心里打紧的不自在呢。’”读得懂这句话吗？宝钗看出林黛玉不高兴了，她有点尴尬。宝玉觉得宝钗是客人，不忍心、也不方便当面拆穿她。他留下来，是觉得心里真正不自在的是宝钗。宝钗劝宝玉去陪林黛玉，是为了掩饰自己的不自在。大家要多读几次，才读得出这其中关系的微妙。接下来，你发现这个药宝钗是知道的，才觉得有点儿可怕，宝钗到底为什么要说谎？在这件事情上她究竟要表现什么？这就是宝钗最深的心机，她是存心让宝玉出丑，也有点想让黛玉尴尬，因为话题是从黛玉的药引发的。

为了这件事，三个人之间有很多的心绪，作者非常精心地铺排了三个人之间的关系，但又完全不着痕迹，百分之九十的人读《红楼梦》都会漏了这段。

整个心记挂着黛玉

宝钗劝宝玉去陪黛玉，宝玉道："理他呢，过一会子就好了。""理他呢"三个字其实是随口说的，因为他知道真正不自在的是宝钗。可是《红楼梦》里面最有趣的是，所有话都会很快传到当事人的耳朵里。没有多久黛玉就知道了，这个"理他呢"就变成了吵架的由头。

"一时吃过饭，宝玉一则怕贾母记挂，二则也记挂着林黛玉，忙忙的要茶漱口。探春、惜春都笑道：'二哥哥，你成日家忙些什么？吃饭吃茶也是这么忙碌碌的。'"宝钗也看出来了，就明讲了："你叫他快吃了瞧黛玉妹妹去罢，叫他在这里胡羼些什么。"三个人在斗心机，斗的起源是宝钗，所以她有点心虚。

"宝玉吃了茶，便出来，一直往西院来。"刚好就碰到了王熙凤，"只见凤姐站着，蹬着门槛子，拿耳挖子剔牙，看着十来个小厮们挪花盆呢。"如果拍电影我一定要拍这一段，这个画面非常鲜活，凤姐的样子呼之欲出，作为一个女性，她根本不在意什么优雅、秀气，一边剔牙一边指挥着用人们搬东西。《红楼梦》里面第一精彩的是语言，第二个就是画面，即对动作的描绘。"凤姐站着，蹬着门槛，拿着耳挖子剔牙"，多简单的句子，但传神极了。

“见宝玉来了，笑道：‘你来的好。进来，进来，替我写几个字儿。’”王熙凤不识字，可是常常要收礼、上账，就得别人帮她写。“宝玉只得跟了进来。到了房里，凤姐命人取过笔、砚、纸来，向宝玉道：‘大红妆缎四十匹，蟒缎四十匹，上用纱各色一百匹，金项圈四个。’宝玉道：‘这算什么？又不是帐，又不是礼物，怎么个写法？’凤姐儿道：‘你只管写上，横竖我自己明白就罢了。’宝玉听说，只得写了。”注意，东西都很高档，“上用纱”、“蟒缎”都是皇宫里用的最好的纺织品，还加上四个金项圈。王熙凤到底也没有讲清楚是账还是礼，她存私房钱，又收贿赂。可作为一个媳妇管家，你的东西要不是账，就是送出去的礼，不可能有自己的私藏。作者在这里没有明讲，宝玉是个傻了吧唧的人，他根本不会多心，也不会问这些事情。

“凤姐一面收起来，一面笑道：‘还有句话告诉你，不知你依不依？你屋里有个丫头叫红玉的，我要叫来使唤，也总没得说，今见你才想起来。明儿我再替你挑几个，可使得？’宝玉道：‘我屋里的人也多的很，姐姐喜欢谁，只管叫了来，何必问我！’凤姐笑道：‘既这么着，我就叫人带他去了。’宝玉道：‘只管带去。’说着，便要走。凤姐儿道：‘你回来，我还有一句话呢。’宝玉道：‘老太太叫我呢，有话等我回来罢。’”宝玉心里很急，就假说贾母叫我，其实他是急着去看林黛玉，黛玉生气了，可是当时他觉得最该做的是留下来陪宝钗。我们要充分了解宝玉的个性，才能体会到他的两难，他也不是只想对宝钗好，只是觉得在那样的情境里，宝钗更需要人去担待。宝钗聪明得不得了，全看明白了，所以一直催他去陪黛玉。

“说着，便来至贾母这边，只见都已吃完饭了。贾母因问他：‘跟着你娘吃了什么好的？’宝玉笑道：‘也没什么好的，我倒多吃了一碗饭。’因问：‘林妹妹在那里？’贾母道：‘里头屋里呢。’”你有没有发现？他要找的一直就是黛玉，大家一定要注意作者对深情的那种细腻的描绘，林黛玉不管到哪里，宝玉的心都跟着她。

宝钗的说谎被拆穿

“宝玉进来，只见地下一个丫头吹熨斗”，大家有没有见过古代的熨斗？就是一个铁或铜做的斗，里面放上烧红的木炭，熨衣服之前把火星吹掉。“炕上两个丫头打粉线”，“粉线”就是裁衣服之前在布上画的线。“黛玉弯着腰，拿着剪子裁什么呢。宝玉走进来笑道：‘哦！这是作什么呢？才吃了饭，这么空着头，一会子又头疼了。’黛玉并不理，只管裁他的。”他们刚刚和好了去吃的饭，在吃饭的时候又闹上别扭了。接下来的这几回里面，他俩就一直这样一会儿好，一会儿恼的，这就是最亲的人之间的计较。“有一个丫头说道：‘那块绸子角儿还不好呢，再熨他一熨。’黛玉便把剪子一撂，说道：‘理他呢，过一会子就好了。’”她重复的是宝玉刚才冷落她的话，任何一句无关紧要的话，在彼此爱着的人那里都会变得至关重要。人生在世，一定要跟一个人有过这样的计较，不然的话，会很无趣。“宝玉听了，只是纳闷。”

“只见宝钗、探春等也来了，和贾母说了一会话。宝钗也进来问：‘林妹妹作什么呢？’因林黛玉裁剪，因笑道：‘越发能干了，连裁剪都会了。’黛玉笑道：‘这也不过是撒谎哄人罢了。’”这是直接在说宝钗，很多人都认为黛玉刻薄，但在黛玉看来宝钗没有担当，干吗要撒谎？“宝钗笑道：

‘我告诉你个笑话儿：才刚为那个药，我说了个不知道，宝兄弟心里不受用了。’林黛玉道：‘理他呢，过一会子就好了。’”又把这句话搬出来了。以后不妨注意一下，如果你的男朋友、女朋友一直在重复讲某句话，一定有原因，你最好把那句话搞清楚。“宝玉向宝钗道：‘老太太要抹骨牌，正没人，你抹骨牌去罢！’”宝玉要跟黛玉说心里话，不希望宝钗在场，就支使宝钗去抹骨牌，宝钗笑道：“我是为抹那骨牌才来了？”说着便走了。其实宝钗此时很受伤，觉得自己是多余的。这是唯一一次宝钗的说谎被拆穿，平常我们都看不出来，她自己也有点儿难堪，一直想找机会解释，可宝玉却要赶她走。

三人心事的纠缠

宝钗被赶走了以后，“林黛玉道：‘你倒是去罢，这里有老虎，看吃了你！’说着又裁。宝玉见他不理，只得还赔笑说道：‘你也出去逛逛，再裁不迟。’”意思是你刚吃饱饭，不要窝在那里。“林黛玉总不理。宝玉便问丫头们：‘这是谁叫裁的？’林黛玉见问丫头们，便说道：‘凭他谁叫我裁，也不干二爷的事！’”说你怎么管这么多，这是我自己要做，关你什么事？“宝玉方欲说话，只见有人进来回说‘外头有人请’。宝玉听了，忙抽身出来。黛玉向外头说道：‘阿弥陀佛！赶你回来，我死了也罢了。’”两个人又吵起来了，这一段，把三个人的关系讲得非常微妙，三个人之间的纠结是打不开的，作者也没有想打开。到下半回的时候，他就把故事转到薛蟠带宝玉去听戏喝酒了。

薛蟠与宝玉的对比

薛蟠在《红楼梦》里是个很有趣的角色，他会为了争一个女孩子打死人，然后扬长而去，他从小受宠，家里又有势力，所以就算闹到天翻地覆，也没有什么事是不能了的。虽然是薛宝钗的哥哥，可是他跟宝钗有天壤之别，不学无术，专门请家教都没有用。可你说他真有多坏，大概也不是。作者并没有刻意地嘲讽他，只是在拿他和宝玉做对比，薛蟠常常把人和人的关系变成一种很简单的占有和欲望，他觉得哪个女孩子很漂亮，就要据为己有；觉得柳湘莲很好看，就去追人家。相反，宝玉则一直在情里面纠缠。也许这不是好坏的问题，只是个性使然。你让宝玉如此简单地去爱一个人，他肯定不会，在他看来，情感本来就是复杂的；对薛蟠来讲，就觉得好麻烦，想要的话几两银子买来就完了。

下面我们就看到宝玉、薛蟠、冯紫英、锦香院的妓女云儿和戏子蒋玉菡一起喝酒行酒令的故事。其中记录了清代的贵族公子哥的生活场景。值得注意的是，冯紫英、宝玉、薛蟠都是十几岁的男孩子，都是世家子弟，约好了大家开车去好好玩一玩，摆了酒宴，还找了戏子和妓女来陪酒，这种风气自古时候到现在都有。但即使在这样的风月场上，宝玉也还是有情的，他认为只要是人的游戏，就要有一定的格调，而不能堕落到只有肉体的欲望。

汗巾子的情缘

过去的所谓演艺界人士，是常常被富贵人家包养的。他本身是社会上很卑微的角色，但是因为他的长相、唱腔、身段漂亮可能就会被包养。蒋玉菡是男性，在舞台上反串旦角。当时的戏班不能男女混杂，所以有的全部是男性，旦角也由男性来扮演。民国初年的四大名旦——梅兰芳、程砚秋、荀慧生、尚小云都是男的。

宝玉一直没有确定自己喜欢男性还是女性，十几岁的男孩子的性别感觉处于非常暧昧的阶段，他可能只是喜欢一个人，跟性别关系不大。碰到蒋玉菡，彼此都喜欢对方，就有一点眉来眼去，然后就离席了，还互相换了汗巾子。汗巾子是古代系裤子的腰带，我们今天很难理解喜欢谁，就跟谁换腰带这样的事。宝玉当天醉了酒，回家后就糊里糊涂地睡了，袭人侍奉他，看到了新汗巾子，就说你怎么把我的汗巾子给了别人？宝玉才想起他把袭人的汗巾子给了蒋玉菡，他就把蒋玉菡的汗巾子给了袭人。不料这却成就了两人的姻缘，袭人出了贾府后嫁的人就是蒋玉菡。直到新婚之夜，两人才认出那两条汗巾子。这当然是在讲缘分。第五回里面说的“堪羡优伶有福，谁知公子无缘”，“公子”就是宝玉，宝玉一直觉得袭人是他的人，结果竟无缘，“堪羡优伶有福”，“优伶”就是演戏的人，讲的是蒋玉菡。

我们常常觉得现在小孩子的关系很复杂，其实古代也不简单。像黛玉、宝钗她们一辈子出不了大观园也就罢了，可是在外头，像锦香院的云儿、唱戏的琪官，常常是这家包养一阵，那家包养一阵。戏子的社会地位一直不高，而且在某种意义上可以说他们是高级的性职业者。

贵族生活的欢场

这天他们几个人聚在一起，有妓女和戏子在场。如果宝玉不在的话，可能很快就胡闹起来了，因为对薛蟠他们来说，欢场本就是可以乱来的地方。宝玉身上的教养，或者他对情的不一样的看法，对他们是个限制。大家都见过，彼此介绍过，就开始吃茶。宝玉拿起茶杯就对冯紫英说："前儿所言幸与不幸之事，我昼悬夜想，今日一闻呼唤即至。"因为冯紫英上一次不肯留下来跟他们一起吃饭，说自己跟父亲出去打猎，大不幸之中又有大幸，所以大家都很好奇，一定让他说出不幸之幸是什么？冯紫英就说隔几天我会还请一席，到时候再告诉你们，宝玉就一直惦记着此事。"冯紫英笑道：'你们令姑表弟兄倒都心实。前日不过是我的设辞，诚心请你们一饮，恐又推托，故说下这句话。今日一邀即至，谁知都信真了。'说毕，大家一笑。然后摆上酒来，依次坐定。冯紫英先命唱曲儿的小厮过来让酒，然后命云儿也来敬。"

"那薛蟠三杯下肚，不觉忘了情"，薛蟠一定是这样的角色，在当今社会这种情况也不少见。可能因为你的教养、身份，不太容易碰到这样的场所，其实台北的大街小巷都有这样的地方。显然《红楼梦》的作者熟悉贵族生活的欢场。像薛蟠这种生意人，每逢谈生意大概总要请几个妓女摆酒。"拉着云儿的手，笑道：'你把那梯己新样儿的曲子唱个我听，我吃一坛如何？'云儿听说，只得拿起琵琶来，唱道：'两个冤家，都难丢下，想着你来又记挂着他。两个人形容俊俏，都难描画。想昨宵幽期私订在荼蘼架，一个偷情，一个寻拿，拿住了三曹对案，我也无回话。'"

这很重要，《红楼梦》记录了当年的流行歌曲，我们读清朝的历史怎么读也读不到，可是小说里会有。看到歌词你会吓一跳，内容和通俗程度竟然跟今天的流行歌曲差不多，完全适合现在的综艺节目。"两个冤家，都难丢下，想着你来又记挂着他"，一出口就是妓女的东西，只有妓女才觉得他也是出钱的大爷，你也是出钱的大爷，我夹在中间该怎么办？妓女的歌其实是当时流行歌曲的主流，完全是白话，白话文本来就是从坊间而不是从学院开始的。“两个人形容俊俏，都难描画，想昨宵幽期私订在荼蘼架”，这里面大概只有“荼蘼架”如今少见，荼蘼是一种藤蔓植物，是春天里最后才开的花，所以我们常常讲“开到荼蘼春事了”，其实这里你把“荼蘼架”改成“麦当劳”也无妨。“一个偷情，一个寻拿”，妓女的歌是特别懂调情的，就是爱她人很多。“拿住了三曹对案，我也无回话”，“三曹对案”是讲法律里面原告、被告跟法官当场对质，这里多少在讲妓女的委屈和难为，因为她本来就是做这个行业的，所以常常有情感的纠葛。

“唱毕，笑道：‘你喝一坛子罢了。’薛蟠听说，笑道：‘不值一坛，再唱好的来。’”这就是地道的酒客语言，说还不够好，不值得喝一坛。

《红豆词》

宝玉就笑了，他觉得这样滥喝、胡闹没有什么意思。他说：“如此滥饮，易醉而无味。我先喝一大海，发一新令，有不遵者，连罚十大海，逐出席外与人斟酒。”他的意思是说我们行酒令吧！行酒令是很优雅的、比较有文化的东西，明清时期比较流行，像陈洪绶这样的大画家都画过水浒人物的酒令牌。“冯紫英、蒋玉菡等都道：‘有理，有理。’宝玉拿起海来，一气饮尽，说道：‘如今要说悲、愁、喜、乐四字，都要说出女儿来，还要注明这四字原故。’”悲、愁、喜、乐是人的四种情绪，还要说出女儿为什么会哀伤，为什么会发愁，为什么高兴，为什么快乐。宝玉人在欢场，想的却是女儿的心思。“说完了，饮门杯。酒面要唱一个新鲜时样曲子，酒底要席上生风一样东西，或古诗、旧对、《四书》、《五经》、成语。”“饮门杯”就是把眼前的这杯酒喝完。酒面上要唱现在流行的一首歌，“席上生风一样东西”，就是你要在鸡鸭或鱼肉或各种水果中点出一种，念一句诗。对这事最头痛的就是薛蟠，所以“薛蟠未等说完，先站起来拦道：‘我不来，别算我。这竟是捉弄我呢！’”意思是说我根本没读几天书，你们又不是不知道，你干吗玩这么深的游戏。“云儿也站起来，推他坐下，笑道：‘怕什么？这还亏你天天吃酒呢，难道连我也不如！我回来还说呢。说是了，罢；不是了，不过罚上几杯，那里就醉死了。你如今一乱令，倒喝十大海，下去斟酒不成？’”

虽然是风月场，可是每一个人唱的，也还都是自己的心情。“听宝玉说道：‘女儿悲，青春已大守空闺。女儿愁，悔教夫婿觅封侯。’”本来她一直督促丈夫去做公侯，结果身边再也没有人陪伴了。“女儿喜，对镜晨妆颜色美。”早上起来化妆，觉得自己长得很美。“女儿乐，秋千架上春衫薄。”春天来了，换了薄薄的春装在荡秋千。宝玉的四种情绪都很高雅，可见即使是欢场，也有不同的品位和格调。

大家听了，都说有道理，只有薛蟠就扬着脸摇头说：“不好，该罚！”大家说为什么该罚，薛蟠说：“他唱的我通不懂，怎么不该罚？”他对所有的典故都不了解。云儿就拧他一把，笑道：“你悄悄的想你的罢。回来说不出，又该罚了。”云儿拿起琵琶，宝玉就唱了大家最熟悉的那首《红豆词》：“滴不尽相思血泪抛红豆，开不完春柳春花满画楼，睡不稳纱窗风雨黄昏后，忘不了新愁与旧愁，咽不下玉粒金莼噎满喉，照不见菱花镜里形容瘦。展不开的眉头，捱不明的更漏。呀！恰便似遮不住的青山隐隐，流不断的绿水悠悠。”宝玉人在欢场，心系黛玉，这首《红豆词》，唱的其实是黛玉愁绪。

“唱完，大家齐声喝彩，薛蟠说无板。宝玉饮了门杯，便拈起一片梨来，说道：‘雨打梨花深闭门。’”“雨打梨花深闭门”是一句诗，这种酒令很难，你桌子上有什么菜，你就要把那个菜或水果的字放到诗里去。不用说，薛蟠还是听不懂。

酒楼行酒令

下面轮到冯紫英了，冯紫英是神武将军的孩子，大概也读过一点书，还算有格调，可是他的歌跟宝玉差别很大：“‘女儿悲，儿夫染病在垂危。女儿愁，大风吹倒梳妆楼。女儿喜，头胎养了双生子。女儿乐，私向花园掏蟋蟀。’说毕，端起酒来，唱道：‘你是个可人，你是个多情，你是个刁钻古怪鬼灵精，你是个神仙也不灵。我说的话儿你全不信，只叫你去背地里细打听，才知道我疼你不疼！’”这是距今三百年的流行歌曲，好像现在也常常听到这样的歌词，流行歌本身有一种民间游戏的喜乐，它捕捉到的情感是很通俗的。相比之下，宝玉的《红豆词》格调就比较高，可一般人不太容易懂。“唱完，饮了门杯，便拈起一片鸡肉，说道：‘鸡声茅店月。’”还是蛮厉害的，换我们夹了一块鸡还要想半天哪一首诗里有鸡，大概很难这么快就想出来。“鸡声茅店月”出自温庭筠的诗句：“鸡声茅店月，人迹板桥霜。”意思是说住在荒村野店，月亮还没有完全落下去，可是鸡已经叫了，天要亮了。我曾跟我的学生说，假如我们现在到卡拉OK去玩这种东西，肯定被骂死了，说不定要被打出来。

轮到云儿了，过去的妓女其实是要有点文化的，因为常要陪酒，碰到的客人有可能是宝玉这种人。“云儿便说道：‘女儿悲，将来终身指靠谁？’”这是在讲她自己的身世，因为妓女常常会觉得，如果最终找不到一个好的依靠，这一辈子该怎么办？“薛蟠叹道：‘我的儿，有你薛大爷在，你怕什么！’”这完全是嫖客跟妓女的关系。我在台湾曾被人家“抓”到酒廊，碰到过完全相同的场景，当时我突然想到了薛蟠，酒色文化大概数千年来一直就是这个样子。“云儿又道：‘女儿愁，妈妈打骂何时休！’”妓女其实最悲惨，就是妓院的老鸨常常要打她、骂她。“薛蟠道：‘前儿我见了你妈，还吩咐他，不叫他打你呢。’众人都道：‘再多言者，罚酒十杯。’薛蟠连忙自己打了一个嘴巴子，说道：‘没耳性，再不许说了。’”一个好色酒客的形态一下子活灵活现。

“云儿又道：‘女儿喜，情郎不舍还家里。女儿乐，住了箫管弄弦索。’说完，便唱道：‘豆蔻开花三月三，一个虫儿往里钻。钻了半日不得进去，爬到花儿上打秋千。肉儿小心肝，我不开了你怎么钻？’”注意，这完全是妓女挑逗嫖客的歌，完全是在讲性。作者能把《葬花词》写得那么优雅，写到酒楼文化时竟能如此游刃有余。我前面提到过，如果你生活太单纯，写小说就只能写个小圈子，《红楼梦》里把三教九流全写到了。《红楼梦》是一部完整的社会史，它能让你看到当时社会各个行业、各个层次的人的生活。将来我们要想研究现在的历史，恐怕很难找到这么完整的资料。作者在写这一切的时候，没有任何褒贬，他只是如实记录、呈现。告诉你这个社会里有这样一群人，有这样一种生活。现在写的就是云儿自身的感觉，很调情的东西。“唱毕，饮了门杯，便拈起一个桃子说：‘桃之夭夭。’”你看，她没有读多少书，却知道《诗经》里的“桃之夭夭”，所以才骂薛蟠没出息。

不学无术的薛蟠

下面就该轮到薛蟠了。“薛蟠道：‘我可要说了：女儿悲——’说了半日，不言语了。冯紫英道：‘快说来！怎么悲。’薛蟠急的眼瞪的铃铛似的，便说道：‘女儿悲——’咳嗽了两声，又说道：‘女儿悲，嫁了个大乌龟。’”终于押韵了！作者真是了不起，我们很难想象一个写《葬花词》的人，写酒色文化竟能写到这么粗俗。“众人听了都笑起来。薛蟠道：‘笑什么，难道我说的不是？一个女儿嫁了汉子，要当忘八，怎么不伤心呢？’众人笑的弯腰，忙说道：‘你说的是，快说来！’薛蟠瞪了一瞪眼，又说道：‘女儿愁——’说了这句，又不言语了。众人道：‘怎么愁？’薛蟠道：‘女儿愁，绣房撺出个大马猴。’”作者用了很多文字形容薛蟠的表情，薛蟠在很多改编的《红楼梦》的电影、电视里都被处理成丑角，其实这种处理并不恰当，如今在我们身边并不难找到这样的人。你只要到酒廊坐一会，大概就能看到十几个薛蟠。他们只是那种比较简单的人，欲望、情欲都很直接，丑或坏都不足以评价他们。

“众人哈哈笑道：‘该罚，该罚！这句更不通，先还可恕。’说着，便要筛酒。宝玉笑道：‘押韵就好。’薛蟠道：‘令官都准了，你们闹什么？’”古代行酒令有一个令官，该不该罚是由他来决定。宝玉很厚道，觉得这样已经难为他了，至少他还押韵。“众人听说，方罢了。云儿笑道：‘下两句越发难说了，我替你说罢。’薛蟠道：‘胡说！当真我没好的了！听我说罢：女儿喜，洞房花烛朝慵起。’众人听了，都诧异道：‘这句何其太韵？’”

作者真是厉害，本来薛蟠一嘴的大乌龟、大马猴，忽然冒出一句特别美的东西，这才是高手的力道，如果一味地把薛蟠写成丑角，你一定会起厌恶之心。可是薛蟠的这句“女儿喜，洞房花烛朝慵起”棒极了，就是女儿开心，是因为早晨很慵懒地爬起来，新婚的花烛还在烧。所有人都惊呆了，他竟然讲出了一句如此古雅的句子。“薛蟠又道：‘女儿乐，一根𣰆𣯽往里戳。’”刚优雅完，他就又来了一句粗话。就是这样一个逗趣的角色，《红楼梦》如果拿掉薛蟠，就会少很多东西。

我觉得写得最好的是第三句和第四句，你刚觉得这个人粗俗得不可救药，他就来一个优雅得不得了，你才觉得这个人怎么那么优雅，他那里最黄的段子又出来了。“众人听了，都回头说道：‘该死，该死！快唱了罢。’”那时候的酒楼文化大概还好，旁边还会有人骂该死该死这些语言。在如今的酒廊里，一个晚上可能会听到几百次。“薛蟠便唱道：‘一个蚊子哼哼哼。’众人都怔了，说：‘这是个什么曲儿？’薛蟠还唱道：‘两个苍蝇嗡嗡嗡。’”那个时候如果真没有这种歌的话，作者就更了不起了，他能创造出这么一首薛蟠这种人才会唱的歌，一看就是个生活里面丝毫没有艺术、也没有美的人。“众人都道：‘罢，罢，罢！’薛蟠道：‘爱听不听！这是新鲜曲儿，叫作哼哼韵。你们要懒怠听，连酒底都免了，我就不唱。’众人都道：‘免了罢，免了罢，倒别耽误了别人家。’”薛蟠就这样赖过去了，因为他完全没有读过诗词这类东西。下面就轮到了蒋玉菡。

蒋玉菡的酒令

“于是蒋玉菡说道：‘女儿悲，丈夫一去不回归。女儿愁，无钱去打桂花油。女儿喜，灯花并头结双蕊。女儿乐，夫唱妇随真和合。'”过去的戏子其实文化水平很高，他们从小就进行音韵跟文学的训练，绝对不能小看戏子，以他们所受的训练，今天大概都可以到中文研究所去工作了，他们对曲牌、词牌这些东西特别在行。“说毕，唱道：‘可喜你天生成百媚娇，恰便似活神仙离碧霄。度青春，年正小，配鸾凤，真也着。呀！看天河正高，听谯楼鼓敲，剔银灯同入鸳衾梢。'”酒楼上的歌，从《红豆词》开始，全部跟情有关，只是这情差别很大。云儿的歌词比较倾向于情欲；宝玉是纯粹把情提升出来；蒋玉菡的情跟欲是纠缠在一起的。一个女子千娇百媚，他追求她，最后配成一对了。其中情的暗示多，欲的暗示少。作者这里分了几个不同的层次，下面就引发出一个很重要的姻缘跟宿命。他唱完了以后，就干了酒吃了门杯，拿起一朵木樨，就是桂花，说：“花气袭人知昼暖。”

蒋玉菡不知道，可是读者都知道袭人。作者是在讲人不可知的命运，蒋玉菡无意间拿起那朵花，桂花的香味一阵一阵袭来，所以他就念出了袭人的名字，他自己完全不知道。可见，《红楼梦》里也有一些神秘因素，是在讲因果和姻缘。

众人倒都依了，完令。可这个时候薛蟠跳了起来。如果不是薛蟠，不会揭穿这件事情，薛蟠就“喧嚷道：‘了不得，了不得！该罚，该罚！这席上并没有宝贝，你怎么念起宝贝来？'”薛蟠知道袭人是宝玉身边最得力的丫头，就故意逗蒋玉菡，这个宝贝不在这里，你为什么要念她的名字，“蒋玉菡怔了，说道：‘何曾有宝贝？’薛蟠道：‘你还赖呢！你再念来。’蒋玉菡只得又念了一遍。薛蟠道：‘袭人可不是宝贝是什么！你们不信，只问他。'”宝玉有点不好意思，女孩子的名字在大庭广众是不太合适说的。可是薛蟠这样一闹，他只好说了实情。“说：‘薛大哥，你该罚多少？’薛蟠道：‘该罚，该罚！’说着拿起酒来，一饮而尽。冯紫英与蒋玉菡等不知原故，云儿便告诉了出来。”云儿大概也是跟这些人常常来往，不然她怎么知道宝玉丫头的名字。“蒋玉菡忙起身陪罪。众人都道：‘不知者不作罪。’”古代随便叫大户人家女孩子的名字是不礼貌的，蒋玉菡才赶快站起来赔罪。

蒋玉菡情赠茜香罗

所以下面这一段戏很有趣，宝玉出席解手，蒋玉菡也跟了出来。这两个男孩子，本来就很想说话，又觉得在席上不方便，就借口上厕所出来了。“二人站在廊檐下，蒋玉菡又陪不是。宝玉见他妩媚温柔，心中十分留恋。”这种形容非常特别，《红楼梦》里面的性别意识，跟我们现在社会的性别意识非常不同。蒋玉菡是唱戏的男孩儿，又反串小旦，长相一定漂亮，而且动作、眼神都很动人，宝玉完全被吸引住了。“便紧紧的捏着他的手，叫他：‘闲了往我们那里去。’”这都不是性的描绘，对宝玉来说美很重要。“还有一句话借问，你们贵班中，有一个叫琪官的，他在那里？如今名驰天下，我独无缘一见。”富家少爷们在一起常议论，最近某某戏班某人唱得极好，长相极漂亮，琪官这个名字在当时的公子哥里已经传开了。就像我们今天的某歌手，已经成了偶像。

“蒋玉菡笑道：‘就是我的小名儿。’宝玉听说，不觉欣然跌足，笑道：‘有幸，有幸！果然名不虚传。今儿初会，便怎么样呢？’”宝玉很高兴，有幸见到这么重要的一个歌手。第一次见面，总要有个礼物，宝玉“想了一想，向袖中取出扇子，将一个玉玦扇坠解下来，递与琪官，道：'微物不堪，略表今日之谊。'琪官接了，笑道：'无功受禄，何以克当！也罢，我这里得了一件奇物，今日早起方系上，还是簇新的，聊可表我一点亲热之意。'说毕撩衣，将系小衣儿一条大红汗巾子解了下来"，以前的人真好玩，外面衣服穿得蛮素，里面却是鲜艳的大红。刚才讲过汗巾子基本上是系内裤的，很长，能坠下来露在衣服下摆外面，那种大红露出一点点，很漂亮。夏天热的时候，还可以用它擦汗。

蒋玉菡把汗巾子"递与宝玉，道：'这汗巾子是茜香国女国王所贡之物，夏天系着，肌肤生香，不生汗渍。昨日北静王给我的，今日才上身。'"这个汗巾子很特别，是北静王送的。可见北静王和琪官的关系也非同一般，普通人之间不会送这么贴身的东西。后来因为这条汗巾子，宝玉差点被他爸爸打死，因为忠顺王府到贾家来找人，说琪官是他们包养的。他爸爸简直气疯了，说你竟然在外面包养戏子。一条汗巾子竟牵扯到好几个王，其实大家都白忙了一场，最后琪官跟袭人结婚了。可见这些戏子也是逢场作戏，被包养是他们求生的一种手段。注意下面："'若是别人，我断不肯相赠。二爷请把自己系的解下来，给我系着。'宝玉听说，喜不自禁，连忙接了，将自己一条松花汗巾解了下来，递与琪官。"交换贴身之物，是清代贵族的一种习气，如今隔了几百年，变得非常难以理解。

我想大家一定了解信物的意义，每一个时代都有属于那个时代的信物。记得我在小学的时候买一颗话梅，跟最要好的同学说，你先啜两口。然后放起来，看到另一个关系很好的同学，再说，你也啜两口。那个时候根本没有性别的感觉，男生女生都一样，只有跟你好的和不好的。如今隔了时代往回看，真的很难理解，甚至会觉得好恐怖。就像宝玉和蒋玉菡这两个男孩子，站在走廊里换腰带，你也觉得蛮奇怪的，其实那就是他们感觉彼此很亲的一个仪式。

“二人方束好，只听一声大叫：‘我可拿住了！’”薛蟠大概在旁边已经看了半天了，直到两个人在那边换裤带了，才“跳了出来，拉着二人道：‘放着酒不吃，两个人逃席出来干什么？快拿出来我瞧瞧。’二人都道：‘没有什么。’薛蟠那里肯依，还是冯紫英出来才解开了。于是复又归坐饮酒，至晚方散。”冯紫英还算比较优雅，就觉得人家私事你干吗要管？依着薛蟠就是要把人家私事给闹出来。作者在这里很讲究层次，冯紫英刚才唱的歌，就是比较委婉的，他对人处世也很含蓄，他大概也知道两个人在干什么，只是不想点破。

因果中的过客与归宿

到晚上，宝玉有点喝醉了，“回至园中，宽衣吃茶。袭人见扇子上的扇坠儿没了，便问他：‘往那里去了？’”你看，袭人每天回来都要检查他身上的东西，因为宝玉在外面的勾当，大都跟信物有关。宝玉当然不好意思跟她说自己的私情，只好说：骑马丢了。作者慢慢地把戏带到袭人不认识的男人蒋玉菡身上，这其中有我们常说的宿命。从蒋玉菡无意说出袭人的名字，好像已经注定了某种姻缘。

“睡觉时，只见腰里一条血点似的大红汗巾子，袭人便猜了八九分”，袭人比宝玉大，见他的扇坠儿不见了，又绑了一条大红裤带，就知道是发生了什么事。袭人“因说道：‘你有了好的系裤子，把我那条还我罢。’宝玉听说，方想起那条汗巾子原是袭人的，不该给人才是，心里后悔，口里说不出来”。我们现在才知道宝玉给琪官的那条松花汗巾子原来是袭人的，想想看这一条裤带牵扯了多少人？袭人跟宝玉也很亲，所以袭人就把自己的裤带系在宝玉身上。宝玉有点不好意思，觉得那么私密的东西，不应该给另外的人，“只得笑道：‘我赔你一条罢。’袭人听了，点头叹道：‘我就知道又干这些事！也不该拿着我的东西给那些混帐人去。也难为你，心里没个算计儿。’再要说几句，又恐怄上他的酒来，少不得也睡了，一宿无话。”可见这种事情已经不是第一次了，这个男孩总是在外面东惹西惹的，本来袭人把腰带给宝玉，就是认定了这个男人是她的，可是宝玉竟然那么随意地就给了别人。袭人当然委屈，可她生性厚道，又疼宝玉疼到没有任何道理可讲，连骂一句也不忍心。

“至次日天明，方才醒了，只见宝玉笑道：‘夜里失了盗也不晓得，你瞧瞧裤子上。’袭人低头一看，只见昨日宝玉系的那条汗巾子系在自己腰里呢，便知是宝玉夜间换了。”阴错阳差，袭人注定要跟蒋玉菡在一起。中间的北静王、宝玉，不过都是过客。袭人“连忙一头解下来，说道：‘我不希罕这行子，趁早儿拿了去！’”袭人有点生气了，你把我的腰带给了别人，又把别人裤带系在我身上！“宝玉见他如此，只得委婉解劝了一会。袭人无法，只得系上。过后宝玉出去，终究解下来，掷在个空箱子里，自己又换了一条系着。”宝玉只要一撒娇一耍赖，袭人就没办法了。换了黛玉绝不会这样，可袭人对宝玉的爱是像母亲和姐姐的，到最后总是委曲求全。可这一系上就意味着是她和蒋玉菡交换了汗巾子。

“宝玉并未理论，因问起昨日可有什么事情。袭人便回说：‘二奶奶打发人叫了红玉去了。他原要等你来的，我想什么要紧，我就作了主，打发他去了。'" 王熙凤觉得红玉做事利落、能干，就把她要去了，红玉从宝玉的房里调到了王熙凤那里，等于是跳槽了。"宝玉道：'很是。我已知道了，不必等我罢了。'" 因为这事王熙凤已经跟他交代过了。"又道：'昨日贵妃打发夏太监出来，送了一百二十两银子，叫在清虚观初一到初三打三天平安醮，唱戏献供，叫珍大爷领着众位爷们跪香拜佛呢。还有端午儿的节礼也赏了。'" "平安醮" 就是作醮，台湾现在也有，就是搭祭坛，谢神祈福。芒种过了，就快到端午了，端午一到就是真正的夏天了。《红楼梦》这么大规模的一个长篇，它的时间其实是跟着季节走的。端午贵妃娘娘赐给大家的礼物已经送出来了。

金玉良缘、草木之盟

底下，宝玉就看到了姐姐送他的东西："只见上等宫扇两柄，红麝香珠二串，凤尾罗二端，芙蓉簟一领。" 两把扇子，两串香珠，"凤尾罗" 是最薄的一种纱，夏天做衣服用的。"簟" 是用最细的竹子编的席子，夏天睡上去很凉快。"宝玉见了，喜不自胜，问 '别人的也都是这个？'" 宝玉总有一个心事，自己拿到礼物时，就会关心别人是不是也有，其实他真正关心是黛玉有没有拿到这些东西。"袭人道：'老太太的多着一个香如意，一个玛瑙枕。太太、老爷、姨太太的只多着一个香如意。你的同宝姑娘的一样。林姑娘同二姑娘、三姑娘、四姑娘只单有扇子同数珠儿，别人都没了。大奶奶、二奶奶他两个是每人两匹纱，两匹罗，两个香袋，两个锭子药。'" 宝玉就有点奇怪，为什么他跟宝钗的礼物一样，却跟黛玉的不一样。其实这是第一次暗示，贾元春也认为宝玉应该跟宝钗在一起。现在的很多考证说，贾元春是皇宫里面的人，知道贾家以后会出事，而能够让贾家复兴的只有薛家，所以决定要跟这样的人家结亲。其实连贾母最后都赞同宝玉跟宝钗在一起。从此时起，宝玉跟黛玉的爱情就已经存在着很多阻碍了。“宝玉听了，笑道：‘这是怎么个原故？怎么林姑娘的倒不同我的一样，倒是宝姐姐的同我一样！别是传错了罢？’袭人道：‘昨儿拿出来，都是一份一份写着签子，怎么说错了！你的是在老太太屋里的，我去拿了来了。老太太说了，明儿叫你一个五更天进去谢恩呢。’宝玉道：‘自然要走一趟。’”说着便叫紫绡来：“拿了这个到林姑娘那里去，就说是昨儿我得的，爱什么留下什么。”紫绡答应了，拿了去，不一时回来说：‘林姑娘说了，昨儿也得了，二爷留着罢。’”你看，他马上意识到林黛玉会因此不高兴，就说赶快把我的这四样东西都送给她，让她喜欢什么就留什么，宝玉的心还是在黛玉身上，特别担心她因此受了委屈。

“宝玉听说，便命人收了。刚洗了脸出来，要往贾母那里请安去，只见林黛玉顶头来了。宝玉赶上去笑道：‘我的东西叫你拣，你怎么不拣？’林黛玉昨日所恼宝玉的心事早又丢开，又顾今日的事了，因说道：‘我没这么大福禁受，比不得宝姑娘，什么金什么玉的，我们不过是草木之人！’”黛玉当然会多心，她知道宝钗跟宝玉的礼物一样，因为听到人说金锁要配玉，是“金玉良缘”，她心里一直有个疙瘩，“草木之人”是有点自卑，说我不过是很卑微的野草，因为林黛玉本来就是天上的绛珠草，这也是我们常说的“金玉良缘，草木之盟”。

“宝玉听他提出‘金玉’二字来，不觉心动疑猜，便说道：‘除了别人说什么金什么玉，我心里要有这个念头，天诛地灭，万世不得人身！’”宝玉表白得很清楚，你不要再讲那个什么金、玉的，我根本不相信这些东西。“林黛玉听他这话，便知他心里动了疑，忙又笑道：‘好没意思，白白的说什么誓？管你什么金什么玉的呢！’宝玉道：‘我心里的事也难对你说，日后自然明白。除了老太太、老爷、太太这三个人，第四个就是妹妹了。要有第五个人，我也说个誓。’林黛玉道：‘你也不用说誓，我很知道你心里有“妹妹”，但只是见了“姐姐”，就把“妹妹”忘了。’宝玉道：‘那是你多心，我再不的。’林黛玉道：‘昨日宝丫头不替你圆谎，为什么问着我呢？那要是我，你又不知怎么样了。’”两个人又扯到了昨天说谎的事情。“正说着，只见宝钗从那边来了，二人便走开了。宝钗分明看见，只装看不见，低着头过去了，到了王夫人那里，坐了一会，然后到了贾母这边。”

“此刻忽遇见宝钗，宝玉笑道：‘宝姐姐，我瞧瞧你的红麝串子？’可巧宝钗左腕上笼着一串，见宝玉问他，少不得褪了下来。宝钗原生的肌肤丰泽，容易褪不下来。宝玉在旁看着雪白一段酥臂，不觉动了羡慕之心，暗暗想道：‘这个膀子要长在林妹妹身上，或者还得摸一摸，偏生长在他身上。’”这其实是男孩子很常见的想法，他觉得自己将来是会跟黛玉在一起的，可惜这么漂亮的手臂没长在黛玉身上，连摸一摸的福分都没有。如果说某个男的跟他太太讲，那女人的手臂好漂亮，如果长在你身上我还可以摸一摸，这个太太到底是该高兴还是该生气呢？这其实是种很复杂的情感。首先肯定她很美，其次说要是长在你身上就好了。《红楼梦》里常常写到这种有趣的矛盾，如果我们不细读，就会觉得宝玉怎么又喜欢上宝钗了，其实虽然有些时候会有矛盾，他认定的还是黛玉。“正是恨没福得摸，忽然想起金玉一事，再看看宝钗形容，只见脸若银盆，眼同水杏，唇不点而红，眉不画而翠，比林黛玉另具一种妩媚风流，不觉呆了。

宝钗褪了串子来，递与他，也忘了接。”此刻的宝玉觉得宝钗简直是美死了，其中最有趣的是，他看出了薛宝钗身上比林黛玉另具一种妩媚风流，真像黛玉所说，来了姐姐就把妹妹忘了。

“宝钗见他怔了，自己倒不好意思的。丢下串子，回身才要走，只见林黛玉蹬着门槛子，嘴里咬着手帕子笑呢。宝钗道：‘你又禁不得风儿吹，怎么又站在那风口里？’林黛玉笑道：‘何曾不是在屋里的，只因听见天上一声叫唤，出来瞧了瞧，原来是个呆雁。’薛宝钗道：‘呆雁在那里呢？我也瞧一瞧。’林黛玉道：‘我才出来，他就“忒儿”一声飞了。’，口里说着，将手里的帕子一甩，向宝玉脸上甩来。宝玉不防，正打在眼上，‘哎哟’了一声。”黛玉的手帕把他打醒了，宝玉一旦看到美的东西，就会发呆，这其实是很单纯对美的欣赏和眷恋。

第二十九回

享福人福深还祷福
痴情女情重愈斟情

享福人福深还祷福

《红楼梦》每个回目都有两个主题。二十九回的第一个主题是“享福人福深还祷福”，说的是福气越多的人越觉得福气还不够，所以要到庙里面去求神、祈福。“福”是人生很重要的一个主题。每逢旧历年，家家户户就会贴出红纸写着的“福”字，甚至民间还有个习惯，把这个字倒过来贴，意思是福气已经到了。仔细想想，“福”这个字其实蛮空洞的，每一个人对“福”的认识都不一样。有人觉得明天就中乐透奖是福气，有人觉得身体很好是福气，有人觉得多子多孙是福气，有的人认为长寿是福气，有的认为学业或者事业发达是福气……二十九回里贾母带了家里的所有女眷到道观里去求福，你想贾母还缺什么？这个老太太在贾家是最有福气的人，儿孙满堂，儿子都在做官，又很富有，每天都有一大堆丫头伺候她。作者是在提醒我们说：“福”其实是一个永远不会满足的状态。每个人心灵上有了空虚跟欠缺都会想到去求福，很少有人能用智慧去判断说自己到底欠缺什么，什么才是自己真正需要的。

祈福不如惜福

大家知道过去演戏不是给人看的，而是为了谢神。就是说我去求神保佑我，就要演一台戏给神看。大家有没有注意到，台湾大部分老的歌仔戏的戏台，都是搭在庙口。人跟神一起看戏，就变成很热闹的事。贾母兴致很高，就说我也要去。贾母一去，马上就搞得声势浩大，探春、迎春、惜春、宝玉、王熙凤、宝钗、黛玉都要跟着去，而每个刚才念到名字的人大概都要有四个丫头跟着，再加上每人要四个跟车的用人，因此那个队伍浩浩荡荡。而且贾府的人要到庙里进香，大概比现在的国家元首出来还要严重，整个街道都要封闭起来，闲杂人等回避，然后他们自己却叽叽呱呱的，光是上车就闹了很久。我有时候在想，如果带你们出去郊游一次，大概也是差不多的景象，大家一定会很兴奋。《红楼梦》里的这些小姐、丫头是没有什么机会上街的，有了这种机会当然会兴奋，我要跟谁坐、我的扇子怎么不见了、我的发卡掉了……闹成一团。结果，这个浩浩荡荡的队伍排了好几里长，前面的已经到了道观，后面的还没有出门。

就是这次祈福，发生了一件事，因为贾府的女眷要来，道观里很早就把闲杂人等都赶去了，把厢房打扫得干干净净，准备让这些太太、小姐下榻。王熙凤既是先遣部队，又是进香旅行团的团长。结果她一进道观，就撞上了一个小道士，这个小道士之所以没有被清理出去，是因为他被派负责剪灯花。古代没有电灯，只能点油灯或者蜡烛，要剪一剪灯芯才会比较亮。小道士正在剪灯花，忽然听说大队人马已经到了，就吓得拿着个剪子乱跑。结果，一出门撞到了王熙凤身上，王熙凤一个耳光打过去，把那个孩子打翻在地上，所有人都一齐喊："打打打！"

我们一再讲，《红楼梦》是曹雪芹在家败人亡时写的小说，其中有很深的忏悔与反省，人在富贵的时候，很少想到这个世界上有人在受苦。就像如今我们都过得不错，挑来拣去已经觉得没有什么好东西可吃了，可是你看联合国公布的数字，这个世界上每年饿死的人还有那么多。作者是在提醒我们，人只有在懂得珍惜的时候才配有福。所以作者安排了一个小道士，比起这个小道士来，贾家已经够有福气的了！可你有没有觉得这一巴掌打过去的时候，福气可能会走到相反的路上去，可见，这个家族在权势浩大时根本不懂得惜福。

就在大家吵着要打的时候，贾母问怎么回事。小道士被带到了贾母面前，只是跪在地上发抖。贾母就说：不要为难他了，他也是爹娘养的。你看，贾母才是真正有福气的人，她最懂得怎样持家，知道怎么惜福。这可能才是作者的提醒，与其到庙里面去祈福，还不如好好惜福，你所有的福气，全来自对人的不忍和悲悯。

福愈分愈多

前面讲"享福人福深还祷福"，下面说"痴情女情重愈斟情"。这一回的回目点出的是两个字，"福"和"情"。人生在世，大概没有比这两个字更重要的了，大多数人一是希望此生能有"福"，二是希望跟人能有牵连不断的"情"。"享福人福深还祷福"讲的是贾母，"痴情女情重愈斟情"说的是林黛玉。"情"和"福"都是人放不下的东西，二十九回讲的就人对"福"和"情"的态度。等一下读的时候，大家能感觉到一个好小说家的描述能力，全是戏剧性场景，画面感很强，还寓有很深的悲悯意味。这一回里如果缺了小道士事件，就会少掉很多东西。我常常觉得我们大概都算有福气的人，至少还可以心很静地坐在这里听《红楼梦》。有时候离开台湾一个多月，再回来的时候，就会感觉真应该惜福，因为这是个有福气的地方，在第二次世界大战后，五十年当中没有太大的贫穷和灾难。比起我去过的印度等很多地方，真是幸运多了。但如果某天打开报纸，知道有些小孩子买不起营养午餐的时候，你还是会觉得害怕，因为一个社会的福气一定是要大家分享的，福是越分越多的。这是《红楼梦》的作者在家败人亡以后的重要领悟。

清虚观打醮

下面我们回到文本，看看这个家族的第一次郊游。“一时，凤姐儿来了，因说起初一日在清虚观打醮的事来”，清虚观是个道观。“清”和“虚”都是告诉你人生可以求一种安静，求一种空灵，少一点物质上的贪求。“醮”这个字台湾还常常用，大家有没有看过台湾民间的“作醮”？就是用纸糊的各种东西去谢神。凤姐“遂约着宝钗、宝玉、黛玉等看戏去。宝钗笑道：‘罢了，怪热的。什么没看过的戏，我不去。’”宝钗这句话有两个用意，第一她比较怕热，常常懒得动，记得不记得前面她只扑了一阵蝴蝶就全身流汗了；第二个是《红楼梦》里一直在说季节，宝钗只轻描淡写地说了句“怪热的”，是指已经到了夏天。

“凤姐儿道：‘他们那里凉快，两边又有楼。’”因为道观、庙宇的空间比较大，而且通常有大树，所以古代的道观、庙宇通常都比较清凉。“两边有楼”也许大家不知道什么意思，我曾在苏州看到过这样的一座庙，庙前面有一个中庭，中庭的对面就是戏台，刚才说过戏是演给神看的，因为底下都是男看客，女孩子不能跟男人坐在一起，所以两边就搭了两个高楼，有点儿像西方歌剧院的包厢，可以推开窗户，在楼上看戏。“咱们要去，我头几天打发人去，把那些道士都赶出去，把楼上都打扫了，挂起帘子来，一个闲人不许放进庙去，才是好呢。”这就是清场，现在国家元首出巡也如此，勘察安全人员、保安人员先到，把闲杂人等赶走。凤姐很爱热闹，巴不得每天都可以出去郊游，一心想怂恿她们一起去玩儿。“我已经回了太太，你们不去我去。这些日子也闷的很了。家里唱动戏，我又不得舒舒展展的看。”因为先前王熙凤被马道婆做法生了一场大病，觉得很闷。王熙凤是很前卫的、喜欢逛百货公司的那种女人，她说在家里我捞不着舒舒展展地看。因为王熙凤是孙子辈的媳妇，上面有她的婆婆、太婆婆。每一次吃饭的时候王熙凤都是站在旁边的，按过去家庭的规矩，刚刚嫁来的媳妇是最苦的，只有摆筷子、添饭的份儿，等所有人都吃完了，你才能坐下。

“贾母听说，笑道：‘既这么着，我同你去。’”贾母也是爱热闹的人，贾母就说她也想出去逛一逛。“凤姐听说，笑道：‘老祖宗也去，敢情好！就只是我不得受用了。’”其实我们小时候也常这样，我们要去看戏了，忽然老妈说她也要去，看她兴致很高，我也很愿意带她，可心里想：这下惨了，没有办法好好看戏了！因为她要去的话，就有很多东西要带，我还得分神去伺候。我想王熙凤就是这样的心情。贾母很体谅她：“‘到明日，我在正面楼上，你在两边楼上，你也不用到我这边来立规矩，好不好？’凤姐儿笑道：‘这就是老祖宗疼我了。’”如果不了解他们家族的习惯，你不太懂贾母到底在说什么，“立规矩”就是晚辈要站在那里伺候。今天在座的很多做媳妇的应该蛮庆幸的，古代那些新嫁的媳妇真是苦不堪言，婆婆如果体谅还好，不体谅的是要故意折磨的，可以让你一直在那边“立规矩”。如今，儿媳妇不叫婆婆站着就不错了。

车轿纷纷，人马簇簇

“贾母因又向宝钗道：‘你也去逛逛，连你母亲也去。长天老日的，在家里也是睡觉。’宝钗只得答应着。”“长天老日的”，因为夏天的白天很长，这些贵族不用做事，衣服有人洗，茶也有人倒，所以无所事事。注意一下，宝钗非常圆润，从不得罪人，贾母要她去，她肯定会去。

“贾母又打发人去请了薛姨妈，顺路告诉王夫人，要带了他们姊妹去逛。王夫人因一则身上不好，二则预备着元春有人出来，早已回了不去的，听贾母如此说，还笑道：‘还是这么高兴。’因打发人去到园子里告诉：‘有要逛去的，只管初一日跟了老太太逛去。’”懂这句话吗？因为这种大家族的门禁森严，丫头根本就不能随便出门，如今老太太一声令下，当然每个人都想去，这就是队伍浩浩荡荡的原因。现在的菲佣周六周日都有假，台北火车站到礼拜天全部都是菲佣和印佣，他们形成了一个很特别的族群。

“这句话一传开了，别人都还可以，只是那些丫头们天天不得出门槛儿的，听了这话，谁不爱去。便是各人的主子懒怠去，他也万般撺掇了去，因此李宫裁等都说去。”“撺掇”就是怂恿。最兴奋的就是丫头们，这一出门，至少可以看看街上发生了什么事。“贾母越发心中喜欢，早已吩咐人去打扫安置，都不必细说。”这个老太太是非常喜欢热闹的，尤其喜欢大家熙熙攘攘一起去逛大街的感觉。他们出门可不像我们现在随时叫个出租车就走了。过去这种家族的队伍一出动的话，非常的麻烦，盘子、杯子全都要带着，保安随行人员也要跟上，而且中间还要换衣服。在秦可卿的丧礼上，他们是就在途中租了房子，好让女眷们上洗手间、换衣服、补妆。

“单表到了初一这一日，荣国府门前车轿纷纷，人马簇簇。”要出门了，荣国府门前车子、马、人挤成一堆。“那底下凡执事人等，闻得是贵妃作好事，贾母亲去拈香，正是初一日乃月之首日，况是端阳节间，因此凡动用的什物，一色都是齐全的，不同往日一样。”大人物出行时，按照不同的等级在前面开道的队伍叫执事。譬如一个外国元首来，前面有开道的警车。贾母出行，轿子前面也有执事，有的举着“肃静”、“回避”字样，还有刀斧手和乐队。注意，这里“初一”讲的是农历，每一个月的第一天，我不知道在座有没有守斋的，现在也还有初一、十五吃斋的，就是在初一、十五这两天吃素。初一、十五对信佛的人很重要，这是每月三十天里的代表日，又加上快要过端午节了，所以进香所带的东西非常齐全，跟往日不一样。

文学是细节的描写

“少时，贾母等出来。贾母独坐一乘八人大亮轿”，下面就开始形容她们的交通工具，贾母坐的是一辆加长型的“凯迪拉克”。什么叫“八人大亮轿”？就是抬这个轿子的有八个人。“亮轿”是没有篷盖的敞篷轿，可以向周围挥手致意，简直像英国女皇。注意，后面的姑娘、媳妇不会坐亮轿。“李氏、凤姐儿、薛姨妈每一人一乘四人轿”，注意她们三个人，各坐一台四个人抬的轿子，这涉及辈分跟等级，贾母是加长型“凯迪拉克”，其他人大概只能坐到“奔驰”。“宝钗、黛玉二人共坐一辆翠盖珠缨八宝车，迎春、惜春、探春三人共坐一辆朱轮华盖车。”宝钗、黛玉和三个姑娘坐的是有轮子的车子。台湾有时候到妈祖庙进香，也会用这种车子。

什么叫文学？文学就是细节。有时候我改作文，会跟学生说，你不准用“漂亮”这个词，要告诉我那车子是什么样子，这就是细节。要求你必须用眼睛观察，不然的话你的作文一定不好看。你看，作者从八人大亮轿，到四个人的轿子，再到八宝珠缨车，然后是华盖朱轮车，全部用细节来描摹。比如你到高雄去参加完一个婚礼，可以试着用这个方法描述一下婚礼那天的景象，你不能只说好热闹、好漂亮，因为那是空洞的。“贾母的丫头鸳鸯、鹦鹉、琥珀、珍珠”，贾母带了四个丫头，这四个丫头的名字全是有色彩的，很漂亮。我读英文的《红楼梦》根本读不下去，你想中文里“鸳鸯”多美啊，可在英文里变成了“wild duck”，汉字本身的美很难翻译到位，“鸳鸯”译成英文只能是“wild duck”，因为西方没有这种文化情感。而我们讲到鸳鸯，会有好多的记忆，很多诗词、很多象征在里面，这就是文化的差别。“琥珀”的英文“amber”也没有汉语琥珀这个词的全部意思，琥珀在佛教里面是七宝之一。“林黛玉的丫头紫鹃、雪雁、春纤，宝钗的丫头莺儿、文杏，迎春的丫头司棋、绣桔，探春的丫头待书、翠墨，惜春的丫头入画、彩屏，薛姨妈的丫头同喜、同贵，外带着香菱，香菱的丫头臻儿，李氏的丫头素云、碧月，凤姐儿的丫头平儿、丰儿、小红，并王夫人的两个丫头也要跟了凤姐儿去的是金钏儿、彩云，奶子抱着大姐儿带着丫头们另在一车，还有两个丫头，一共再连上各房的老嬷嬷、奶娘并跟出门的家人媳妇子。”光是丫头就这么长一串，所以这个浩浩荡荡的队伍，在家门口挤成一堆，你看一下这个形容：“乌压压的占了一街的车。”

“贾母等已经坐轿去了多远，这门前尚未坐完。”注意这个文学的描写了吗？就是人很多，多到什么程度？你看到大体育场散场的时候，第一个人已经叫车走了半天了，后面还在排长队呢，这是出发前的盛况。“这个说‘我不同你在一处’，那个说‘你压了我们奶奶的包袱’，那边车上又说‘蹭了我的花儿’，这边又说‘碰断了我的扇子’，叽叽呱呱，说笑不绝。”我觉得如果拍电影的话，完全可以用蒙太奇的手法，贾母已经走了好远，这边还在分派。我记得以前学校毕业旅行的时候，学生们最容易这样，有的说我就不想跟他住一个房间，否则我就不去旅行了，光这种事情就要闹半天，每逢这种时候老师就很惨，因为每个人都很有个性。大家有没有感觉到这个时候的吵吵闹闹，还因为全是女人？声明一下，我没有任何歧视的意思，只是觉得过去的女眷跟男客不太一样，男人上街的机会比较多，可是女性几乎没有，所以这么一大堆女眷要上街的时候，管家真是苦不堪言，大家你骂我、我骂你，吵来吵去，半天了车子都没有办法出发。最后有一个人出来说话了，这就是周瑞家的，她看到实在太不像话了，就开始干涉了。

“周瑞家的过来过去的说道：‘姑娘们，这是街上，看人家笑话。’说了几遍，方觉好了。”这相当于我当时的系主任的角色，实在没法子只好大喊一声：“不要吵了！你们到底要不要去毕业旅行？！”喊一次是没有用的，要连喊几次，大家才慢慢静下来。“前头的全副执事摆开，早已到了清虚观门口。宝玉骑着马，在贾母轿前。街上的人都站在两边。”注意这一次出门用到了全副执事，就是动用了所有的护卫人员，表示这个行动是非常隆重的，全副执事一摆开就是上百人，前面早已到了清虚观门口，后面的还没有上车。宝玉骑在马上，属先遣部队。

福从惜福来

“将至观前，只听钟鸣敲响”，道观知道他们要来了，敲钟敲鼓表示欢迎。“早有张法官执笏披衣，带领众道士在路旁请安。”大家看到道观有个张法官一定觉得奇怪，这个“法官”不是现在法院的法官，而是道观里面的观主，“执笏”是指他也是做官的人。为什么道士会做官？因为皇帝会封他们为“清虚真人”之类的，“披衣”指他还有皇帝所赐的官服。最特殊的是，这个张法官曾是贾母的丈夫荣国公的替身。大家也许不太懂什么叫“替身”，荣国公是一等将军，相当于四星上将，经常要上战场，家里就出钱请一个有身份的道士，每天替荣国公在道观里上香拜神，所以张法官地位非常高。

“贾母的轿刚至庙门以内，贾母在轿内因看见有守门大帅并千里眼，顺风耳、当坊土地、本境城隍各泥胎圣像。”这些大家都很了解，跟现在没有太大的差别。土地神就是我们现在的土地爷。“本境的城隍”是说阴间跟人间一样，各地有各地的地方神。贾母就让停轿，古时候地位再高的人，就算皇帝也要在神前下马、下轿。“贾珍带领各子侄上来迎接。凤姐儿知道鸳鸯等在后面，赶不上来搀贾母，自己下了轿，忙要上来搀。”凤姐历来是行动型人才，动作非常快。“可巧有个十二三岁的小道士儿，拿着剪筒，照管各处的蜡花，正欲得便瞧瞧出去，不想一头撞在凤姐儿怀里。凤姐便一扬手，照脸一下，把那小孩子打了一个筋斗，骂道：‘野牛肏的，朝那里跑！’那小道士也不顾拾烛剪，爬起来往外还要跑。正值宝钗等下车，众婆娘媳妇正尾随的风雨不透，但见一个小道士滚了出来，都喝声叫‘拿，拿，拿！打，打，打！’”凤姐用的力气很大，一巴掌把小男孩打了一个跟斗，骂的话也很粗，完全是嘴里嚼着槟榔的那种人的语言。此时刚好宝钗她们下车了，她们是大家闺秀，哪能容这个小道士乱闯。所以众婆娘媳妇就围了个风雨不透，喊：抓住他！打他！这个场景是作者刻意要写的，用这个最穷最苦的可怜的小道士来做贫富悬殊的对比，一个社会里的贫富的差距竟然这么大，这些来求福的人，他们的福到底在哪里？很发人深思。

“贾母听了忙问道：‘是怎么了？’贾珍忙出来问。凤姐儿上去就搀住贾母，回说：‘一个小道士儿，剪灯花的，没躲出去，这会子混钻呢。’贾母听说，忙道：‘快带了那孩子来，别唬着他。小门小户的孩子，都是娇生惯养的惯了，那里见的这个势派。可怜见的，倘或一时唬着了他，他老子娘岂不疼的慌？’”从贾母口中听到这样的话，细读你会觉得心酸。贾母疼她的儿孙，觉得情同此心，天下父母哪个不疼自己的孩子。她在此有一种反省，也有一种不安，说这个小孩好可怜，如果把他吓坏了，他的爸爸妈妈多心疼？这个家族之所以有三代的福气，是因为有贾母这样心存悲悯、知道惜福的人。

富贵的忏悔

“说着，便叫贾珍去好生带了来。贾珍只得去拉了那孩子来。”注意，“好生”带了来，就是说不要吓着他。因为她知道这种大户人家，习惯看到穷人家就打、骂。王熙凤不见得是坏人，出手就打是因为她习惯了。

注意下面的描述：“那孩子还一手拿着烛剪，跪在地下乱颤。”好简洁的语言！记得小时候，我们社区刚建了一个电话亭，我之前从没见过电话，就很好奇地试着拨了拨，心说这个东西怎么可以讲话？忽然有个警察跑来说：你破坏公物！然后就叫我到派出所在国父（孙中山）的像前面跪着，我当时吓得就是这样发抖。我想说小孩子在权威面前是非常恐惧的。其实当时我根本没有做错事，可是却不敢辩白，因为他穿着制服就代表着权威。可以设想一下，这些人光是那身穿戴往那儿一站，普通人就吓坏了。他们的珠光宝气和这个跪在地上发抖的小道士，是多鲜明的对比！

我觉得曹雪芹真是宝玉的话，在家破人亡之后写这个小说，心里一定有很多的忏悔，当年他跟着祖母去进香，一定看到过这个场景，只是当时他没在意，也没想那么多。“贾母命贾珍拉他起来，叫他不要怕。问他几岁了。那孩子通说不出话来。”这个孩子吓坏了，不知道自己会被如何发落。道观里面的规矩很严，贾母进香是大把进银子的好机会，他影响了观里的生意，张法官也会处罚他。作者的悲悯在于让大家看到了无权无势的人最后会被糟蹋到什么程度。贾母的不忍是一个重要的起点，就是对“福”的检讨。“贾母还说‘可怜见的’，又向贾珍道：‘珍哥儿，带他去罢。给他些钱买果子吃，别叫人难为了他。’贾珍答应了，领他去了。”我不敢确定贾母这句话是不是真起作用，因为道观有道观的规矩，他们要处罚一个小孩子，什么事都做得出来。

“这里贾母带着众人，一层层的观玩。外面小厮们见贾母等进入三层山门，忽见贾珍领了一个小道士出来，叫人来带去，给他几个钱，不要难为了他。家人听说，忙上来几个领了下来。”一个叫作清虚观的道观，竟然豪华到可以一层一层地观玩，更不“清虚”的是这个张法官常常跑“总统府”，整天跟党政要员来往，他心里面肯定没有那个小道士。

贾家子弟的好逸恶劳

“贾珍站在阶矶上，因问：‘管家在那里？’底下站的小厮们见问，都一齐喝声说：‘叫管家！’登时林之孝一手扣着帽子跑了来，到贾珍跟前。”林之孝是管家，《红楼梦》里面有几个大管家，赖大、周瑞，还有林之孝，他们是家庭管理中最重要的人。“贾珍道：‘虽说这里地方大，今儿不承望来这么些人。你使的人，你就带了你的那院里去，使不着的，打发到那院里去。把小幺儿们挑几个在这二层门上同两边角门上，伺候着要东西传话。你知道不知道，今儿小姐、奶奶们都出来了，一个闲人也不许到这里来。’林之孝忙答应‘晓得’，又说了几个‘是’。贾珍道：‘去罢。’”贾珍就开始分派工作了，而且特别叮嘱贾府所有的女眷全来了，一个闲人也不许到这里来，最主要是刚才发生了小道士事件，过去的大户人家的小姐是不能随便让普通人看到的。又问：“怎么不见蓉儿？”天气很热，贾珍觉得这么多的女性出来游玩，万一有个闪失自己的责任很大。不见儿子的影子，他很生气，心说我忙成这个样子，你小子跑哪儿凉快去了。

“一声未了，只见贾蓉扣着钮子从钟楼里跑出来。”注意“扣着钮子”是说他刚才脱了衣服，来不及穿，只好一面扣扣子一面跑。“贾珍道：‘你瞧瞧他，我这里还受着热，他倒乘凉去了！’喝命家人啐他。那小厮上来向贾蓉脸上啐了一口，贾珍道：‘问着他！’那小厮便问贾蓉道：‘爷还不怕热，哥儿怎么先乘凉去了？’”这是贾珍叫下人骂儿子。这个我们现在弄不太懂，老爸要骂直接骂得了。可是过去有权威的人，他要让用人来骂。如果我是那个用人，一定很为难，因为一个是少爷，一个是老爷。老爷叫你去骂少爷，你真的要很小心，万一有一天老爷不在的时候，少爷没准儿会整你的。

“贾蓉拖着手，一声不敢说。”这就是家族的规矩，老爸叫用人骂他，只能规规矩矩地站在那儿，不敢讲话。“那贾芸、贾芹、贾萍等听见了，不但他们慌了，亦且连贾璜、贾瑞、贾琼等也都忙戴了帽子，一个个从墙根下慢慢的溜上来。”这就是贾家的下一代，他们压根儿就吃不了一点苦，天气一热，就躲在阴凉地里什么事也不想做。作者是在暗示，子弟们都如此好吃懒做不求上进，求福还有什么用？“贾珍又问贾蓉道：‘你站着作什么？还不骑了马跑到家里，告诉你娘母子去！老太太同姑娘们都来了，叫他们快来伺候。’贾蓉听说，忙跑了出来，一叠连声要马，一面抱怨道：‘早都不知作什么的，这会子寻嗔我。’一面又骂小子：‘捆着手呢？马也拉不来。’待要打发小厮去，又怕后来对出来，说不得亲自走一趟，骑马去了，不在话下。”贾蓉在爸爸面前一句话都不敢说，一出来就开始抱怨了，把气全撒在用人身上。

张道士的权贵关系

“且说贾珍方要抽身进去，只见张道士站在旁边陪笑说道：‘我论理比不得别人，应该在这里头伺候。只因天气炎热，众位千金都出来了，法官不敢擅入，请爷的示下。恐老太太问，或要随喜那里，我只在这里伺候罢了。’贾珍知道这张道士虽然是当日荣国公的替身儿，后又倒做了道录司的正堂，曾经先皇御口亲封为‘大幻仙人’，如今现掌‘道录司’印，又是当今封为‘终了真人’，现今王公、藩镇都称他为‘神仙’，所以不敢轻慢。二则他又常往两个府里去，凡夫人、小姐都是见的。今见他如此说，便笑道：‘咱们自己，你又说起这话来。再多说，我把你这胡子还挦了你的！还不跟我进来。’那张道士呵呵笑着，跟了贾珍进来。”

这个张法官很聪明，他先说今天贾母和女眷都来了，按规矩他不能随便进去，但他绝不是等闲之辈，结交的都是权贵，看一下他的官名，你大概就知道了。当日荣国公的替身，然后又做了道录司的正堂，“道录司正堂”就是道家协会的主席了，先皇御口亲封为“大幻仙人”，现在的皇帝封他为“终了真人”。有没有觉得这些字眼很讽刺，其实他既没有大幻，也没有终了，对人间的富贵非常贪恋。我一直相信真正的修行不是这样的，每次到杭州，我都会去虎跑寺，那是弘一法师（李叔同）出家的地方，那里的纪念堂里挂着他当年穿过的一件袍子，上面有他自己补的几百个补丁。这种真修心性与借修行来满足自己的贪欲的人差别很大。

“贾珍到贾母跟前，躬身陪笑说：‘张爷爷进来请安。’贾母听了，忙道：‘搀他来。’那张道士先哈哈笑道：‘无量寿佛！老祖宗一向福寿康宁？众位小姐、奶奶纳福？一向没到府里请安，老太太气色越发好了。’”

张法官上来就奉承贾母，说老祖宗如何如何。我前面讲过，动不动能筹到上亿经费的出家人都不简单，贾母就是他的财神，贾家一来进香，不知道又有多少钱进这个道观。所以这个张道士很会说话，应酬、客套里带着奉承。说不定贾母那天脸蜡黄蜡黄的，可是他却说你的气色越来越好了。

“贾母笑道：‘老神仙，你好？’张道士笑道：‘托老太太万福万寿，小道也还康健。别的倒罢，只记挂着哥儿，一向身上好？前日四月二十六日，我这里做遮天大王的圣诞，人也来的少，东西也很干净，我说请哥儿来逛逛，怎么说不在家？’”可见张道士跟权贵一直保持非常密切的关系，他的钱财全都来自这些家庭。我想不仅是东方的庙宇，西方的教堂也是如此。我每次在梵蒂冈看到教皇，很少听他说什么，大多时间是盯着他的戒指，因为那个戒指实在太漂亮了。在那时候，你就觉得宗教不再是一个心灵的修养，而是变成攀附权贵的工具。

贾母就替宝玉推托说真的不在家。“一面回头叫宝玉。谁知宝玉解手去了才来，忙上来问：‘张爷爷好？’”因为张道士是他爷爷的替身，所以要叫张爷爷。“张道士忙抱住请了安，又向贾母笑道：‘哥儿越发发了福了。’贾母道：‘他外头好，里头弱。又搭着他老子逼着他念书，生生的把个孩子逼出病来了。’”注意，所有的祖母说起孙子都是这个口吻。我上次遇到祖孙二人，就对奶奶说你孙子身体真好啊，其实我是不好意思直接说他太胖，结果她说：“哪里啊，你看他多瘦弱！”“张道士道：‘我前日在好几处看见哥儿写的字，作的诗，都好的了不得，怎么老爷还抱怨说哥儿不大喜欢读书呢？依小道看来，也就罢了。’”这些话，看似轻描淡写，实际上全是在奉承讨好贾母，因为他知道贾母最疼这个孙子。

《红楼梦》里的政商关系

下面是最精彩的戏，因为知道这个贾母疼宝玉，张道士就叹道：“我看见哥儿的这个形容身段，言谈举动，怎么就同当日国公爷一个稿子！”国公爷就是贾母的丈夫荣国公，贾母当然怀念自己的丈夫。如今张道士奉承说宝玉长得跟当年荣国公一样，难怪他能操持这么大的道观。只有经常来往于官场的人才会这么说话，他特别知道说什么能让施主心里舒服，而且，还有表情搭配：“说着两眼流下泪来。贾母听说，也由不得满脸泪痕，说道：‘正是呢，我养了这些儿子孙子，也没一个像他爷爷的，就只这宝玉还像他爷爷。’”

“那张道士又向贾珍道：‘当日国公爷的模样儿，爷们辈的不用说，自然没赶上，大约连大老爷、二老爷也记不清楚了。’”因为荣国公去世很早，贾珍他们这些晚辈见都没有见过，就连贾家文字辈的人恐怕也记不清楚了。意思是说真正跟荣国公有过来往的只剩下他了，所以他的身份也因此提高了。

接下来他就要帮宝玉保媒了。大家知不知道有个词叫“三姑六婆”，其实这里包括过去庙宇、道观里面的人，他们很喜欢替大家族说媒。前面我们讲到《红楼梦》里面的四大家族，薛家、贾家、王家、史家，全部是姻亲关系。张道士“说毕呵呵又一大笑，又道：‘前儿在一个人家看见一位小姐，今年十五岁了，生的倒也好个模样儿。我想着哥儿也该寻亲事了。若论这个小姐模样儿，聪明智慧，根基家当，倒也配的过。’”不细读可能看不出来，这个女孩的家族是没有功名的，如果有官位他一定会说出来。这里所谓的“家业、根基”就是有钱，自古以来官商就是互相勾结的。

商人一定要找政治关系，才能得到保护；官僚一定要找商人才会有钱。本来，真正的情是可以不在意地位、贫富、年龄、身份的，黛玉父母双亡，无财无势，宝玉认为真情与这些东西无关，可是现实社会的标准绝不是这样。

说媒事件引发了“痴情女情重愈斟情”，因为黛玉当时在场，一说媒就意味着两人不能在一起。两个人从小一起长大，彼此都觉得他们是天生的一对，可渐渐地，黛玉总感觉有人要跟她抢，包括宝钗、史湘云，还有张道士提的这个女孩，就又有了很多心结。

张道士又说：“但不知老太太怎么样，小道也不敢造次。等请了老太太的示下，才敢向人去张口。”大家不仔细看，好像只是一个普通的说媒，可是这个道士绝不是等闲之辈，他是不会轻易给人说媒的。这家一定很想把女儿嫁给宝玉，这里面不知有多少利益和好处，如果说成了的话，这个道观说不定又能盖一幢大楼。

结果贾母还好，说宝玉不适合早婚，还说有没有钱也无所谓，模样、性格最重要。

张道士的贪婪与奉承

“说毕，只见凤姐儿笑道：‘张爷爷，我们丫头的寄名的符儿你也不换了去。’”这一段大家读得懂吗？有钱人家最怕的就是小孩儿生病，不好养活。巧姐才一两岁，凤姐就拿了钱给这个张道士求一个观里的寄名符。这种符我们现在也能见到，有的给孩子挂在脖子上，有的挂在车上。“前儿亏你还有那么大脸，打发人和我要鹅黄缎子去！我要不给你，又怕你那老脸上过不去。”王熙凤嘴巴一点儿都不饶人，说你连寄名符都没有帮我办，还好意思找人跟我要东西。“张道士呵呵大笑道：‘你瞧，我眼花了，也没看见奶奶在这里，也没道多谢。符早已有了，前日原要送去的，不料娘娘来作好事，就忘了，还在佛前镇着。待我取来。’说着跑到大殿上去，一时拿了一个茶盘子，搭着大红蟒缎经袱子，托出符来。大姐儿的奶子接了符。”

中医把脉的时候底下垫的东西叫袱子，就像一个小小的枕头。经袱子是古代读经书的时候垫在底下的红色软垫。张道士很珍视这个，特地放在一个红色缎子做的小垫子上，用茶盘托出来给王熙凤。“张道士方欲抱过大姐儿来，只见凤姐儿笑道：‘你就手里拿来也罢了，又用个盘子托着。’张道士道：‘手里不干不净的，怎么拿？用盘子洁净些。’凤姐儿笑道：‘你只顾拿出盘子来，倒唬我一跳。我不说你是为送符，倒像和我们化布施来了。’众人听说，哄然一笑，连贾珍也掌不住也笑了。”这是一个很大的讽刺，只有凤姐敢讲这种话，意思是你少骗我了，你拿一个茶盘，倒像要讨赏银啊！一语道出了这个道观的真相。

“贾母回头道：‘猴儿猴儿，你不怕下割舌头地狱？’”贾母常常这样叫凤姐，她本来就跳来跳去像猴子一样，传说三十三层的地狱里，有一层专门处罚在人间说了坏话的人，要割舌头的。“凤姐儿笑道：‘我们爷儿们不相干。他怎么常常的说我该积阴骘，迟了就短命呢！’”凤姐天生天不怕地不怕的，根本不信什么割舌地狱。这里是在暗示虽然所有的宗教都在劝人不要贪婪，可是宗教本身有可能变成极大的贪婪而不自知。

这张道士聪明得不得了，“笑道：‘我拿出盘子来一举两用，却不为化布施，倒要将哥儿的这玉请了下来，托出去给那些道友并徒子徒孙们见识见识。'”宝玉生下来时候不是嘴里含了一块玉吗？道观里的道士都觉得很稀罕，想见识见识这奇迹。“贾母道：‘既这么着，你老天拔地的跑什么，就带他去瞧了，叫他进来，岂不省事？’张道士道：‘老太太不知道，看着小道是八十多岁的人，托老太太的福倒也健壮，二则外面的人多，气味难闻，况是暑热天，哥儿受不惯，倘或哥儿受了腌臜气味，倒值多了。'”有没有发现作者是在对比？贾母很宽厚，刚才嘱咐不要吓着那个小道士；可是张道士心里面只有宝玉，他觉得宝玉是金枝玉叶，连他手下的道士都腌臜难闻。我真的希望大家能读出作者的良苦用心，他是在用这种对比来告诉我们什么才是真正的“福”。“贾母听说，便命宝玉摘下通灵玉来，放在盘内。那张道士兢兢业业的用蟒袱子垫着，捧了出去。”

“这里贾母与众人游玩了一会，方上楼去。只见贾珍回说：‘张爷爷送了玉来了。’刚说着，只见张道士捧了盘子，走到跟前笑道：‘众人托小道的福，见了哥儿的玉，实在希罕。都没什么敬贺之物，这是他们各人传道的法器，都愿意为敬贺之礼。哥儿便不希罕，只留着在房里顽耍赏人罢。'”大家看明白了吧？一盘子全是道士们送给宝玉的礼物，其实那些道士是没有什么钱的，可是为了拉拢贾家这个大客户，道士们把最珍贵的东西都放在了盘子里。“贾母听说，向盘内看时，只见也有金璜的，也有玉玦，或有事事如意，或有岁岁平安，皆是珠穿宝贯，共有三五十件。因说道：‘你也胡闹。他们出家人都是那里来的，何必这样，这断不收的。'”贾母不高兴了，说你胡闹，施主捐钱都是为了进贡给仙佛的，我们怎么能收这样的东西。“张道士笑道：‘这是他们一点敬意，小道也不能阻挡。老太太若不留下，岂不叫他们看着小道微薄，不像是门下出身了？'”“门下出身”是说我也是贵族家庭出来的，也希望要个面子。等于是告诉他的手下说，我结交的都不是等闲之辈。

“贾母听如此说，方命人收下了。宝玉笑道：‘老太太，张爷爷既这么说，又推辞不得，我要这个也无用，不如叫小子们捧了这个，跟着我出去散给穷人罢。’贾母笑道：‘这倒说的是。’”宝玉非常善良，清虚观不是行善事，救助穷人的吗？我就把这些东西散给穷人吧！“张道士又忙拦道：‘哥儿虽要行好事，但这些东西虽说不甚希奇，到底也是几件器皿。若给了乞丐，一则与他们无益，二则反倒糟蹋了这些东西。要舍穷人，何不就散钱与他们。’”可是张道士立刻阻止了，看得出来吗？贾母跟宝玉是善良的，可这个张道士觉得这种好东西散给穷人就糟蹋了。这是作者对这个道观非常严肃的批判，他们只是假借慈善的名义敛钱，眼中根本没有穷人。“宝玉听说，便命收下，等晚间拿钱施舍罢。说毕，张道士方退出。”

宝玉心中最在意的人

“这里贾母与众人上了楼……贾珍一时来回：‘神前拈了戏，头一本《白蛇记》。’贾母问：‘《白蛇记》是什么故事？’贾珍道：‘是汉高祖斩蛇起首的故事。第二本是《满床笏》。’贾母笑道：‘这倒在第二本上？也罢了。神佛要这样，也只得罢了。’又问第三本，贾珍道：‘第三本是《南柯梦》。’贾母听了便不言语。贾珍退了下来，至外边预备着申表、焚香、开戏，不在话下。”注意，“神前拈了戏”这五个字，是在神案前卜出来的戏，是神选的戏。戏是要演给神看的，所以不是人点戏，而是把戏簿放在神案前面去卜，结果卜出了几个戏：第一出是《白蛇记》，唱的是汉高祖在建国之时，有一条大白蛇挡在路上，他拔剑斩蛇，建立汉朝。贾母就点头，这是开国立业的戏。第二出戏是《满床笏》，“笏”是古代官僚上朝时手上拿的板子，讲的是唐朝的郭子仪，家里七个儿子八个女婿都在朝中为官。郭子仪生日那天，家里的床上摆满了笏板，表示这个家族到了极盛时代。贾母又点头。第三出戏是《南柯梦》，说的是淳于棼梦至大槐安国，娶公主，封南柯太守，荣华富贵，显赫一时。后率师出征战败，公主亦死，遭国王疑忌，被遣归。醒后，在庭前槐树下掘得蚁穴，即梦中之大槐安国。南柯郡为槐树南枝下的另一蚁穴。后因以指梦境，亦比喻空幻。贾母就不再说话了，她似乎已经预知这个家要败落了，所有的繁华只是过眼云烟。

“且说宝玉在楼上，坐在贾母旁边，因叫个小丫头子捧着方才那盘子贺物，自己将玉带上，用手翻弄，一件一件挑与贾母。贾母因看见有个赤金点翠的麒麟。”黄金的，上面镶了一些松绿石叫点翠的麒麟。“贾母说：‘这件东西好像我看见谁家的孩子也带着这么一个的。’宝钗笑道：‘史大妹妹有一个，比这个小些。’”宝钗就说史湘云有一个。《红楼梦》到第三十一回里有一个回目叫“因麒麟伏白首双星”，意思是说史湘云有一个金的麒麟，因为《红楼梦》里面一直认为宝玉有“玉”，他将来结婚的对象要有“金”，所以叫“金玉良缘”。黛玉没有玉，也没有金，只是一株草，所以这个“金玉良缘”便成了黛玉心中最大的结。宝钗有一个金锁，一直觉得自己可以配宝玉。现在宝钗很在意地说，史大妹妹有一个金麒麟。其实最后宝玉到底是跟宝钗、还是跟史湘云结婚我们不得而知，因为两个女孩子都有金。

“贾母道：‘原来是湘云儿有这个。’宝玉道：‘他这么住在我们家，我也没看见。'”谁都没有注意到史湘云有一个金麒麟，可是宝钗会注意，宝钗是一个心机非常深的女孩子，因为一直听人说“金玉良缘”，就留心谁身上有金，很在意谁是她的情敌。“探春笑道：‘宝姐姐有心，不管什么他都记得。'”你看林黛玉的反应：“‘他在别的上，心还有限，惟有这些人戴的东西上，越发留心。’宝钗听说，便回头装没听见。”这是很强烈的讽刺，因为宝钗一心想嫁宝玉，所以她总是注意别人身上戴了什么东西。“宝玉听见史湘云有这件东西，便将那麒麟忙拿起来揣在怀里。”本来这个盘子里的东西宝玉什么都不想要，可是听说史湘云有个麒麟，他就想把它拿给史湘云看，“一面揣着，心里想到，怕人看见他听见史湘云有了，他就留这件，因此手里揣着，却拿眼睛瞟人。”这完全是宝玉的个性，他的心思缜密，担心别人计较。“只见众人倒不理论，惟有林黛玉瞅着他点头儿，似有赞叹之意。宝玉不觉心里不好意思起来，又掏了出来，向黛玉笑道：‘这个东西倒好玩，我替你留着，到了家穿上你带。'”宝玉跟黛玉之间有很深的情，可是两个人之间有时候会被一些东西阻碍，宝玉此时想到史湘云，马上又意识到不该因此伤害黛玉，便说这是给她留着的。情是什么？就是那个人无论做什么、怎么做你都会在意。接下来两个人一直纠缠在这个“情”字里。林黛玉将头一扭说：“我不希罕。”这很像我们现在的初中生谈恋爱，这个说我帮你买了个手机，那个说，我才不稀罕呢！“宝玉笑道：‘你果然不希罕，我少不得就拿着。’说着又复揣起来。”

当时的官场文化

“刚要说话，只见贾珍、贾蓉的妻子婆媳两个来了，彼此见过，贾母方说：‘你们又来做什么，我不过没事来逛逛。’一句话说完了，只见人报：‘冯将军家有人来了。’原来冯紫英家听见贾府在庙里打醮，连忙预备了猪羊香供茶食之类的东西送了来。”原来这种富贵人家是不能随便乱走的，只要一听说某某夫人今天到某某广场买东西了，所有的权贵就都到那里候着了。我的意思是说古代跟当代一样，贾府一到庙里去作醮，马上《壹周刊》就有报道，立刻就有人连猪羊都送来了。

“凤姐儿听见了，忙赶过正楼来，拍手笑道：‘哎呀！我就不防这个。只说咱们娘儿们来逛逛，人家只当咱们大摆斋坛的来送礼。都是老太太闹的。这又得预备赏封儿。’”“赏封儿”就是红包，人家送礼，你马上要预备红包还礼。“刚说了，只见冯家的两个管家娘子上楼来了。冯家的两个未去，又接着赵侍郎也有礼来了。于是接二连三，都听见贾府打醮，女眷都在庙里，凡一应远近亲友，世家相与都来送礼。”这是典型的世家文化，这种文化从古至今没有什么大的变化。社会上的权和利始终是勾挂在一起的。

《红楼梦》真是少有的一本书，它解剖了官场文化的真实面目。不细读你根本没法理解，说怎么搞的，他们家只是去庙里玩一玩，大家就都来送礼了。可是如今如果你在官场担任重要职务，家里就会有很多礼券。就像有时候银行的朋友在台北听我的课，会给我很多礼券，一给就是厚厚的一沓，可以到各大百货公司买东西，一般老百姓肯定拿不到这种礼券。《红楼梦》能让人更透彻地认识人和社会，只要是在有人的社会里，就会有类似的瓜葛与纠缠。

“贾母才后悔起来，说：‘又不是什么正经事，我们不过闲逛逛，就想不到这礼上，没的惊动了人。’因此虽看了一会戏，至下午便回来了，次日便懒怠去。凤姐儿又说：‘打墙也是动土，已惊动了人家，今儿乐得还去逛逛。’那贾母只因昨日张道士提起宝玉说亲的事来，谁知宝玉一日心中不自在，回家来生气，嗔着张道士与他说了亲，口口声声说从今以后不再见张道士了，别人也并不知为什么原故。”宝玉的不自在是因为黛玉，他觉得我已经有女朋友了，你张道士干吗多事？“二则林黛玉昨日回家又中了暑：因此二事，贾母便执意不去了。”林黛玉本来身体就弱，因天气太热中了暑，所以贾母就执意不肯再去了。“凤姐见不去，自己带了人去，也不在话下。”

痴情女情重愈斟情

“且说宝玉因见林黛玉又病了，心里放不下，饭也懒去吃，不时来问。”这是典型的小男孩、小女孩之间的爱情，宝玉觉得大庭广众有人给他说媒，很伤黛玉的自尊，所以没事儿就跑来看黛玉，当你觉得对自己爱的那个人有亏欠的时候，就会有事没事打个电话什么的。可“林黛玉又怕他有个好歹，因说道：‘你只管看你的戏去，在家里作什么？’宝玉因昨日张道士提起说亲，心中不受用，今听见林黛玉如此说，因想道：‘别人不知道我的心还可恕，连他也奚落起我来。’因此心中更比往日的烦恼加之百倍”。宝玉很难过，心说别人不理解我，连你也不理解我。这就是所谓的“情”，其实你是为对方好，可是对方却不领情。“若是别人跟前，断不能动这肝火，只是林黛玉说了这话，倒比往日别人说话不同，由不得立刻沉下脸来，道：‘我白认得你。罢了，罢了！’”这是爱人之间吵架最容易说的话，算了算了，我干吗总跟你在一起？

“林黛玉听说，便冷笑了两声：‘我也知道白认得了我，那里像人家有什么配的上呢。’宝玉听了，便向前来直问到：‘你这么说，是安心咒我天诛地灭？’林黛玉一时解不过这个话来。宝玉又道：‘昨儿还为这个赌了几回咒，今儿你到底准了我一句。我便天诛地灭，你又有什么益处？’”因为宝玉过去跟她发过誓，如果跟黛玉分开，就天诛地灭，黛玉这才想起上一次他们发誓的事情，知道“今日原是自己说错了，又是着急，又是羞愧”，可是林黛玉绝不会承认自己错了，“便颤颤兢兢的说道：‘我要安心咒你，我也天诛地灭。何苦来！我知道，昨日张道士说的亲，你怕阻了你的好姻缘，你心里生气，来拿我来杀性子。’”她一说这个，宝玉就更生气了。两个人明明都是为对方好，却又都在试探对方到底是不是真的对自己好。情越深，越觉爱得不够，越需要证明，最后就变成了说不清、道不明的纠缠。

“原来那宝玉自幼生成有一种下流痴病”，宝玉曾跟不同的男孩、女孩有过性关系，可他最爱的黛玉却从来没有碰过，在他的心目中，黛玉是他的最高级情感。“下流痴病”是说自己处在心灵的意淫状态。在《红楼梦》里，性跟情是两个不同的东西，性是肉体欲望，情却可以是不发生任何肉体关系的情感。“况从小时和黛玉耳鬓厮磨，心情相对”，他从小跟林黛玉睡在一个枕头上长大。“既如今稍明时事，又看了这些邪书僻传，凡远近亲友之家所见的那些闺英阁秀，皆未有稍及黛玉者，所以早存留一段心事，只不好说出来”，他早就暗恋黛玉却不敢明说，“故每每或喜或怒，变尽法子暗中试探。那林黛玉偏生他也是个有些痴病的，也每用假情试探。”

“真情”就是这样，你真正最在意的人，反而不好意思说出来。宝玉跟袭人、秦钟之间都很随缘，跟黛玉却不一样，这是《红楼梦》里一般人最难读懂的地方，也就是说，有一种牵挂是比肉体的需要还要高级、还要深切的。因此两个人“你也将真心真意瞒了起来，只用假意，我也将真心真意瞒了起来，只用假意，如此两假相逢，终有一真。其间琐琐碎碎，难保不着口角之争”。这一段从字面上很难懂，可是大家可以想想看，你跟最爱的人，是不是经常会故意讲反话？

所以，“此刻，宝玉心内想的是：‘别人不知我的心，还有可恕，难道你就不想我的心里眼里只有你！你不能为我解烦恼，反来以这话奚落堵噎我。可见我心里一时一刻白有你了，你竟心里没我。我心里有这意思，只是口里说不出来。’那林黛玉心里想着：‘你心里自然有我，虽有“金玉相对”之说，你岂是重这邪说不重我的。我便时常提这“金玉”，你只管了然自若无闻的，方见得待我重，而毫无此心了。如何我只一提“金玉”的事，你就着急，可知你心里时时有“金玉”，见我一提，又怕我多心，故意着急，安心哄我。’”可以了解吗？黛玉的意思是，你心里如果没有鬼，根本就无所谓，为什么我一说“金玉良缘”你就着急，就难过？两个人都在用假心试探对方，越试探离自己的期望越远。

情的纠缠与煎熬

“看来两个人原本是一个心，但都多生了枝叶，反弄成了两个心了。那宝玉心里又想着：‘我不管怎么样都好，只要你随意，我便立刻因你死了也情愿。你知也罢，不知也罢，只由我的心，可见你方和我近，不和我远。’那林黛玉心里又想着：‘你只管你，你好我就好，你何必为我而自失。

殊不知你失我自失。可见你是不叫我近，你有意叫我远你了。’如此看来，却都是求近之心，反弄成疏远之意。如此之话，皆他二人素习所存私心，也难备述。”这其实是非常现代的写作手法，你可以留意一下，如果家里有十几岁的小男孩、小女孩正在恋爱，你会奇怪他们怎么总有说不完的话，貌似很严肃地在讨论人生大事，其实不外乎是这种情感的纠缠。

最后宝玉真是气极了，就连命都不想要了，情感的试探到最后都是毁灭性的，“那宝玉又听见‘好姻缘’三个字，越发逆了己意，心里干噎，口里说不出话来，便赌气向颈上抓下通灵玉来，咬牙恨命往地下一摔，道：‘什么捞什东西，我砸了你完事！’”这是一个象征，意思是说你总说“金玉良缘”，我不要这个“玉”了可以吗？“偏生那玉坚硬非常，摔了一下，竟公然不动。宝玉见不碎，便回身找东西来砸。林黛玉见他如此，早已哭起来，说道：‘何苦来，你又砸那哑吧物件。有砸他的，不如砸我。’”现在的太太跟丈夫吵架也常常说，你干吗摔花瓶，你直接打我就完了。丫头们吓坏了，都跑进来劝解，看比往日闹的大了，就赶快去叫袭人。袭人来了，才把玉抢了下来。“宝玉冷笑道：‘我砸我的东西，与你们什么相干！’”

“袭人见他脸上都气黄了，眉眼都变了，从来没气的这样，便拉着他的手，笑道：‘你同妹妹拌嘴，不犯着砸他，倘或砸坏了，叫他心里脸上怎么过的去？’林黛玉一行哭着，一行听了这话说到自己心坎儿上来，可见宝玉连袭人不如，越发伤心大哭起来。”袭人的意思是说你看在林黛玉的面上，也不要砸这个玉。这话刚好说到黛玉的心里面，可见宝玉连袭人都不如，大概只有情感深到这种程度，才会发生这种事情。“心里一烦恼，方才吃的香薷饮解暑汤便承受不住，‘哇’的一声都吐了出来。紫鹃忙上来用手帕子接住，登时一口一口的把一块手帕吐湿。雪雁忙上来捶。”作者写得很细致，这个时候宝玉一定心疼死了，他知道全是自己惹的祸。“紫鹃道：‘虽然生气，姑娘到底也该保重着。才吃了药好些，这会子因和宝二爷拌嘴，又吐出来。倘或犯了病，宝二爷怎么过的去呢？’宝玉听了这话说到自己心坎儿上来，可见黛玉不如紫鹃。”又是同样的话，说黛玉如果身体不好，最难过还是宝玉，宝玉心说，你连紫鹃都不如。情到深处大概就是这样的纠缠。

“又见林黛玉脸红头涨，一行哭，一行气凑，一行是泪，一行是汗，不胜怯弱。宝玉见了这般，又自己后悔方才不该同他校证，这会子他这个光景，我又替不了他。心里想着，也由不的滴下泪来了。袭人见他两个哭，由不得守着宝玉也心酸起来，又摸着宝玉的手冰凉，待要劝宝玉不哭罢，一则又恐宝玉有什么委屈闷在心里，二则又恐薄了林黛玉。不如大家一哭，就丢开了手，因此也流下泪来。紫鹃一面收拾了吐的药，一面拿扇子替黛玉轻轻的扇着，见三人鸦雀无声，各自哭各自的，也由不得伤起心来，也拿帕子擦眼泪。四个人都无言对泣。”

四个人就这样鸦雀无声地各哭各的，完全是一幅电影画面。大家不要忘了，他们都是十四五岁的小孩，就是现在初中生的年龄，大家哭成一团。怎么会变成这样？是因为“情”本来就没有什么大事，可是因为彼此计较，最后就会变成一种煎熬。

过了一会儿，“袭人勉强向宝玉道：‘你不看别的，你看看这玉上穿的穗子，也不该同姑娘拌嘴。’林黛玉听了，也不顾病，赶来夺过去，顺手抓起一把剪子来要剪。袭人、紫鹃刚要夺，已经剪了几段。”这就是我前面讲的毁灭性的情感。也是《红楼梦》里最动人的情节之一，它的动人在于会让你联想到自己的情感该怎么处理。情感上的纠缠，本来没有任何道理可讲，因为情深，情人会“宁为玉碎，不为瓦全”，一点点妥协都不能容忍。林黛玉的爱情，是最彻底、纯粹的，包括她的葬花和焚稿断痴情，都是因为她容不得一点瑕疵。这就是毁灭跟完整之间的关系，我相信梁山伯与祝英台、罗密欧与朱丽叶、林黛玉与贾宝玉的故事都属于这一类，就是情深到宁愿去死，连死亡都没有那么痛。

“林黛玉哭道：‘我也是白效力。他也不希罕，自有别人再给他穿好的去。’”你看，她还是在吃醋、在委屈、在嫉妒。“袭人忙接了玉道：‘何苦来，这是我才多嘴的不是了。’宝玉向林黛玉道：‘你只管剪，我横竖总不带他，也没什么。’”你看，两个人都是在往毁灭的方向走，稍微换一下角色，就很像今天你听到的隔壁夫妻的吵架。所以我觉得《红楼梦》真的有点像佛经，在现实世界里让你觉得最痛苦的东西，一定是最后能让你领悟的东西；让你受尽折磨的那个人，恰恰是你宿命里最爱的人。

不是冤家不聚头

“那些老婆子们见林黛玉大哭大吐，宝玉又砸玉，不知要闹到什么田地，倘或连累了他们，便一齐往前头回贾母、王夫人知道，好不干连他们，那贾母、王夫人进来，见宝玉也无言，林黛玉也没话，问起来又没为什么事。”我以前做老师的时候，每次问两个吵得不可开交的学生，你们两个从大一就最要好的，为什么现在谁也不理谁，结果两个人只是哭，不讲话。情感最深的时候，吵架真不知道是为什么。最后还是贾母把宝玉带走了才算平服。

“过了一日，至初三日，乃是薛蟠的生日，家里摆酒唱戏，请贾府诸人。宝玉因得罪了林黛玉，二人总未见面，心中已后悔，无精打采的，那里还有心肠去看戏，因而推病不去。黛玉不过前日中了些暑热之气，本无甚大病，听见他不去，心里想道：‘他是好吃酒看戏的，今日反不往他们家去，自然是因为昨儿气着了。再不然，他见我不得去，他也没心肠去。只是昨儿千不该万不该剪那玉上的穗子。管定他再不带了，还得我穿好了他才带。’因而心中十分后悔。”黛玉有点后悔了，觉得千不该万不该，不该剪那条穿在玉上的穗子。有没有发现这就是“情”，不信可以问问你女儿，手机上的穗子是不是那个人剪断了以后又穿上的。

“那贾母见他二人都生了气，只说趁今儿那边去看戏，他两个见了也就完了，不想又都不去。老人家急的抱怨说：‘我这老冤家是那世的孽障，偏生遇见了这么两个不省事的小冤家，没有一天不叫我操心。真是俗语说的，“不是冤家不聚头”。几时我闭了这眼，断了这口气，凭你两个冤家闹上天去，我眼不见心不烦，也就罢了。偏又不咽这口气。’自己抱怨着也哭了。”“冤家”是充满民间智慧的词汇，意思是上辈子欠了一个人的，所以这辈子要偿还。也是一方干了什么另一方都得担待，没有什么道理好讲，它有时候指亲子关系，有时候指夫妻关系和恋人关系。“这话传入宝、黛二人耳内。原来他二人未听见过‘不是冤家不聚头’的这句俗语，如今忽然得了这句话，好似参禅的一般，都低头细嚼此说的滋味，都不觉潸然泪下。虽不曾会面，然一个在潇湘馆临风洒泪，一个在怡红院对月长叹，却是人居两地，情发一心！”

“袭人因劝宝玉道：‘千万不是都是你的不是，往日家里的小厮们和他们的姊妹拌嘴，或是两口子分争，你听见了，还是骂小子们蠢，不能体贴女孩子们的心肠。'”因为宝玉一直觉得女孩子需要多心疼一点，所以凡是他的手下对女孩子不好，他常会骂他们。“今儿你也这么着了。明儿初五，大节下，你们两个再这么仇人似的，老太太越发要生气，一定弄的大家不安生。依我劝，你正经下个气儿，陪个不是，大家还是照常一样，这么也好，那么也好。”袭人就劝宝玉说，你还是去道个歉吧，把这件事主动了了。

二十九回里说了两件人生大事，一个是“福”，大家可以思考一下，你的生命里面还缺什么，你认为什么叫作“福”？另外一个就是“情”，你觉得最牵挂的是什么人？这个情是不是深到外人无法理解，你自己无怨无悔？可以用逻辑解释的东西都不叫“情”，你每一次下定决心说：“我再也不要理他。”可是你最后还是没有办法做到，这大概就是“情”了。《红楼梦》的动人在于它讲的是人生某种无奈，可这个无奈能让你对人生有更深的体悟。这个体悟是：年轻时候不懂事，朋友夫妻吵架，对一方来说另一方不知多么坏，一二三四五罗列十条罪状都不止；可如果一方说干脆离开另一方算啦！最后会发现对方会很恨你，所以绝不做这种傻事。如果列了十条还能列下去的话，说明他们之间的情是非常深的。这一点看起来是折磨，可也是对方今生最大的福气。

第三十回

宝钗借扇机带双敲

龄官划蔷痴及局外

宝钗落选

这一回的回目首先是“宝钗借扇机带双敲”，这个“机”当然是指心机。薛宝钗这个女孩子的性格有点儿不可思议，贾府上上下下三百个人，没有一个人说她不好。稍有点儿社会经验的人都知道，做到这一点很不容易。大家一定记得，宝钗进京借住贾家本来是为了选妃。古代选妃，是每年由固定的官吏挑选民间家世很好、才貌双全、十四五岁的女孩子，送进京去备选。可是《红楼梦》在第四回之后，就再也没有提起过此事，说明宝钗没被选上。这一回里宝玉无意间把宝钗比作杨贵妃，她马上变脸大怒，因为这戳中了她的软肋。宝钗表面上做人得体、圆滑，其实骨子里非常好强，有很多的欲望和野心。更关键的是，她一直试图拆散宝玉跟黛玉，却没有成功。

深情的折磨

林黛玉跟宝玉闹别扭的事情在二十九回并没有结束，大家很想知道他们最后怎么样了，看了三十回的开头你会忍不住笑出来。

“话说林黛玉与宝玉角口后，也自后悔，但又无去就他之理，因此日夜闷闷，如有所失。”但林黛玉是个高傲的人，从不会先打电话说对不起。薛蟠过生日，他们两个也不肯去应酬。“如有所失”其实是情感上没有寄托了。紫鹃是一个非常聪明、懂事的女孩子，意识到差不多该是劝她的时候了。就说：“若论前日之事，竟是姑娘太浮躁了些。”其实才过了三天，可这两个人就都受不了了。紫鹃说是黛玉不对，“别人不知宝玉那脾气，难道咱们也不知道的？为了那玉也不是闹了一遭两遭了。黛玉啐道：‘你倒来替人派我的不是。我怎么浮躁了？’”意思是说你是我这边的，倒替宝玉说起话来了。“紫鹃笑道：‘好好的，为什么又剪了那穗子？岂不是宝玉只有三分不是，姑娘倒有七分不是。’”意思是吵架归吵架，你干吗这么没有风度，把人家玉的带子给剪断了。“我看他素日在姑娘身上就好，皆因姑娘小性儿，常要歪派他，才这么样。”紫鹃很正直，她评判说，我看宝玉一向在你身上都非常用心，是你自己太小气了。

林黛玉刚要回答，“门铃”就响了，大家都知道是宝玉来了。下面这场戏很有趣，紫鹃听了听，笑着说这是宝玉的声音，必定是来赔不是了。之前袭人不是也劝宝玉说，你是男孩子，应该先去道歉吗？林黛玉听了说：“不许开门！”实际上是她还有点拉不下脸来。那紫鹃就说：“姑娘又不是了。这么热天毒日头地下，晒坏了他如何使得呢！”你可能会觉得紫鹃好像比较体谅，但黛玉跟宝玉的感情和紫鹃不同，情到深处就是彼此折磨。紫鹃见了宝玉，便笑着说：“我只道宝二爷再不上我们这门了，谁知这会子又来了。”下面的回答真好。宝玉笑着说：“你们把极小的事倒说大了。好好的，为什么不来？我便死了，魂也要一日来一百遭。”我想大概有过深情的人，读到这段都会掉眼泪的，本来两个人闹得要死要活，可如今一回头，竟然这么柔软、缠绵、动人心弦。宝玉问黛玉的身体怎么样了，紫鹃说："身上的病好了，只是心里气不大好。"意思是说你小心一点，多动动脑筋吧！还在生气呢！宝玉笑着说："我晓得有什么气。"一面说，一面进来了，只见林黛玉又在床上哭。

你死了，我做和尚去

"林黛玉本来不曾哭，听见宝玉来了，由不得伤心，止不住滚下泪来。"宝玉就笑着走近床边来，宝玉的磨功很惊人，简直就像牛皮糖一样。宝玉问："妹妹，身上可大好了？"黛玉只顾擦眼泪根本不搭理他。"宝玉因便挨在床沿上坐了"，"挨"字说明他们真的很亲，宝玉到其他女孩子的房间，绝对不会这样挨着床坐。"我知道你不恼我，但只是我不来，叫旁人看着，倒像是咱们又拌了嘴似的。"宝玉就这点厉害，他说，你看我们本来是最亲的，干吗要等别人来劝我们，我们就是因为情感太深了，才会闹成这样。听了这话，黛玉哭得一塌糊涂，底下的话更厉害："若等他们来劝咱们，那个时候岂不是咱们倒觉得生分了？不如这会子你要打要骂，凭着你怎么样，千万别不理我。"这是很管用、很动情的话。"说着，又把'好妹妹'叫了几十声。林黛玉心里原是再不理宝玉的，这会子见宝玉说别叫人知道他们拌了嘴就生分了这一句话，又可见得比人原亲近"，可见感情之事就是着迷、领悟，再着迷、再领悟……

"因又掌不住哭道：'你也不用哄我。从今以后，我也不敢亲近二爷，也全当我去了。'"黛玉只要一开口说话，问题就解决了，可是一开口往往就是这种话，还用了“二爷”这么尊敬的称呼。“宝玉听了笑道：‘你往那里去呢？’林黛玉道：‘我回家去。’宝玉笑道：‘我也跟了去。’林黛玉道：‘我死了！’宝玉道：‘你死了，我做和尚去。’林黛玉一闻此言，登时将脸放下来：‘想是你要死了，胡说的是什么！你家倒有几个亲姐姐亲妹妹呢，明儿都死了，你几个身子去作和尚？明儿我倒把这话告诉人去评评。’”意思是你根本在说胡话，很多人觉得深情的话都是谎话，当然，用逻辑来分析的确是谎话，可是深情的话从来都是这样语不惊人死不休，让自己跟对方都觉得没有第二种选择。

宝玉这才意识到这话说得有点过分了，脸都红了，就低了头不敢说话。幸好屋子里没有人。“林黛玉两眼直瞪瞪的瞅了他半天，气的一声儿也说不出来。见宝玉憋的脸上紫涨，便咬着牙用指头狠命的在他额颅上戳了一下，哼了一声，咬牙说道：‘你这——’”好，这是一个作业，大家合上书想一下，你常常戳着你最爱的那个人的额头骂的是些什么，大概不外乎死鬼、冤家之类的吧？也说不定是“狗屎”什么的，每个人都会给自己爱的人起很奇怪的名字。这一戳中有语言无法表达的深意，连林黛玉这么聪明的人都不知该怎么说了。明明前天才讲再也不要理你了，发誓说再也不要见面，如今一下子就垮掉了，“刚说了两个字，便又叹了一口气，仍拿起手帕子来擦眼泪。”

深深的牵挂

黛玉手指戳着宝玉头的时候，就表示已经和解了。“宝玉心里原有无限心事，又兼说错了话，正自后悔，又见黛玉戳他一下，要说也说不出来，自叹自泣，因此自己也有所感，不觉滚下泪来。要用帕子揩拭，不想又忘了带来，便用衫袖去擦。”大概因为要跟女朋友道歉，慌慌张张出门没有带手帕。

下面这一段真是精彩：“林黛玉虽然哭着，却一眼看见了，见他穿着簇新藕合纱衫，竟去拭泪，便一面自己拭着泪，一面回身将枕上搭的一方绡帕拿起来，向宝玉怀里一摔。”黛玉见他穿的是一身新衣服，就觉得真糟糕，怎么能用“阿玛尼”的袖子擦眼泪呢？就把自己的手帕摔给他。这一段是《红楼梦》里写情感写得最深的一段。人在这么害羞、慌乱的时候，还会注意到对方的衣服，注意到对方怎么擦眼泪，这是多深的牵挂？这一段只有三行，不注意很容易错过。目前为止还没有一个小说家能写出如此的深情，作者对人、对情感的洞察力实在惊人。

“宝玉见他摔了手帕来，忙接住拭了泪”，宝玉赶快接住，好像得到赏赐一样，便“又挨近前些，伸手挽了林黛玉一只手。‘走罢，我同你往老太太跟前去。’”下面这句话大家要记住，一生中一定要找机会让自己用到这句话：“我的五脏都碎了，你还只是哭。”这完全是古今中外通用的语言，是所有的情感都逃不掉的感觉。林黛玉将手一摔道：“谁同你拉拉扯扯的。一天大似一天的，还这么涎皮赖脸的，连个道理也不知道。”两个人就这样没完没了地扯来扯去。

黄鹰抓住了鹞子的脚

黛玉一句话没说完，只听喊道："好了！"王熙凤总是人没到声先闻。宝玉、黛玉不防，都吓了一跳，回头看到"凤姐跳了进来"。古代女孩子走路都是蹭的、磨的，可王熙凤绝对是很现代的辣妹型的女孩，是跳进来的。然后笑着说："老太太在那里抱怨天抱怨地，只叫我来瞧瞧你们好了没有。我说不用瞧，过不了三天，他们自己就好了。老太太骂我，说我懒。我来了，果然应了我的话。也没见你们两个人有什么可拌的，三日好了，两日恼了，越大越成了孩子！"在王熙凤的世界里，绝对没有这种纠缠，丈夫怕她怕得要死，所以她觉得这两个人简直神经病！"有这会子拉着手哭的。昨儿为什么又成了乌眼鸡呢！还不跟我走，到老太太跟前，叫老人家也放些心。"贾母最疼的就是宝玉这个孙子和林黛玉这个外孙女，这两人整天吵架，贾母也很受折磨。说着拉了林黛玉就走，林黛玉回头想叫丫头们，一个也没有，王熙凤说，我服侍你就好！这里作者写得非常细，林黛玉的个性清高，此时既有点尴尬，又有点矜持，不太愿意到大庭广众说我们已经和好了，但王熙凤不管那么多，拉了她就走。宝玉跟在后面出了院门。

到了贾母跟前。凤姐就笑着说："我说他们不用人费心，自己就会好的。老祖宗不信，一定叫我去说和，及至我到那里要说和，谁知两个人倒在一处对赔不是了。对笑对说，倒像'黄鹰抓住了鹞子的脚'，两个都扣了环了，那里还要人去说和。"古代打猎的时候常要带着"黄鹰"，这种鹰平常是拴在一根圆棍上的，圆棍上有个环儿，把黄鹰的脚扣在上面。"鹞子"，有的时候是指鸟，有的时候是指风筝。放风筝的时候，手上也要扣一个环。王熙凤的语言很活泼，用这种民间的俗语形容两个人的要好程度，大家很开心。

宝钗大怒

这个时候宝钗来了，她当然不希望看到这个结局，可是宝钗非常有心机。林黛玉刚刚哭过，当然不好意思说话，就坐在外祖母的身边。宝玉也不知该说什么，看大家有点尴尬，就想把话题岔开，“便向宝钗笑道：‘大哥哥好日子，偏生我又不好了，没别的礼送，连个头也不得磕去。大哥哥不知我病，倒像我懒，推故不去的。倘或明日恼了，姐姐替我分辨分辨。’”薛蟠过生日的时候，因为跟黛玉吵架，宝玉假说身体不好，没去参加生日 Party。宝钗听了很不高兴，心说你撒谎！当然她不会直接戳穿，便笑道：“这也多礼。你便要去，也不敢惊动，何况身上不好，弟兄们日日一处，要存这个心倒生分了。”薛宝钗很厉害，说的都是客套的话。可是接下来宝玉问：“姐姐，你怎么不去看戏？宝钗道：‘我怕热，看了两出，热的很。要走，客又不散。我少不得推身上不好，就来了。’宝玉听说，便由不得脸上没意思。”听得出这句话暗藏的机锋吗？如果读懂了，就知道为什么宝玉会不好意思了。现在的人际关系远没有那么复杂，过去这种大家族里，互相之间从不直接骂人，特别喜欢绕弯子。宝玉只得搭讪笑着说：“怪不得他们拿姐姐比杨妃，原也体丰怯热。”

这一句话得罪了宝钗，这是宝钗唯一的一次大怒。宝玉的话确实不太得体，你不能在大庭广众讲一个女孩子胖；最要紧的是宝钗选妃没有选上，“杨妃”对她来说尤其刺耳。“宝钗听说，不由的大怒，待要怎样，又不好怎样。”如果是黛玉，早就发脾气了，可宝钗做人向来周到，不会随意发脾气。“回思了一会，脸红起来，便冷笑了两声，说道：‘我倒像杨妃，只是没一个好哥哥、好兄弟可以作得杨国忠的！’”宝钗第一次说这么露骨的话，她忽然想起了自己的委屈。从这个角度看，宝钗也有她的可怜之处，在黛玉看来只要和宝玉相爱，死了都无所谓，可宝钗要的是现世里的很多名分。

两个人正说着，来了一个倒霉鬼靛儿，“小丫头靛儿因不见了扇子，和宝钗笑道：‘必是宝姑娘藏了我的。好姑娘，赏了我罢。’”小丫头跟主人之间常常玩这种游戏，倒霉的是，宝钗刚好一肚子气没处撒，便“指他道：‘你要仔细！我和你玩过，你再疑我。和你素日嘻皮笑脸的那些姑娘们跟前，该问他们去。’说的靛儿跑了”。宝钗一下露出了真面目，其实她骂的不是靛儿，而是宝玉。意思是说你竟敢这么嬉皮笑脸地跟我说话，“宝钗借扇机带双敲”就是指桑骂槐。宝钗这个女孩子绝对不是个简单角色，幸好她选妃失败，否则会是又一个武则天。

负荆请罪

“宝玉自知又把话说造次了，当着许多人，更比方才在林黛玉跟前更不好意思，便急回身又同别人搭讪去了。”

林黛玉听见宝玉奚落宝钗，心中着实得意，这也是人之常情，因为三个人是三角恋爱关系，心说：好，你今天也挨骂了！就想搭言趁势取个笑，“不想靛儿因为找扇子，宝钗又发了两句话，他便改口笑道：‘宝姐姐，你听了两出什么戏？’”此时黛玉完全是好意，她看宝钗不高兴了，想把话岔开。“宝钗因见林黛玉面上有得意之态，一定是听了宝玉方才奚落之言，遂了他的心愿，忽又见问他这话，便笑道：‘我看的是李逵骂了宋江，后来又赔不是。’”宋江是《水浒传》一百零八将的首领，李逵是那种没有什么大脑的人。有一天李逵出去喝酒，听到有人在说宋江的坏话，李逵便不问青红皂白，跑回山上把宋江骂了一顿。查明真相后，李逵觉得很内疚，便到宋江那里负荆请罪。“宝玉便笑道：‘姐姐通今博古，色色都知道，怎么连这一出戏的名字也不知道，就说了这么一串子。这叫《负荆请罪》。’”宝钗就笑着说：“原来这叫《负荆请罪》！你们通今博古，才知道《负荆请罪》，我不知道是什么《负荆请罪》。”宝钗永远是话里有话，宝玉得罪了黛玉，又跟黛玉去赔不是，所以一句话未了，宝玉、黛玉就早把脸羞红了。这是很尴尬的场面，三个人都有心事，旁人都不知道他们在说什么。

可是王熙凤看到这三个人脸都红红的，说话怪怪的，马上就悟出了其中的机关，“便也笑着问人道：‘你们大暑天，谁还吃生姜呢？’众人不解其意，便说道：‘没有吃生姜。’风姐故意用手摸着腮，诧异道：‘既没人吃生姜，怎么这么辣辣的？’”凤姐根本不知道他们在说什么，那些典故她全不懂，但凤姐的厉害在于她的本能跟直觉，一看就知道三个人有问题了。“宝玉、黛玉二人听见这话，越发不好过了。”宝钗还是有节制的，也觉得不应该再去挖苦她，就一笑收住了，“别人再总未解得他四人的言语，因此付之流水。”

宝钗、凤姐走了，林黛玉就笑着跟宝玉说：你也知道厉害了，你以为“谁都像我心拙口夯的，由着人说呢”。宝玉因为宝钗多了心，自己没趣，又见林黛玉来问他，越发没好气起来，想要说两句，又害怕林黛玉多心，说不得，忍着气，无精打采一直走出来。

青春期的骚动不安

下面是写得非常好的一段散文："目今盛暑之际，又值早饭已过，各处主仆人等多半都因日长神倦，宝玉背着手，到一处，一处鸦雀无闻。"宝玉特别无聊，背着手在大观园里绕来绕去，想找人聊天，可到处都悄无声息。他本来想找王熙凤，到了凤姐院前，"只见院门掩着"。注意，"掩"不是关着，他知道凤姐素日的规矩，每到天气热的时候，午间要歇两个小时，进去不便，所以就进了角门，来到王夫人上房。只见几个丫头，手里拿着针线，却都在打盹儿。这是很漂亮的画面，几个丫头都在做针线，可因为天气太热了，大家忍不住都在打盹儿。

"王夫人在里间凉榻上睡着，金钏儿坐在旁边捶腿，也乜斜着眼乱恍。宝玉轻轻的走到跟前，把他耳上带的坠子一拨。"注意这个小动作，一个丫头戴着金耳环，底下有个翡翠的坠儿，这个十几岁的小男孩，就跑过去轻轻地碰了一下，这是很肉体的接触。你肯定不会随便去碰你家菲佣的耳环，可因为大家都把宝玉当小孩子看，他也觉得自己是小孩子，所以才会做这种事。有趣的是，这件事发生在妈妈的睡榻旁，在这里，母亲代表着一种礼教。

"金钏儿睁开眼，见是宝玉。宝玉悄悄的笑道：'就困的这么着？'金钏抿嘴一笑，摆手令他出去，仍合上眼。"因为夫人在睡觉，那么近的距离不方便说话，所以只能摆摆手，"宝玉见了他，就有些恋恋不舍的"，宝玉对黛玉的情很深，可是这并不影响他觉得每个女孩子都美，

《红楼梦》最容易误会的是大家觉得宝玉怎么那么不专一？这个也喜欢，那个也喜欢，可是大家要记住，像“我五脏都碎了”这种话，宝玉是绝对不会对别的人说的，他的感情层次很分明。这个时候他就是有点儿顽皮，想逗逗金钏儿，可他还是有点怕妈妈，看老妈好像真的睡着了，“便自己向身边荷包里带的香雪润津丹掏了出来，便向金钏儿口里一送。”宝玉的皮带上总是挂着好多小荷包，里面放些槟榔、散香、鼻烟壶什么的，香雪润津丹是夏天提神润喉的，比较清凉。

“金钏儿并不睁眼，只管噙了。”用嘴唇把一个东西夹住叫“噙”，《红楼梦》的用词既考究又漂亮，描写到位、独特，这完全是在调情，可又不是普通意义上的色情。宝玉上来便拉着手，悄悄地笑道：“我明日和太太讨你，咱们在一处罢。”宝玉每次看到自己喜欢的丫头，都这么说。金钏儿不回答，宝玉又说，不然等太太醒了我就讨。

“金钏儿睁开眼，将宝玉一推，笑道：‘你忙什么！“金簪子掉在井里头，有你的只是有你的”，连这句话语难道也不明白？’”这句话是歇后语，女人头上的金簪掉在井里，迟早还是能找得到的。可在此这句话却是个暗示，金钏儿后来是跳井自杀的。《红楼梦》里有很多这种当事人不知道的因果。

金钏儿被撵出贾府

金钏儿接下来说了句最不该说的话，她告诉宝玉，你现在往东院去，可以抓到贾环正跟另外一个丫头彩云在乱搞。“宝玉笑道：‘凭他怎么去罢，我只守着你。’只见王夫人翻身起来，照金钏儿脸上打了一个嘴巴子，指着骂道：‘下作小娼妇，好好的爷们，都叫你们教坏了。’”我常常跟朋友说，做母亲的最好不要假装睡觉，否则你不敢保证自己会看到什么，听到什么，那真的很恐怖！本来是以为妈妈睡着了才说的话，做的事，可没想到王夫人并没有睡着，觉得你一个丫头怎么可以跟宝玉讲这些？王夫人生气没有针对宝玉，而是打了金钏儿一巴掌，所有的妈妈都很护短，自己孩子做了坏事，一定是对方不好。宝玉此时特别没有道义感，一看自己惹了祸，只管一溜烟儿地跑了。

“这里金钏儿半边脸火热，一声不敢言语。登时众丫头听见王夫人醒了，都忙进来。王夫人便叫玉钏儿：‘把你妈叫上来，带出你姐姐去。’”大家也许感觉不到事情的严重性，古代穷孩子一旦卖到人家做丫头，如果被赶出来，就表示她做了不道德的事情，真的只有死路一条。鲁迅一直讲礼教杀人，指的就是封建社会的“礼”跟“教”常常不问青红皂白地决定人的命运，因为大家都不去探究金钏儿到底是什么样的人，只凭她被主人赶出来这一条就说她是淫妇。这里埋下了一个非常大的悲剧，金钏儿的死几乎是这个家族开始败落最重要的转折点。

道德的评判与杀人

《红楼梦》里大大小小的人物很多，对宝玉、黛玉、宝钗的描写非常完整。像金钏儿只有这么小小的一段，后来她就自杀了。可是不管多么卑微的小人物，你都能感受到作者对这个生命的牵挂，大概他们都是作者一生中碰到的，或者有过关系的人。我一直把《红楼梦》叫作“忏悔录”，作者在晚年时回想起自己的一生，觉得对不住好多人，包括这个金钏儿。

这种悲剧在受儒家影响很大的东方社会很容易发生。西方社会很重视法律，事情发生了，如何处罚多由法律决定。可儒家文化不太相信法律。我们过去也讲过，爸爸偷了别人的羊，儿子跑到司法院去告发，大家都说这个小孩很正直，孔子却不以为然，说“父为子隐，子为父隐，直在其中矣”。从小读《论语》这一段的时候，总觉得很矛盾，我当然理解孔子的意思，一个社会如果到了儿子告发爸爸的程度是蛮悲惨的。可是一个社会过于相信道德伦理，也一样会出问题。王夫人只是说叫你妈妈把你带出去，大家可能不懂为什么金钏要跪在地上“哭道：‘我再不敢了。太太要打骂，只管发落，别叫我出去就是天恩了。我跟了太太十来年，这会子撵出去，我还见人不见人呢！’”最后这句话很重要，封建礼教杀人是以道德的名义；法制社会评判人，是看他到底有没有犯法，而不是看有没有道德的问题，因为道德的评判常常会很主观。《红楼梦》描述了一个非常完整的东方社会，在东方的伦理和价值体系中，金钏儿的跳井是必然的，到哪里都要背负着她是一个不规矩的女孩子的恶名，肯定活不下去。

王夫人的原配情结

“王夫人固然是个宽仁慈厚的人”，平常老是念佛，常常拿很多钱去散给穷人，从来不曾打过丫头们一下，“今忽见金钏儿行此无耻之事”，注意这个“无耻之事”，王夫人平生最恨的就是淫荡，“故气忿不过，打了一下，骂了几句”。王夫人身上有一种原配情结，她觉得女人就该正正经经，像赵姨娘那样的丫头出来做妾，就是娼妇、狐狸精。王夫人平常对下人那么宽厚，可处理这种事时就变得特别严厉，对这类行为的指责也非常夸张，说明她对丫头的不规矩在潜意识里有强烈的报复情结。回头去看，一个十三岁的小男孩碰一碰金钏儿的耳环，又掏出块口香糖塞到她嘴里，不过是发育中的小男孩在夏天的慵懒和困倦里对小女孩的一种挑逗，根本没严重到娼妇的地步。

我们身边常常会碰到这一类事，前一阵子跟很多朋友还在谈，说“北女”（台北北一女中）的女生下课时，“建中”（台北建国中学）的男生在门口等女朋友，大概等了很久，见了面就忍不住跑过去在女孩子脸上轻轻地亲了一下。后来这事闹得很大，一派说这是有辱校规的；另一派说，多好啊！青春那么美！也许一个社会的成熟一定要经过这样的讨论。像金钏儿事件，到底是不是她勾引了宝玉，真的很难说。我觉得我们有门课一直没有上好，就是公民意识的培养，公民的必修课就是关于类似问题的讨论。如果现在某个女主播发生这样的事，作为公民，人们至少知道自己对这个事情的看法是什么，而不会跟着瞎起哄。曾子曾讲，十目所视，十指所指，人就非死不可了。现在是百万目所视，一个光碟一出，多少人在看？压力就更大了。通常大家都不关心法律该怎么处理，而是关心我是否同意，大家是否意识到，你的意见有时是会间接杀人的，应该随时反省和检查自己在这类事件中到底扮演了什么角色。

金钏儿被赶出家门是《红楼梦》里的重要事件，从金钏儿开始，贾府的几个丫头晴雯、司棋等的下场都很惨。这些女孩子一不小心，就可能成为不道德的角色。如果大家读过《金瓶梅》，就知道里面有一个淫妇的典范潘金莲，可是如果你细读，潘金莲父母双亡，人长得很漂亮，被卖到大户人家当丫头，结果被主人强暴，然后那个原配就骂她狐狸精，勾引别人的丈夫，故意把她卖给武大郎来侮辱她，这是典型的原配情结，很能说明金钏儿事件中王夫人的真正动机，所以“虽金钏儿苦求，亦不肯收留，到底唤了金钏儿之母白老媳妇来领了下去。那金钏儿含羞忍辱的出去……”今天的用人被赶出去可以再找工作，可“含羞忍辱”的金钏儿已经被贴了“淫妇”的标签，从此连婚嫁都无法考虑，这就是道德批判的力量。

夏日蔷薇花下

宝玉从妈妈那里跑回大观园。“只见赤日白天，树阴合地，满耳蝉声，静无人语。”感觉一下这十二个字，气候、光线、声音、树阴、空灵、寂寞，这种情景在台湾最有机会体会。作者很快就把主题转到了情字上，宝玉来到蔷薇花架底下，蔷薇花开在五六月份，与玫瑰最大的区别是它属藤蔓植物，需要搭架子，而且一开一大片。我希望大家感受一下这个画面，大观园这个青春王国，保护了一群十几岁的男孩、女孩。眼下，又一个青春故事开头了。宝玉“只听见有人哽噎之声”，就想怎么会有人在这里偷偷地哭，就站住细听。农历的五月，蔷薇正是花叶茂盛之时，宝玉悄悄地透过竹篱的缝隙看去，只见一个女孩子蹲在花底下，手里拿着一根挽头的簪子在地上抠来抠去，还悄悄地掉眼泪。

东施效颦

宝玉刚开始有点误会，心说难道这也是一个痴丫头，挖土也是为了像林黛玉一样葬花？“痴”这个字是《红楼梦》里最重要的一个字，它是白痴的痴，也是痴情的痴，在情感上没有理性可言，爱到深处就是一个痴字。然后他又自己在那边笑道：“若真也葬花，可谓‘东施效颦’，不但不为奇特，且更可厌了。”“东施效颦”是中国美学中的一大警告，它提醒我们每一个人都有属于自己的美，模仿别人根本无美可言，真正的美其实是一种自信，一种自我完成。《红楼梦》强调的也是美学上的创造性，认为只有生命的真诚才能创造最动人的美。所以《红楼梦》里的十二金钗，是十二个不同的典范，她们各自完成着属于自己的美。所以宝玉就想跟那个女孩说，你不要跟着林姑娘学了。

龄官划蔷

宝玉是个冒失鬼，从来就是想到哪里就做到哪里，还好这次他话未出口。“再看时，这女孩子面生，不是个侍女，倒像是那十二个学戏的女孩子之内一个，却辨不出他是生旦净丑那一个角色来。”中国传统的戏曲里有“生旦净末丑”五种角色，这些女孩子是贾家为迎接元春省亲，专门到江南去采买的十二个学戏的女孩子，她们基本上都是孤儿，就像电影《霸王别姬》里卖到戏班子的孩子一样，是签过生死文书的。因为她们在舞台上是化妆的，所以宝玉看着她面生。

“宝玉忙把舌头一伸，将口掩住”，这个动作是小男孩非常调皮的感觉，心说幸好不曾造次。自己最近总是很冒失，得罪了林黛玉，又得罪了薛宝钗，如果再得罪了这个女孩子，越发没意思了。一面想，一面又恨认不出她是谁，就留神细看。“只见这女孩子眉蹙春山，眼颦秋水，面薄腰纤，袅袅婷婷，大有林黛玉之态。”用十六个字形容这个女孩子，“眉蹙春山”，现在很少有人形容女孩子的眉毛美会用到春山，如果你看过“故宫博物院”的《春山图》，远山那淡淡的一抹黑真有点像眉毛；“眼颦秋水”，是说眼睛因为忧伤含泪，像秋水一样明澈；“面薄腰纤”，就是脸很瘦削，腰身纤细；“袅袅婷婷”，“袅袅”是烟慢慢升起来的样子，“婷婷”是说柳枝风一吹就飘起来的感觉。十六个字描摹了这个女孩的眼睛、眉毛、脸蛋、身材、动作，有一点飘逸，有一点柔弱，有一点忧郁，“大有林黛玉之态”。

“宝玉早又不忍弃他而去。”宝玉又完蛋了，刚刚对金钏儿就是这样，才惹了祸就又忘了。“只管痴看”，就一直盯着这个女孩子，“只见他虽然用金簪划地，并不是掘土埋花，竟是向土上画字”。宝玉心想看看她到底在写什么字，在那边一直偷看偷看，然后就“用眼随着簪子的起落，一直一画一点一勾的去数，一数，十八笔”，然后他把这十八画在自己手心里写，最后发现是蔷薇的“蔷”字。

读到这些地方，有时候会觉得好琐碎。可你如果在每年三月到台大去，那时整个校园都开满杜鹃花，你真能发现有的女孩在用杜鹃花的花瓣，摆来摆去只摆一个字，我已经看到过好几次了，很想拍下这样的镜头，只可惜我没有很好的照相机。所以这类事情不止在《红楼梦》里发生，当下也还在发生，甚至你年轻的时候，也做过类似的傻事。

《红楼梦》的动人之处，在于它一直在写真情。一个唱戏的女孩子爱上贾蔷这样的少爷，大概只有暗恋的份儿，爱一个人而无法说出来，就会变成对自己的折磨，饭也吃不下，觉也睡不着，只能在地上不断写他的名字……《红楼梦》的最大悲悯，就是不断地写人在情感里的无奈。从刚才的金钏儿，到现在的龄官，都是《红楼梦》里不重要的角色，一辈子也没有希望轰轰烈烈地谈场恋爱，可是这不证明她们心里没有爱，她们的心和所有痴情人一样，也纯粹到在花底下偷偷地只写那一个字。回目上的“龄官划蔷痴及局外”，龄官是痴情人，局外的宝玉也是痴情人，作者认为“痴情”是生命里最美、最崇高的情感。

画来画去还是“蔷”

宝玉见她写的是蔷薇花的“蔷”，就觉得她“必定是他也要作诗填词。这会子见了这花，因有所感，或者偶成了两句，一时兴至恐忘了，故在地下画着推敲，也未可知”。诗的用字是特别讲究的，所以需要推敲，宝玉很好奇，一直盯着看，可那女孩儿画来画去还是一个“蔷”字。这个细节很动人，唱戏的女孩子是不读书的，很多科班出身的人出口成章，只是因为戏里有很多诗词，其实她们认识的字并不多，大部分是老师直接唱给他们听的。这个龄官不会写诗、填词，只会写个“蔷”字，可一个字你写了一次，再写一次，写了十次再写第二十次，写了第三十次，再写第四十次，就是痴情了，这是她忘不掉，也没办法释怀的人，也就是她宿命里的“冤家”。

情感的煎熬

宝玉“不觉的也看痴了”，《红楼梦》常常让人觉得人世间不外“痴情”二字，此时的龄官在她的心事里。宝玉由此联想到的是自己的心事，痴情就是无法排遣的苦闷。读到这样的片断也许会想起在这个年龄，看到有同学一直这么写，肯定嘲笑过这种人是神经病。可《红楼梦》能帮助我们重新打量现实人生，也许再活一次，你会对人有更多的体贴和原谅。宝玉的“两个眼睛珠儿只管随着簪子动”，就猜想这个女孩子一定有说不出口的大心事。这是宝玉对人的体谅，他知道这个女孩子也和自己一样，在受情感的折磨。“外面既是这个形景，心里不知怎么熬煎。”注意“熬煎”这两个字是从宝玉的口中说出来的，他特别知道承受情感的熬煎有多苦。“看他的模样儿这般单薄，心里那里还搁的住熬煎。”又用了一次“熬煎”，《红楼梦》对人的最大同情，是知道人在不同的境况里的受苦，这一回里写的就是不同的人承受的不同的熬煎。

“同体大悲”的救赎

“可恨我不能替你分些过来。”这是宝玉最了不起的地方，我们很少见到一个十三岁的男孩子看到任何人受苦，就说：“真糟糕，如果我能够分一点过来多好。”从另外一个角度看，宝玉是菩萨心肠，只有菩萨才会觉得别人的苦就是他的苦。地藏王菩萨曾发愿说，地狱不空，誓不成佛。所以宝玉才真正是《红楼梦》里最重要的领悟力量，他的身上有种大慈悲。佛经里所谓的“同体大悲”，是说人世间所有的福跟苦是大家的共业，谁都无法置身局外。

“伏中阴晴不定，片云可至雨，忽一阵凉风过来，唰唰的落下一阵雨来。宝玉看着那女子头上滴下水来，纱衣裳登时湿了。宝玉想道：‘这时下雨。他这个身子，如何禁得骤雨一激！’因此禁不住便说道：‘不用写了。你看下大雨，身上都湿了。’那女孩子听说倒唬了一跳，抬头一看，只见花外一个人叫他不要写了，下大雨了。一则宝玉脸面俊秀，二则花叶繁茂，上下俱被枝叶隐住，刚露出半边脸，那女孩子只当是个丫头，再不想是宝玉，因笑道：‘多谢姐姐提醒了我。难道姐姐在外头有什么遮雨的？’一句提醒了宝玉，‘哎哟’了一声，觉得浑身冰凉。低头一看，自己身上也都湿了。说声‘不好了’，只得一气跑回怡红院去了，心里却还记挂着那女孩子没处避雨。”

宝玉生气踢伤袭人

“原来明日是端阳节，那文官等十二个女子都放了学，进园来各处玩耍。”她们是贾家的戏剧学校的学生，白天是要学戏的，因为端午节放假，大家就到大观园来玩，这就解释了为什么龄官会到蔷薇花下。“可巧小生宝官、正旦玉官等两个女孩子，正在怡红院和袭人玩笑，被雨阻住。大家把沟堵了，水积在院内，把些绿头鸭、花鸂鶒、彩鸳鸯，捉的捉，赶的赶，缝了翅膀，放在院内玩耍，将院门关了。袭人等都在游廊下嘻笑。”这个游戏我小时候也玩过，每次下雨爸爸妈妈不在家我们就很高兴，把排水沟堵起来，院子就变成了游泳池，然后弄些鸭子什么的在水里玩，我们小时候不是缝，是把翅膀剪短。《红楼梦》里写到很多青少年的游戏，大家高兴得玩成一堆。因为水沟堵着，门也必须关着。

就在这个时候宝玉跑回来了，袭人她们都在游廊底下嘻嘻哈哈地闹。“宝玉见关着门，便以手扣门，里面诸人只顾笑，那里听见。叫了半日，拍的门山响，里面方听见了，估着宝玉这会子再不回来的。”大家都想宝玉现在大概在贾母，或在王夫人那里，下这么大的雨是不会回来的，谁都不太愿意去开门。“袭人笑道：‘谁这会子叫门，谁人开去。’宝玉道：‘是我。’麝月道：‘是宝姑娘的声音。’晴雯道：‘胡说！宝姑娘这会子做什么来。’”大雨声中根本听不清是谁的声音，还是袭人比较谨慎，她说我还是看一看吧，可因为她们正在玩水池，开了门水就会流掉。不开的话，就让他淋着。“往外一瞧，只见宝玉淋的雨打鸡一般。”“雨打鸡”就是鸡被雨淋了以后，毛都贴在身上的样子，可见宝玉被淋得很惨。袭人一方面很着急，心想万一生了病可怎么办，可又忍不住想笑，因为宝玉从来没有这样狼狈过。“忙开了门，笑的弯腰拍手道：‘你怎么大雨里跑什么？那里知道是爷回来了。’”

“宝玉一肚子没好气，满心里要把开门的踢几脚，及开了门，并不看真是谁，还只当是那些小丫头子们，便抬腿踢在肋上。袭人‘哎哟’了一声。”《红楼梦》中暗含着人跟人之间的因果。袭人是宝玉最疼爱的丫头，平常他对丫头连大声说话都很少，可第一次发脾气踢的竟然是她。其实人的个性是有很多面的，宝玉的少爷脾气上来也很可怕，青春期的性格本来就很不稳定，如果宝玉只知道看女孩子画字，一味地温柔多情，这部小说就不好看了。“宝玉还骂道：‘下流东西们！我素日担待你们得了意，一点儿也不怕，越发拿我取笑儿了。’口里说着，一低头，见是袭人哭了，方知踢错了，忙笑道：‘哎哟，原来是你！踢在那里了？’”短短的几行，写出了宝玉心情的转折，本来气得要死，可一看是袭人，马上觉得很抱歉。

宝玉对人的体贴

“袭人从来不曾受过一句大话的，今忽见宝玉生气踢他一下，又当着许多人，又是羞，又是气，又是疼，一时置身无地，待要怎么样，料着宝玉未必是安心踢他，少不得忍着说道：‘没有踢着。’”袭人是最不喜欢惹事的，也不想让宝玉担心，就说没有踢着，然后催他说：“还不换衣服去。”这个反应就是袭人身上姐姐跟妈妈的部分，自己受了委屈，还是要催着他赶快把湿衣服换了。

宝玉一面进房解衣，一面笑着说：“我长了这么大，今日头一遭儿生气打人，不想就偏遇见了你！”这就是刚才说的因果，好像袭人上一辈子就欠了他这一脚。袭人一面忍痛换衣裳，一边笑着说：“我是个起头儿的人，不论事大事小是好是歹，自然也该从我起。但只是别说打了我，明天顺了手也打起别人来。”宝玉就说：“我才也不是安心。”袭人说：“谁说是你安心了！素日开门关门的，都是那些小丫头子们的事，他们是憨皮惯了的，早已恨的人牙痒，他们也没个怕惧儿。你当是他们，踢一下子，唬唬他们也好，才刚是我淘气，不叫开门的。”袭人很有担当，把责任全揽到了自己身上。

说着雨已经停了，宝官、玉官就走了。袭人觉得肋骨底下疼，心里发闹，晚饭也没有好好吃。到了晚上洗澡的时候，脱了衣服看见肋骨上青了碗大一块，自己才吓了一跳，又不好声张。

其实这一脚踢得蛮重的，可袭人怕宝玉担心，就睡下了。梦里面就忍不住痛“哎哟，哎哟”地叫出声来。宝玉看到“袭人懒懒的，也睡不稳。忽夜间听得‘哎哟’，便知踢重了，自己下床来悄悄的秉灯来照”。这是宝玉对人的体贴，一般十三岁的男孩子躺下去便呼呼大睡，可是他惦着袭人睡不安稳。刚到床前，看到袭人咳嗽两声，吐出一口痰，“哎哟”一声，睁开眼睛看到宝玉，吓了一跳说：“作什么？”宝玉道：“你梦里面在哎哟哎呦的，一定是我踢重了，我来瞧瞧。”有没有觉得很温暖？甚至会觉得挨这一脚也值得。“袭人道：‘我头上发晕，嗓子里又腥又甜的，你倒照一照地下罢。’宝玉听说，果然持灯向地下一照，只见一口鲜血在地。宝玉慌了，只说‘了不得了！’”

三十回的重点，其实是在讲苦的分担，这个苦包括了精神上的和肉体上的痛苦，暗恋一个人一直写“蔷”是痛苦，肋骨受伤也是痛苦。人世间如果能够有心愿去分担这两种苦，就是有“情”人了，宝玉在这一回中分担了两个人的痛苦。

希望大家有机会可以多读几次二十九回、三十回，它们是《红楼梦》很重要的部分。讲福跟情这两个字讲得非常非常深，有几个片断写得非常美，我一直有个愿望，有一天把这些片断编成小小的册子，单是“龄官划蔷”就可以是非常漂亮的极短篇。